二 見 文 庫

ハイランドの騎士に導かれて

リンゼイ・サンズ／上條ひろみ＝訳

The Hellion and The Highlander
by
Lynsay Sands

ハイランドの騎士に導かれて

登場人物紹介

アヴリル(アヴィー)・モルターニュ	イングランドの領主の娘
ケイド・スチュアート	スコットランドの領主の長男
ウィル	アヴリルの兄。ケイドの友人
モルターニュ卿	アヴリルの父。 イングランドのモルターニュ領主
ベス	アヴリルの侍女
エイキン・スチュアート	スコットランドのスチュアート領主。 ケイドの父
ブロディ	ケイドの弟
ガウェイン	ケイドの末弟
エイダン	スチュアート城の戦士
イアン	ケイドのいとこ
ドムナル	ケイドのいとこ
ラディ	スチュアート城に暮らす少年
リリー モラグ アニー	スチュアート城の侍女
カリン・ダンカン	スコットランドのドノカイ領主
イヴリンド・ダンカン	カリンの妻。アレクサンダーの妹

1

「わたし、高望みはしないほうがいいとお父さまに言ったの。ド・モンフォール卿《きょう》はきっとわたしを花嫁に望まれないだろうって。でも聞いてくれなくて」

眠りから目覚めたケイドがゆっくりと目を開けると、そんなことばが聞こえてきた。大きな天蓋つきベッドの、柄物のカーテンらしきものを見あげる。生地はかなり暗い色のようだが、それを言うなら部屋も暗いらしく、部屋じゅうに光と影を躍らせながら暖炉の火がひらめいているだけだった。

ということは夜なのか、とケイドは推測した。そしておれは……どこかにいる。どこなのかはわからない。スコットランドの自分の領地にあるスチュアートの城であることを願ったが、話している女性にははっきりとしたイングランド訛《なま》りがあることに、ケイドは聞いているうちに気づいた。

「ほんとうに、お父さまったら、ほかの人たちがわたしをどう見ているかわかっていないんだから」そのことばには、いらだちと悲しみが交じっており、好奇心を刺激されたケイドは、ベッドのそばに座っているぼやけた人の姿——女性らしい——に目を向けた。はっきりとは見えなかったが、声はまぎれもなく女らしく、おだやかでわずかにかすれている。それは心《こころ》癒《いや》される声で、聞いているとひどく心地よく、しかもケイドに話しかけているようなのでうれしかった。少なくとも、部屋のなかに彼女が話しかける相手はほかにだれもいなかった。

「父親の目で見ているから、わだしがいかに平凡で魅力がないか、気づいていないだけだと思うの。でも父親って、たいてい自分の娘を美しいと思うものでしょ。それはすてきで正しいことだけど、わたしのほんとうの姿を見てくれたらと、ときどき思うわ。そうすれば、縁談を断わられてもそんなに心が痛まないでしょ。わたし、お父さまをがっかりさせたくないの」

ケイドは若い娘の顔が見えるほど視界が晴れることを願って一瞬目を閉じたが、その状態がとても楽で心地よいので、また開けるのがいやになってしまった。しばらく閉じていることに決め、じっと横たわったまま彼女のおしゃべりに耳を傾け、鎮痛薬のセイヨウヤマハッカのような声に身をまかせた。

「あなたとお兄さまがここにいるんだから、お父さまもわたしのお婿さんさがしばかりしていられなくなるんじゃないかと期待していたの。賞を取った馬みたいに殿方のまえをパレードするのはもううんざり。だって、欠点だらけだと思われているんだもの。断わられるのはそれほど気にならないけど、とっても無礼な人たちもいるのよ。モンフォールなんて、自分は悪魔の子と結婚するつもりはないと臆面もなく言ったんだから」

彼女は小さなため息をついてつぶやいた。「この話題はもうやめましょう。悲しくなるだけだから」そして沈黙のあと、不満そうに言った。「でも、ほかに話すべきことなんてあるかしら。思いついたことはすべて話してしまったし、このモルターニュでの暮らしについて詳しく話してもそれほどおもしろくないに決まっているわ。あなたとウィルが楽しんできた冒険に比べたら、わたしの生活はひどく地味でおもしろみがないんだもの。どんな話題を選んだところで、あなたにとっては涙が出るほど退屈でしょう」

ああ、とケイドは思った。自分はイングランド北部のウィルの生家にいるのだ。よし、少なくともひとつは疑問が解けた。それに彼女はさっき、今では彼と自分の兄が家にいるのだから、父親は娘の婿さがしを忘れてくれるだろうと言っていた。ということは、彼女はウィルの妹のアヴリルだ。この三年間、ウィルはよくこの娘の話をしていたし、その話は決まってケイドを微笑《ほほえ》ませ、彼はその娘に思いを馳《は》せたものだった。

今やその思いはさらにつのっていた。ウィルの話のなかに、男たちが彼女との結婚を拒む理由についてほのめかすようなことはいっさいなかった。それに、悪魔の子だなどという、ばかげた指摘はいったいなんなんだ？　ケイドの知るかぎり、ウィルの父であるモルターニュ卿は、人に好かれていて評判もいい。ケイドは不意に、娘がどんな風貌で、なぜ本人が言うように拒絶されてばかりなのかを、たしかめたくてたまらなくなった。

だが、まだそれを知るときではなかったらしい。目を開けてみたが、まだ視力は戻っていなかった。ケイドに見えるのは、ベッドのそばに座って、何やら膝の上にあるものにかがみこんでいる、ぼんやりとした姿だけだった。見たところ小柄で、暗い色の服をまとい、暖炉の火明かりに照らされた髪は、明るいオレンジ色のようだ。

欲求不満が高まり、何度かまばたきをしてみたが、視力はたいして改善されず、あきらめてまた目を閉じた。

「そうだわ！」娘が不意に叫んだ。「いたずらだったわたしの子供時代の話をしてあげる」

ケイドは彼女の声にわざとおもしろがっているような響きを聞き取り、もう一度目を開けてその表情をたしかめたくなった。が、あまりに難儀に思えたので試すことはせず、ただ彼女の話を聞きながら横になっていることにした。捕虜として暮らしたこの三年間で、聞くべき話はウィルがすべてしてくれたはずだと思ったが。昼間は焼けつくような太陽の下で敵軍のために働き、夜は窓のない真っ暗な監房のなかで、故郷や家族の話をしてやりすごす日々だった。ケイドはすべてではないにしろ、自分の幼いころや氏族《クラン》について、ほとんどのことをウィルに話していたし、ウィルも同様だったはずだ。だから、アヴリルが聞いた覚えのない話をはじめると、ケイドは驚いた。

「ほんとうはそれほどいたずらっ子だったわけではないの。たいていはお行儀よくしていたわ」彼女は罪を告白するかのように言い訳した。「でも、六歳のとき家出しかけたの……成功したとは言えないけど」

そう告げたあと、かすかな、ほとんど恥じらうようなくすくす笑いがつづいた。「ほら、ウィルはわたしより五歳上でしょ。ウィルはわたしの唯一の遊び相手で、わたしがあとをついてまわっても気にしないでくれるほどやさしかった。一日の勉強が終わると、よくかくれんぼとか、子供の遊びをいっしょにしたわ。でも、わたしが五歳のとき、ウィルは訓練のためにここを離れることになって、わたしは唯一の遊び相手と親友を失った」

それを思い出してか、悲しみの小さなため息が唇からもれた。「とても悲しかったわ。兄にひどく甘やかされていたせいで、わがままになってもいた。またウィルと遊べるように呼び戻してと両親にお願いしたけど、ふたりともいつも忙しくて、兄を失った小さな女の子をなぐさめる時間などほとんどなかった。だからわたしは、両親が兄を連れ戻してくれないなら、いつものように自分でなんとかしよう、兄のところに行こうと決めたの。

まず、父の護衛隊長に、兄のところに連れていってくれとたのんだ。もちろん、お父上がお許しになりませんと、とてもやさしく説明されて、断わられた。彼の向こうずねを蹴ってやったわ。わたしは自分の部屋に走っていって、思う存分泣いたあと、その涙も消えないうちに、逃げてやろうと決心したの。

子供の頭でできるかぎり慎重に計画を練った。厨房《ちゅうぼう》にしのびこんで、コックが目を離した隙にスモモと丸パンをくすね、お気に入りの寝具類を集めた。長い道のりになるだろうから、ひと晩かふた晩は野外で眠ることになるかもしれないと思ったの。そして出発した。モルターニュの城壁の内側には秘密の通路があって――」彼女はそこまで言うと、声に懸念をにじませた。「このことは話しちゃいけないのよね。幸いあなたには意識がないから聞こえないけど……」

彼女がまた口ごもったので、ケイドは必死で耳を澄ました。ありがたいことに、話は再開された。「どっちみち、目が覚めてもあなたは覚えていないわよね……秘密の通路は部屋から部屋へとつながっていて、城壁の外に出られるトンネルにつづいているの。城が攻撃されたら、それがわたしたちの逃げ道となって、城の外に出られるのだと、ウィルとわたしはいつも教えられていた。

わたしは自分の部屋からろうそくを取ってきて、子守りの部屋で火をもらってつけた——子守りは年寄りで、いつも寒がっていたから、夏でも暖炉に火を欠かさなかったの」アヴリルは説明してからつづけた。「そうしてわたしはトンネルに挑んだ。トンネルは暗くて汚くて、大きくて不気味な蜘蛛《くも》の巣が張り、何かが走りまわる音がしていた。小動物が今にも襲いかかろうとしていたんだと思うわ。向きを変えて自分の部屋に逃げ帰りたくなったけど、ウィルにまた会いたかったから、通路を進みつづけ、ついにトンネルの出口にたどり着いた」

小さなくすくす笑いをあたりに響かせながら、彼女は告白した。「トンネルの出口の扉を開けるのにえらく時間がかかったわ。扉を開けると、すぐに風が吹きこんできて、ろうそくが消えてしまったけれど、扉の外は洞窟で、その開口部から充分光が射《さ》しこんでいたので、出口はわかった。わたしはその場にろうそくを残し、寝具類を引きずりながら、洞窟の外に出た。

長いあいだトンネルのなかにいたあとだから、すごく明るくて目が痛かったのを覚えているわ。必死に進んできたからもうくたくたで、たいして歩きもしないうちに、快適な木陰で休んで、くすねてきたものを食べた。食べおわったらすぐに旅を再開するつもりだったけど、興奮したのと食べ物のせいで眠くなってしまい、トンネルで奮闘したあいだに寝具についた汚れと蜘蛛の巣をざっと払って、木の下でまるくなって眠ってしまったの。そこで城の者たちに見つかってしまった。

わたしがいなくなったとわかったときは、大騒ぎだったでしょうね。召使いたちは城の隅々までさがし、兵士たちが呼び集められて捜索に手を貸した。木の下でわたしを見つけたのはお父さまだった。わたしは汚れた寝具のなかでぐっすり眠っていて、髪には蜘蛛の巣がつき、顔は泥で汚れていたから、お父さまは最初に見たとき、わたしを貴族の娘ではなく百姓の娘だと思ったそうよ」彼女は愛情をこめて締めくくった。

ケイドはこらえきれなかった。目を開けて、なんとか彼女をよく見ようと苦労しながら尋ねた。「見つかって連れ戻されたとき、がっかりした?」

「いいえ。そのときはむしろほっとしたわ」彼女は自分の愚かさを笑って認めた。「雨が降りはじめていて、寒くなってきたから。早く城に戻りたくて――」不意に声がとぎれた。顔を上げて彼を目にしたのだろう、息をのんで立ちあがったらしく、ぼんやりとした影の背が高くなった。「目が覚めたのね!」

ケイドは答えなかった。質問したせいでのどが痛かったし、返事を求められてはいなかったからだ。

アヴリルはベッドに近寄ってきたが、それでも彼にはよく見えなかった。「何か飲みます？　それとも――そうだわ、ウィルを呼んでこなくちゃ。しょっちゅうあなたのそばに座っていたし、目覚めたら知らせてくれと言っていたから。ここで待っていてくださいね」

ケイドは頭を上げて、ぼんやりした姿があたふたと出ていくのを見守った。濃い色の服が室内の暗さにまぎれて、はっきりと見えないことにいらだった。パタパタという足音と、ドアが開いて閉まる音で、彼女が出ていったのがわかっただけだった。

顔をしかめてベッドに頭を戻し、また目を閉じて、どうしてちゃんと目が見えないのだろうと考えた。これまで視力に問題はなかった。それに、どうやってここに来たのかを思い出せないのはなぜだろう？　ウィルがしょっちゅうおれのそばに座っていたとはどういう意味だ？　何が――？

ドアの開く音がしたので疑問はひとまずおき、目をすがめてそちらを見た。ウィルはそれほど遠くにいたわけではないようだ。部屋の暗さから察するに、もう遅い時間だろうから、おそらく階下の大広間にいたのだろう。ケイドは目を細め、よく見ようと無駄な努力をしながら尋ねた。「ウィルか？」

「いいえ、アヴリルよ」娘はびっくりしたような声で答えると、ドアを閉めて急いで近づいてきた。そばに来ると、彼女の姿はひとかたまりの霞《かすみ》から、炎の色の髪を頂いた暗い色の霞になった。「ウィルに知らせて飲み物を持ってくるよう、侍女に命じてきました。あの、目がよく見えないのじゃありません？」その質問が口から飛びだすやいなや、すぐに彼女は付け加えた。「しゃべってはいけません。おつらいはずだわ。のどが渇いているでしょうから。

今はうなずくか首を振るかにしてください」

ケイドは顔をしかめた。彼女の言うとおりだった。しゃべるのは苦痛だが、飲み物があれば楽になるだろう。どうやってここに来たのかということや、どうして目がよく見えないのかということのほうが気になったが、うなずくだけにして、たしかに視力に問題を抱えていることを伝えた。

「まあ」彼女は軽く彼の上にかがみこみ、花とスパイスの強い香りで彼の鼻を惑わせながらつぶやいた。「けがで視力に影響が出るなんて、ウィルは言っていなかったわ。でもきっと頭を負傷したせいね」

ドアがふたたび開き、彼女は体を起こしてわずかに向きを変えた。ケイドもそちらに目を向けると、暗い色のズボンと明るい色のチュニックを着たずっと大きな人影が、一歩ごとにブーツの足音を響かせながら近づいてきた。

「ウィルか？」ケイドは思わず問いかけ、自分のしゃがれ声に顔をしかめた。言うまでもなく、のどに負担をかけたせいだ。

「彼、目が見えないの」アヴリルが説明した。「頭のけがのせいかもしれないわ。それか、水分が足りないだけなのかもしれない。声が出にくいのもそのせいよ。この二週間、充分な食べ物や水分をとらせてあげることができなかったから」

「そうだな」ウィルは同意すると、アヴリルがドアのほうに向かうのと同時に、ベッドのほうに近づいた。

「飲み物を用意している侍女のところに行って、スープも持ってくるように言いましょう」

アヴリルはそう言って部屋を出ていった。ウィルはベッドに歩み寄り、横たわるケイドをのぞきこんだ。

「ひどい様子だな、友よ」

ケイドがそれを聞いて不満そうなうなり声をあげると、ウィルは笑って、先ほどアヴリルが使っていた椅子に座った。「ようやく目を開けてくれてうれしいよ。もうそんな姿を目にできないのではないかと思っていた」

「なんだって……？」ケイドは言いかけたが、ウィルに腕をつかまれてことばを切った。

「のどは休ませておけ。きみが意識を失っているあいだに何があったのか、今からおれが詳しく話してやるから。そのあとで質問すればいい」

ケイドがほっとしてまたベッドに体を預けると、ウィルは尋ねた。「おれたちの船旅のことを覚えているか？」

ケイドは眉をひそめて、頭のなかの記憶をさらった。

ウィルはそれに気づいたのだろう、心配そうな声でこうきいた。「バイバルス（十字軍と戦ったマムルーク朝トルコのスルタン。在位一二六〇－一二七七）の手下たちにつかまって、捕虜として三年間すごしたことは覚えているだろう？」

ケイドはうなずいた。あのときのことは、すぐに忘れてしまえるものではない。あの牢獄《ろうごく》で人生の三年近くを無駄にしたのだ。実に千七十二日間の地獄の日々だった。夜になると暗い監房のなかに座り、捕虜仲間——いとこのイアン、そしてこの男、ウィル・モルターニュ——と話をしながら、毎日数えたのだ。ウィルはイングランド人で、十字軍遠征で異教徒の捕虜になるまえはほとんど知らない相手だったが、今ではもっとも親しくもっとも信頼できる友人のひとりだった。この友情だけが、あの経験から得たよきものだった。

「逃亡したことは？」ウィルがきいた。「覚えているか？」

ケイドはまたうなずいた。見張りが鞭《むち》を振るいたがるせいで開いた背中の傷に汗がしみる、つらい労働に従事して三年がすぎ、自分はこの異国の地で死ぬのだろうとケイドは思っていた。多くの男たちがそうやって死んでいくのを見てきた。飢餓と脱水症状の犠牲となって、二日おきにひとりの捕虜が倒れ、死ぬまで働かされたあとは、穴に引きずっていかれてそこに投げこまれた。ほかの死人たちが朽ちつつある穴のなかに。

ケイドは自分も最後はその共同墓地で生涯を終えるのだろうと思っていた。だが、いとこのイアンが病気になったとき、もう耐えられないとケイドは思った。悪臭のする穴に何人もの男たちが消えていったが、イアンを行かせたくはなかった。彼とは兄弟同然で、ともに大きくなったのだ。彼を助けるためにできることをしようとケイドは決意した……なんとしてでも。計画は単純で、破れかぶれだった。夜、監房に戻ってきてから、イアンが死んだという芝居を打った。いとこは病気のせいで死体と同じくらい顔色が悪かったので、むずかしいことではなかった。ケイドは見張りの兵を呼んだ。

ふたりの兵隊がやってきた。ふたりとも浅黒い肌をした屈強な兵士で、剣を手にしていた。

格子越しにちらりとイアンを見る以上のことはせず、監房の扉を開けて、ケイドとウィルにイアンを運び出させた。ケイドは足、ウィルは腕を持って、死体を監房の外に運び出したが、見張り兵のまえを通りすぎるとき、ケイドはイアンの足から手を離して、近くにいた兵士に組みついた。

勝因は不意をついたことだけだった。ケイドは見張りの剣と鍵をなんとか奪い取り、ほかの捕虜たちを自由にするためにウィルに鍵を放った。今や武器を奪われた見張りと、まだ武器を持っているその片割れを相手にしているうちに、自由になった捕虜たちが助太刀に来た。あの瞬間を無傷で生きのびたことが、今でも信じられなかった。だが彼は生きのび、みんな無傷で脱出することができた。

「チュニスの僧院は？」ウィルが記憶を刺激する。「イアンが病を治し、おれの刀傷が癒《い》え、体重と体力が回復するまで、三月《みつき》のあいだすごしたところだ。覚えているか？」

ケイドは顔をしかめた。監房からは無傷で脱出できたものの、そのあとはそれほど幸運ではなかった。逃亡用の馬を盗んでいたとき、見張りに不意をつかれてウィルが負傷した。見張りを倒したあと、ウィルは脇腹の傷を押さえ、勇敢にも自分を置いて逃げろと言ったが、ケイドはそれを無視し、時間をかけてできるだけ丁寧に傷を縛った。傷は深く、バイバルスの残忍さのまえに、またひとりの友人が失われることをケイドは恐れた。

安全なチュニスの僧院に逃れると、僧たちはイアンとウィルの手当てをした。二日もするとイアンの病気はよくなったが、ウィルが回復するには二週間かかった。彼が起きて歩きまわれるようになると、さらにふた月半かけて体力を取り戻し、故郷までの長旅に必要な食べ物や衣類や馬を手に入れるために働いた。フランス北部にたどり着くまで二カ月以上かかった。ドーバー海峡をわたってイングランドに向かうために、そこで船の手配をしたのだ、とケイドは思い出した。

「だが、フランスからイングランドに向かった船のことは、覚えていないんだろう?」先ほどの友の困惑を思い出して、ウィルは尋ねた。

「覚えている」ケイドは苦労して言ったが、ことばを発したときののどの痛みにひるんだ。彼らが手配した船は頑丈そうで、海に乗り出したときは天候もよかったが、半分ほど進んだところで嵐にあい、高波が船を襲った。ケイドは臆病者ではなかったが、船を翻弄する力強い波の壁のまえでは、震えるしかなかった。ようやく前方に岸が見えたとき、あと少しだと安堵《あんど》の息をついたのは彼だけではなかったはずだ。だが母なる自然はまだ彼らを解放してはくれなかった。船長が船を港に入れようとしたとき、大波に襲われ、船は岩にたたきつけられた。男たちの叫び声や、驚いた馬たちのいななきを聞いた記憶がぼんやりとよみがえってくると、目がくらむような頭痛に襲われた。

「ほかの仲間たちは?」のどが痛むのを承知で、ケイドは尋ねた。

「しゃべろうとしなくていい」ウィルがいらいらしたように言って、ため息をついた。「ゴードンとパーランは死んだ」

喪失感が押し寄せて、ケイドは目を閉じた。正気とは思えないエドワード王子の十字軍遠征のせいで、さらにふたりの男たちが命を落としたのか。ともに捕虜となった三十人の戦士のうち、残っているのはドムナルとイアンとアンガスだけだ。そしてウィル。バイバルスの兵たちの駐屯地を偵察するための深夜の行軍に、このイングランド人を同行させるよう、エドワードは命じた。その命令のためにこのイングランド人は人生の三年以上を無駄にしたのだ。友人にとっては気の毒なことだったが、ケイド自身にとってはありがたかった。彼との友情のおかげで苦難の日々も正気でいられたのだから。

「だが、イアンとアンガスとドムナルは岸にたどり着いた」ウィルは硬い口調でつづけた。「そしておれは水面でうつ伏せに浮いているきみを見つけ、岸に引きあげた。馬たちはよくがんばった」彼は淡々とつづけた。「一頭失っただけで、ほかは岸に向かって泳いでいるところをなんとか集めることができた」

ケイドはうなり声をあげた。仲間をひとり失うより、すべての馬を失ったほうがましだ。

「おれはきみを馬に乗せ、まっすぐここモルターニュに向かった。きみは二週間近くも意識を失っていたんだ——」

「二——?」ケイドは驚いて言いかけた。

「そうだ、二週間」ウィルはそれをさえぎり、首を振った。「理由はわからない。頭にこぶができているだけで、傷口さえなかった。アヴリルが言うには、頭の傷というのはそういうものらしい。小さなこぶで死ぬ者もいるし、頭が割れても生き残る者はいる」彼は肩をすくめた。「妹の言うことにまちがいはないよ。アヴリルは母から治療術の手ほどきを受け、子供のころからここで病気やけがの治療を手伝っている。この二週間、雌鳥《めんどり》のようにきみの世話を焼いていたよ。栄養失調や脱水症状に陥らないように、日に何度もきみののどに薄いスープを少しずつ流しこんでね。ひっきりなしに話しかけてもいたな。話しかけていれば、きみの魂が体にとどまるから、天にのぼって戻ってこなくなることもないと言って」ウィルはにやりとして付け加えた。「妹のしつこいおしゃべりは、きみの耳にはさぞうるさかっただろう。黙らせたくて意識が戻ったのかもしれないな」

ケイドはそれを聞いて首を振った。船が難破してからのことは何も覚えていなかった。だが、頭のどこかで彼女の声を聞いていたのだろう、耳に快い声が恋しくなっているのに気づいた。その思いに呼ばれたかのように、ドアが開いてしとやかな足音が聞こえた。

「お待ちどおさま」アヴリルが足早にはいってくると、さっきかいだ香ばしい花の香りがふわりとして、つづいて明るい声がした。彼女がやってくると室内が明るくなり、ケイドの頭のなかを占めていた苦い思い出も、その快活さで洗い流されるようだった。残った記憶をまばたきで追いやり、ケイドは急いで近づいてくる黒っぽい小さな姿を眺めた。少なくともふたり、もしかしたら三人と思われる侍女を引き連れ、その侍女たちはみな彼には見分けられないものを手にしている。よく見ようと目を凝らしたが、女たちはぼんやりとした霞のままで、焦点を結んではくれなかった。

ケイドはいらだって顔をしかめ、両手を上げて目をこすろうとした。目に何かはいっているようにごろごろする。体のほかの部分と同様、乾いているせいだろう。頭は綿が詰まっているようで、口が乾いてのどを潤そうにもつばも出ず、皮膚のあらゆる部分が乾燥して、硬くなった革のように突っ張っている。それでも、今いちばんの悩みは目だった。だが、うっとうしい両の目をこするために両手を上げようとしたものの、ろくにその場から動かせなかった。手を持ちあげる力もないのだ。ケイドはあきらめてため息をついた。これほど自分が弱く、無力だと感じたことはない。なんとも腹立たしかった。

「ねえ、ウィル、彼に飲み物をあげたいから、起こすのを手伝って」アヴリルが指示した。

背中に友人の腕が差し入れられ、上体を起こされると、ケイドは顔をしかめた。自分で起きられないことはわかっていたので文句は言わず、アヴリルが身をかがめて口に飲み物をあてがってくれるのをおとなしく待った。甘く冷たい飲み物——これまでに飲んだなかで最上のハチミツ酒が、口のなかに注がれた。ひと息に飲み干したいところだったが、アヴリルはひと口ずつしか与えず、彼が飲みこんでから再度器《うつわ》を傾けるのだった。

「もっとくれ」三度それを繰り返されると、彼はたまらずあえぎながら言った。

「だめよ。何週間もほとんど飲まず食わずだったんだから。最初は少しずつじゃないと」

ケイドはいらだちを抑え、時間をかけた賢明な彼女のやり方に耐えた。器が空《から》になるころには、彼女の言うとおりだと思いはじめていた。まだのどが渇いていてもっと飲みたかったが、腹に収まりそうにない。

「胃の調子はどう?」アヴリルは器を脇に置いて尋ねた。

ケイドは顔をしかめてそれに応え、ウィルがゆっくりと彼をまたベッドに横たわらせた。

「ではスープはあとにしましょう。マブズに体を清めてもらうあいだ起きていられそうかしら？　それとも今は眠って、清めるのはつぎに起きたときにします？」

ケイドはそれほど疲れていないと伝えようと口を開けた。なんと言ってもまだ目覚めたばかりなのだ。しかし、不意にあくびが出てことばは流れてしまい、言いたかったことは伝えられなかった。

「明日の朝にしたほうがいいみたいね」アヴリルは彼の返事を聞いたかのようにやさしく言った。そして、眠そうに目をしばたたかせるケイドを、シーツと毛皮でさらにしっかりとくるんだ。「眠りなさい。朝にはもっと気分がよくなっているわ」

「もう疲れたのか？」ウィルがきいた。ケイドはまぶたが閉じていくのを感じた。「目覚めたばかりなのに」

「つぎにはもう少し長く起きていられるかもしれないけど、しばらくは疲れやすい状態がつづくでしょう。ハチミツ酒を全部飲むあいだ起きていられただけでも驚きだわ」アヴリルのやさしい声は耳に心地よく、ケイドをまどろみへと誘った。ほんとうは眠りたくなかったが、頭と体は別の考えを持っているらしく、兄妹の静かな話し声では眠りの世界に向かう彼を引きとめることはできなかった。

2

アヴリルは窓から射しこむ日の光に目覚め、笑みを浮かべた。初めはどうしてこんなに幸せなのかわからなかった。父親が娘婿さがしに没頭するようになってからというもの、笑みが浮かぶような出来事はほとんどなかったのだ。このところ朝はたいてい、これからはじまる一日は、拒絶という毒で汚されることになるのだという、暗いあきらめとともに目覚めていた。今日もまた花婿候補の殿方は、彼女との縁談を鼻であしらい、もっと美しい牧草地を求めて去っていくのだろうと。そういう男性がそれほどたくさんいたわけではない。三人だけだ。だが、彼らの対応はひどく傷つくものだったので、三十人にも感じられた。つぎの花婿候補がいつやってくるかはわからなかったので、アヴリルはいつも今日がその日かもしれないと恐れながら目覚めていた。

だが、今朝はいつもの不快感がまったくなかった。それどころか、日よけを上げた窓から射しこむ光のなかで、ほこりが舞うのを目にしながらも、幸せと元気に満ち満ちていた。一瞬考えこみ、こんな幸せな気分で目覚めるなんてどんな夢を見ていたのだろうと思ったが、やがて昨夜意識を取り戻したケイドのことを思い出した。

今朝の彼がどんな様子か早く見たくてたまらず、すばやく起きあがってシーツと毛皮を脇に押しやり、ベッドから飛び出した。壁際にふたつある衣装箱のうちのひとつに走り寄って勢いよくふたを開け、きれいなシュミーズをさがして中身をかきまわしはじめる。ふだんは侍女の仕事だから、辛抱強く待っていれば今日もベスがやってくれただろうが、待ってはいられなかった。アヴリルは兄の友人ケイド・スチュアートの看病を二週間もしてきたのだ。

ウィルによると、彼は海から引きあげられたときから意識がなかったらしく、モルターニュに向かうあいだも目覚めることはなかった。到着したときは汗まみれで高熱を出し、瀕死《ひんし》の状態だった。二日目に熱がさがっても意識は戻らず、アヴリルはどんどん心配になってきた。病気やけがで深い眠りに落ちたまま目覚めないという症例は、これまでにも見たことがあった。そういう人たちはただベッドに寝ているだけで、近親者たちはなすすべもなくそばにいるしかなかった。

そんなことにはならないとアヴリルはウィルに請け合っていたが、こうしてケイドが目覚めたいま思えば、その可能性は充分にあった。それでも、そうならないために精一杯のことはした。飢えと渇きでこと切れないように、日に何度も薄いスープを少しずつ飲ませ、皮膚がただれて炎症を起こさないように、一日おきに体を清めて向きを変えさせ、ひとりぼっちではないと知らせるために、つねに話しかけてきた。

自分の努力が役に立ったのか、それともまだ死期が来ていなかっただけなのか、アヴリルにはわからなかったが、ケイドは生きていて目覚めてくれたのだから、少しは自分も役に立ったと思いたかった。さて、患者の様子を見て、また不自然な眠りに逆戻りしていないかたしかめないと。

「あら！　お目覚めだったのですね」

侍女のベスが部屋にはいってきて、アヴリルは体を起こした。ベスはアヴリルより二十歳上で、淡い茶色の髪には灰色の筋がはいり、体つきはほっそりしていた。水のはいった盥《たらい》と小さな布切れを持っているのがわかったが、アヴリルはそれを無視して言った。「ええ。ドレスを着るから手伝って。ケイドの様子を見にいきたいの」

「ケイドですって？」ベスはもうひとつの衣装箱の上に盥を置いて、アヴリルに近づきながらきいた。

メイドの冷淡な口調に、アヴリルは顔が赤らむのを感じた。自分にスコットランド領主の息子とこれほど親しくする権利がないのはわかっていたが、彼が昏睡状態にあったこの二週間で、思いつくかぎりのことをなんでも彼に話していたので、こちらも相手のことを知っているような気になっていた。それに、寝ずの番にたびたびつきあってくれたウィルが、ケイドについてさまざまな話をしてくれたせいもある。ふたりで彼の枕元に座りながら、兄は捕虜生活や獄中での出来事を話してくれた。ウィルがこのスコットランド人と固い友情を結んでいたのは明らかだった。そして、その友を大切に思っていることも……。彼のことをいろいろ知ったあとでは、アヴリル自身も同じ思いだった。

捕虜生活のあいだ、ウィルの気力を萎えさせないようにしたケイドには、感心し、賞賛するしかなかった。兄がいま自由の身でいられるのはこのスコットランド人のおかげでもあるのだ。ケイドがひとりで計画を立て、命がけの逃亡を実行に移したのだから。ウィルがけがをしたときは、僧院まで彼を引きずっていき、またもや命を救った。そう、ケイド・スチュアートはすばらしく高潔な人であり、兄の恩人なのだ。

手にしたシュミーズを突然ベスにひったくられて脇に放られ、アヴリルはもの思いから引き離された。「何よ――？」

「いつもの朝のようにお体を清めなさいませ。それからドレスを着て一日をはじめるのです。あなたさまのスコットランド人は待ってくれますよ」ベスはきっぱり言うと、アヴリルを衣装箱の上の盥と布のほうに引っぱっていった。

「あの人はわたしのスコットランド人じゃないわ」そのことばに頬が熱くなって赤らむのがわかり、アヴリルは言った。だが、ベスに逆らっても無駄なことを経験から知っていたので、逆らおうとはしなかった。侍女が持ってきた清潔な麻布をひったくり、水にひたしてすばやく体を拭きはじめた。

ベスは満足して、アヴリルから奪ったシュミーズを取りに戻り、この日着るのにふさわしいドレスをさがした。

アヴリルは侍女を無視して、あわただしく体を清めた。

ベスはそれが終わるのを待って、ドレスを着るのを手伝ったが、その作業があまりにのろいので、アヴリルは急いでほしくて文句を言うことになった。ようやく最後のひもが結ばれると、ほっとして大きなため息をつき、すぐにドアへと走った。

「お髪《ぐし》がまだです」ベスにたしなめられ、アヴリルは立ち止まった。

いらいらとため息をついて戻り、なんて面倒くさいのかしらと思いながら、侍女の世話に身をゆだねた。せわしなく足で床を踏み鳴らしながら終わるのを待つ。

「はい、できました」ようやくベスが言った。「階下《した》に行って、朝食をおあがりになってよろしいですよ」

「ケイドの様子を見にいくわ」アヴリルはドアに向かいながら言った。

「先に朝食になさったほうがいいと思います」ベスは断固として言った。「あなたのお兄さまと三人のスコットランドの方がいっしょにおられますので。今お嬢さまが行かれても歓迎されないでしょう」

「ではあの人は起きているのね？」アヴリルはドアに手を置いて立ち止まった。

「はい。夜明けにまた目覚められて、マブズがお世話をしました。飲み物と食べ物をおあがりになり、体を清められました」

「マブズはあの人に何を食べさせたの？」アヴリルは不安そうに尋ねた。

「お嬢さまに指示されたとおり、薄いスープを」ベスはそう言って女主人を安心させたあと、皮肉っぽく付け加えた。「何か腹にたまるものがほしいと、文句を言われたそうですけどね」

「あの人の胃はおそらくまだ固形物を受け付けないわ」アヴリルは眉をひそめて言った。

「マブズもそうお伝えしたんですよ。スープとハチミツ酒がこみあげそうになるまでは、信じてくださらなかったとか。それをなんとか飲みくだすと、まともなものを食べさせろとは言わなくなったそうです」

アヴリルはうなずいた。もっともな話だ。ケイドが到着して以来、できるかぎり彼ののどに液状のものを流しこんできたが、意識のない男性に食事をさせるのは至難の業だった。この二週間、ほんのわずかな流動食しか口にしていないのだから、一杯のスープやハチミツ酒でさえ彼の胃にはもたれるだろう。

「ですから」ベスはまた彼女の注意を惹いて言った。「殿方たちのお話が終わるまで、階下に行って、朝食をおとりになってください。彼の様子を見るのはそのあとでもできますよ」

「わかったわ」アヴリルはため息をついてドアを開けた。

ケイドが起きて元気でいるところを、なんとしてもこの目で見たかったが、ベスの言うとおりだということはわかっていた。わたしがいたらじゃまだろう。おそらくケイドは部下たちに指示を与えているのだ。自分は生きていて無事だと親族に知らせるための伝言などを。彼にメリーという名の妹とふたりの弟、それに父親がいることはウィルから聞いていたし、おそらくみんな彼が無事かどうかひどく気にしているだろう。ウィルがエドワード王子の十字軍に参加するために馬で出発してから、三年以上も便りがなかったので、自分も兄のことが心配でたまらなかったし、二週間まえに兄がモルターニュの中庭に馬を乗り入れたときは大よろこびしたものだ。

アヴリルが階段をおりていくと、大広間は人びとでごった返していた。テーブルは朝食をとる人びとでほぼ埋まっており、召使いたちが食べ物や飲み物を持って走りまわり、あたりには話し声が満ちていた。

父親の隣の自分の席に座り、微笑みながら静かに「おはようございます」と言うと、召使いが急いで進み出て、ハチミツ酒とパンとチーズを出してくれた。

「おはよう、愛しい娘よ」父は陽気にあいさつを返した。「スコットランド人は意識を取り戻したそうだね」

「ええ」アヴリルはかすかに微笑んでうなずいた。昨夜ケイドの意識がようやく戻ったのはかなり遅い時間で、階下にいる兄に知らせようと侍女をさがしたときは、ほとんどの者たちは床につくか、寝支度をするかしていた。おそらく父はすでに休んでいたのだろう。

「正しい処置をし、看病をつづけた。おまえはいい娘だ、アヴリル。おまえを妻にする男は幸運だな」父はそう言ってから眉をひそめた。「近ごろの若者たちは見る目がない。おまえを嫁にすればだれでも幸せになれるのに、まるでおまえが疫病にかかっているかのように顔をそむけるのだから」

アヴリルは当惑気味の父の声を聞いてため息をついた。父はほんとうにわかっていないのだ。心から落胆しているのがひしひしと伝わってきた。彼女は咳払《せきばら》いをして、静かに言った。

「わたしは赤毛よ、お父さま。赤毛を悪魔のしるしと信じている人は多いわ。あるいは気性が激しいとか、移り気だとか――」

「ばかな！」モルターニュ卿はいらいらとさえぎった。「愚かな迷信だ。おまえの母親も同じ色の髪をしていたが、つねにやさしくて従順な妻だった。ほかの男になど目を向けたこともなかったし、よこしまだとか、激情にかられるとか、そういったことはまったくなかった」

「それにわたしの頰にはあざがあるわ」アヴリルはつづけた。ほかの人が自分をどう見ているか、父にわからせなければならない。「これも悪魔のしるしだと信じている人たちがいる」

「ただの小さなあざではないか」父はうんざりした様子で反論した。「豆粒ほどもない。ほとんどわからないはずだ」

アヴリルは反論せず、これだけは認めるしかないと思っている最後の欠点をあげた。「緊張すると吃音《きつおん》になるから、頭が悪そうだと思われるし。お父さまがお婿さん候補の殿方を連れてくると、いつも緊張してしまうの」

「ああ、それがあったな」彼はため息をついて同意した。この点については反論できないらしく、腹立たしそうに指摘する。「家族や友人といるときは吃音が出ないのに」

「そうなのよ」アヴリルは認めた。「そういうときは緊張することも、相手にどう思われるか気にすることもないから」

「それなら、相手を花婿候補ではなく、友だちと考えれば、もしかしたら……」娘が信じていないようなので、父の声は小さくなっていったが、気を取り直してこう提案した。「だが、先方が到着するまえに、おまえの緊張をほぐすことならできるかもしれない。そうすれば吃音も出ないだろう」

「緊張をほぐすって、どうやって?」

父は無意識に手を飲み物に伸ばしながら、それについてしばし考えた。飲み物を手に取ったものの、不意に動きを止め、水で薄めたエールをじっと見おろす。目を見開き、眉を上げて額にしわを寄せたあと、これだとばかりにつぶやいた。「酒でだ!」

「お酒で?」アヴリルは驚いて復唱した。

「そうだ。酒を飲むと人は陽気になり、おしゃべりになる。おまえもそうなるはずだろう?」

「まあ、お父さま」彼女はぎょっとして反論しかけたが、父はその考えがすっかり気に入ったようで、反論したところで無駄だった。娘の言うことを聞いていたとも思えない。急いでこうつづけたのだから。

「つぎのときに試してみよう。縁談の相手が決まって、その相手が到着したら、おまえは顔合わせのまえにうちにある最上のウイスキーをグラスに一、二杯飲み干すのだ。そうすれば……」父は突然立ちあがった。「ネイサンズが送ってきた例のリストを調べにいかなければ。妻を亡くしたか、まだいいなずけのいない男たちのリストを。そしてそのなかからいちばんいい相手を選ぶのだ。ああ、なんてすばらしいアイディアだ。もっとまえに思いついていればよかった」

友人のネイサンズからの手紙をさがしに急いで去っていく父親を、アヴリルはぞっとしながら見送った。父の興奮具合は自分の落ちこみ具合といい勝負に思えた。これは今まででいちばんおぞましいアイディアだ。緊張をほぐすために、花婿候補との顔合わせまえにお酒を飲むですって？　まったくのしらふでも、外見を非難されると、その相手を殴らずにいるのは至難の業なのに。お酒のせいで抑制がきかなくなったら、ふだんはたいへんな思いをして抑えているかんしゃくに負けてしまうに決まっている。

アヴリルは手にしていたパンをテーブルに戻した。迷信で言われているように、赤毛の人間がすべてかんしゃく持ちなのかどうかは知らないが、アヴリルと母はたしかにそうだった。だが、母のマーガレットは、生まれたときからけっしてかんしゃくを起こしてはならないと教えこまれており、生涯一日も休まずにかんしゃくをひたすら抑えてきた。夫であるアヴリルの父でさえ、レディ・モルターニュがかんしゃく持ちだとは気づかなかった。レディ・モルターニュは娘のアヴリルにも、ごく幼いときから同じようにするべきだとさとした……そしてアヴリルはそうしてきた。母同様、アヴリルはいつもかんしゃくを抑えつけていた。前回の花婿候補が、面と向かってあざ笑いながら、頭の足りない、顔にサタンのしるしをつけた赤毛の悪女とは結婚しないと言ったときも、アヴリルはひたすら耐えた。そうしたいと思っても、相手の顔につばを吐きかけたり、頬に爪を立てて引っかいたりしなかった。文字どおり舌をかみ、やさしく微笑んで、まっすぐ自分の部屋に行った。そこで、叫んだりものを投げたりしたいという衝動が治まるまで、無理やり仰向《あおむ》けに横たわって天井を見つめ、自制心を取り戻したのだった。

だが、アルコールを飲めばまちがいなく自制心が失われ、評判どおりのかんしゃく持ちの赤毛だということがみんなに知れわたってしまう。それなりに行儀よくして、やさしい性格だというふりをしていても、相手の向こうずねを蹴飛ばして逃げてやりたい、とたびたび思っていたことが。

そう思うとかんしゃくを起こしたときのことがよみがえってきて、アヴリルは顔をしかめた――兄のところに行かせてくれなかった護衛隊長の向こうずねを蹴って、文字どおり逃亡した日のことを。かんしゃくを起こしたのはそのときだけだった。それで母はアヴリルにかんしゃくを抑えることを教えはじめたのだ。

唇をかんで上階の廊下に通じる階段を見やり、あの話をどの程度ケイドは聞いていたのだろうと不意に思った。眠っているのだろうと思っていた。そうでなければ話したりしなかっただろう。ところが彼は質問をしてきた……あのときは驚きのあまり、そして彼が眠りから覚めたと知ってよろこぶあまり、かんしゃくを起こした幼い日の話を聞かれていたことには思い至らなかった。少しのあいだそのことでやきもきしたが、すぐに不安を押しやった。モルターニュではみんなあの事件のことを知っているし、なんとも思っていない。娘がひどいかんしゃくを起こしたのを気にしたのは母だけだった。母はただちにアヴリルに自制心を学ばせ、かんしゃくを抑えるよう教えこんだ。

階段の上にウィルが現れて、アヴリルは目をしばたたいた。憂うつな父親の計画も忘れ、兄のうしろにいる三人のスコットランド人に目をやった。男たちが階段をおりはじめると、アヴリルの唇に笑みが浮かんだ。朝食も忘れ、立ちあがって階段に向かった。ようやくケイドの様子を見にいけるのだ。

「目を閉じてください」

ケイドは年配の侍女マブズに向かって顔をしかめ、追い払おうとうるさそうに手を振った。

「おれは大丈夫だ。放っておいてくれ」

「頭が痛むんでしょう？　これで楽になりますよ」マブズは彼の手を押しのけて容赦なく言った。

おれが赤ん坊であるかのように易々《やすやす》と押しのけたな、とケイドは苦々しく思い、いったい自分はどれだけ弱っているのだろうと考えた。赤ん坊とは、なんともふさわしい表現だ。今朝は少し力が戻ってきて、少なくとも両手を上げることはできるようになったが、まだ老女を追い払うこともできないほど弱っている。自分のような戦士にとっては認めたくない事実だ、と思っていると、老女が冷たい湿った布を持ってかがみこんできた。

ケイドは顔をしかめたが、その上に布を置かれる直前に目を閉じた。開いた日よけから射しこむきつい日差しがたちまちさえぎられ、布の湿り気が目のまわりの皮膚にひんやりとしみこんで、部下たちやウィルと話をしていたあいだ悪化していた痛みがいくらかやわらいだので、ほっとしてため息をついた。

「ましになったでしょう？」老女はそら見たことかと言わんばかりだ。

ケイドがうなり声で応えると、彼女はおもしろそうにしのび笑いをした。これまで聞いたなかで、いちばん雌鳥に近い声だった。ケイドはまたもや、ここにアヴリルがいてくれたらと思った。

夜明けに目覚めたとき、ベッドのそばにいるのがウィルの妹でなく小うるさい老女だと知って、ケイドは落胆した。アヴリルの声はかわいらしくて心地よかったのに、この女の声はとげがあってきつく、これまでのところ世話のしかたもあまりやさしいとは言えない。体を清めるときも、シーツ類を替えるために寝返りを打たせるときも、彼を肉のかたまりか何かのように扱った。自分で何もかもすることに慣れた男にとっては、どれも不快で屈辱的な経験で、アヴリルがここにいてそうした世話をしてくれていたら、そんな苦業もまったく別のものになっていたにちがいなかった。

そのうえ、口にするのを許されたのは、薄いスープとハチミツ酒だけだった。ケイドは固形の食べ物がほしかった。早く体力を取り戻したかったのだ。だが、そう言うと老女は、まだ固形物を与えてはならないとレディ・アヴリルに命じられたのだと告げた。アヴリルの命令に従っているということらしい。どんなに不平や要求をぶつけても、がんとして聞き入れなかったわけだ。

ドアが開く音に気づき、だれが来たのか聞き取ろうと、息を止めんばかりにして待った。スパイスと花の香りがして、アヴリルがマブズにやさしく声をかけるのが聞こえると、思わずケイドの口元に安堵の笑みが浮かんだ。つづいてしとやかな足音がした。

「あら」彼女が言った。その声からすると、ベッドのすぐ横にいるようだ。「なぜ冷湿布をしているの？　彼はまだ目の調子が悪いの、マブズ？」

「いいや」とケイドはすぐに言ったが、かぼそいだみ声はマブズの声にのみこまれてしまった。

「はい。長いこと閉じたままでしたから、まだ光に慣れていないんです。今日はできるだけ長く冷湿布をなさいませ。そのほうが早く治ります」

ケイドはアヴリルが小声で同意するのを聞いて顔をしかめた。やがて女たちがドアのほうに向かうのがわかった。ふたりは小さな声で話していたが、一瞬静かになったあと、ドアが開いてまた閉まる音がした。

「さてと」アヴリルの声がただよってきた。記憶していたとおりのやさしさとかわいらしさだ。かすかな衣擦《きぬず》れの音をさせて彼女が座ると、ケイドは微笑んで自分のほうに流れてくるにおいを吸いこんだ。すると彼女が尋ねた。「今朝の気分はいかが？」

ケイドは彼女が見えるように、目をおおっている布をどかそうと手を上げたが、彼女はその手を取ってベッドに戻した。

「湿布はしたままのほうがいいわ。そのほうが早く視力が戻るでしょう」彼女は言った。そのことばにはやさしさと同じくらい、きびしさが隠されており、彼の手をつかむ力は最後まで強かった。そしてその手を軽くたたいて明るく言った。「それに、どうせここには見る価値のあるものなんて何もないわ。ベッドと椅子と暖炉、それにいくらかの日差しだけよ」

「きみがいる」ケイドは急いで言った。すると、いくらか険《けん》のある小さな笑い声がした。

「あら、わたしには頭痛の危険を冒してまで見る価値などないわ」彼女はなおも言った。

ケイドはそれを聞いて眉をひそめ、昏睡《こんすい》から目覚めたときに耳にした、父親がアヴリルの縁談をまとめるのに苦労していることや、父親が選んだ男たちにひどく侮辱されたことを嘆く彼女の話を思い出した。そのためよりいっそう彼女を見たくてたまらなくなったが、今は湿布をそのままにして、好機を待つことにした。捕虜となって幽閉されるまえの彼が、戦士として名を馳せていたのは、腕力と剣術のせいばかりではなかった。その頭脳も彼の財産であり、病の床にあってもそれは変わらなかった。ケイドは好機をうかがって待つべきときを心得ており、今はそのときだった。ウィルの妹を不快にさせたり動揺させたりしたくなかったので、チャンスが来るまで待つことに決め、彼女に意識を向けた。するとこう質問された。

「ご家族に知らせるために、部下のどなたかを送り出すの？」

彼がためらうと、アヴリルは付け加えた。「ウィルから聞いているわ。お母さまはあなたが十字軍に参加するまえに亡くなったけれど、妹さんがひとりと、弟さんがふたりと、それにお父さまがいらっしゃるって。あなたが快復すると確信できるまで、兄はご家族に手紙を書いてぬかよろこびさせたくなかったの。でもきっとご家族はあなたの消息を知りたくてやきもきしていらっしゃるでしょうね」

それを聞いて、ケイドの口元がわずかに引き締まった。この三年のあいだ、自分のことを心配できるほど父と弟たちがしらふだったとは思えなかったが、妹となるとまったく別の話だ。メリーは心配でたまらないにちがいない。

「部下を三人とも送った」と認めたあと、彼は説明した。「彼らに託した任務はそれだけではないが」

「そう」アヴリルは、殿方の考えることはわかっていますとばかりに、興味ありげにこう尋ねた。「彼らはあなたをひとりでここに残していきたがらなかったのではなくて？」

ケイドは彼女の聡明《そうめい》さにかすかに微笑んだ。たしかに彼らは彼を護衛もなしにモルターニュに残していくことに難色を示したからだ。否定しようかとも思ったが、真実を告げることにした。「ああ、やつらはうるさく騒ぎ立てた。きみの兄上にとってはひどい侮辱だったはずだ。だが、おれは行けと言い張った」顔をしかめてつづけた。「療養中そばにいてもらう必要はないし、ウィルの屋敷にいれば安全だ。おれは彼を信頼している」

「兄もあなたを信頼しているわ」アヴリルは静かに言った。

ケイドは無言でうなずいた。一分たりともそれを疑ったことはなかった。ふたりは捕虜でいるあいだに互いを信頼するようになった。互いに身を守ることで生きのびた。幽閉されていたのは彼とその部下とウィルだけではなかった。ほかの者たちもいた。バイバルスが壊滅させた村や町にかつて住んでいた人びとだ。住民のほとんどは殺されたという話だったが、新しい〝主人たち〟のために肉体労働をさせるべく残された者たちもいた。主人たちは彼らにほんの少しの薄いかゆと腐った野菜しか与えず、過酷な砂漠の太陽の下で、文字どおり死ぬまで働かせた。

弱らせて命令に従わせるために、食べ物は全員に行きわたるほどなく、人びとはパンの皮やひと口の残飯ごときをめぐって仲間同士殺し合った。だが、血迷った仲間の手にかかって死んだ者たちよりも、鞭打たれて働かされたことが原因で死んだ者たちのほうがずっと多かった。ケイドは早い時期に、灼熱《しゃくねつ》の太陽の下で死んだ者たちの数を数えるのをやめていた。

「ウィルの話によると、脱獄はあなたの計画だったそうね」

ケイドは苦笑いをしたが、その計画を思いついたのは突然で、もっと早く思いつかなかったことだけが心残りだということは言わなかった。もっと早く思いついていたら、もっと多くの仲間がまだ生きていただろう。

「あなたがウィルに鍵を投げて、ほかの人たちを檻《おり》から出すよう指示してから、そのあいだに奪った剣でふたりの見張り兵とひとりで戦ったんでしょう」アヴリルは静かにつづけた。

「勇敢だわ」

「必死だっただけだ」とそっけなく言ってから、彼は打ち明けた。「長い獄中生活で弱っていたから、とてもふたりを相手に戦える状態ではなかった」

「それでもあなたは戦った」アヴリルがぽつりと言った。

ケイドは寝たまま肩をすくめた。まったくの幸運に助けられたことをここで説明するのは、自尊心が許さなかった。捕虜として三年間も飢えに苦しむまえだったら、三人でもそれ以上でも、何も考えず不安も覚えずに相手にしていただろう……そして勝っていただろうが、生きて逃げのびるのを助けてくれたのが、運命の気まぐれな手にすぎないことはわかっていた。

ウィルがすばやく仲間たちを監獄から出し、戦いに助太刀してくれなかったら、きっと今ごろみんな死んでいただろう。

不意にあくびがこみあげて、限界まで大きく口を開ける。その大口をおおうために手を上げたせいで、冷湿布がずれてしまった。あくびが治まると、湿布の位置を直さずに手をベッドにおろし、もごもごと失礼をわびた。

「休んだほうがいいわ」アヴリルはそう言って立ちあがり、彼のために湿布の位置を直そうとかがみこんだ。ケイドはすばやく彼女の顔を一瞥《いちべつ》することができたが、すぐに湿布は戻されてしまった。彼女はつぶやくように言った。「今は睡眠がいちばんの薬よ。あとでもっとたくさん話しましょう……時間をつぶすのを手伝うために、本を読んであげてもいいわ」

ケイドは何も言わずに、彼女がまた椅子に腰をおろすのを聞いていた。今は困惑で頭がいっぱいだった。今朝起きてみて、視力がかなり回復していることに気づいた。与えられた水分のせいであることはまちがいなかった。視力はほぼ通常どおりだ。そして、たったいま目にした顔はきれいだった。絶世の美女というわけではないが、あざ笑われたり愛想尽かしをされたりするような顔ではない。わけがわからず、ひどく腹が立った。アヴリルのようなかわいらしい女性をはねつけるなんて、イングランド人は何を考えているのだろう？　うとうとしながら考えたあと、答えはその疑問のなかに隠されていると思った。そんなことをするのはイングランド人だからだ。

3

ケイドが目覚めると、アヴリルの姿はなく、そばにウィルが座っていた。

「やっと目覚めてくれたか。退屈でどうにかなるんじゃないかと思ったよ」いらだった声を聞いてケイドは片方の眉を上げ、友をよく見ようと頭を動かすと、それまで目をおおっていた布が頬に当たった。今ではほとんど乾いてしまっている。そろそろと手を上げてそれをつかむと、すぐにかがみこんだウィルに奪われた。ウィルは立ちあがり、布をまた濡《ぬ》らすためにベッドのそばの衣装箱のほうに行った。「ドムナルとイアンとアンガスが出発したことを伝えにきたんだが、きみは眠っていた。出ていこうとしたら、階下《した》で昼食をとるあいだ、座ってきみを見ていてくれとアヴリルに言われてね。戻ってくるとき、何かきみの食べるものを持ってくるだろう」

「見ていてくれなくてもよかったのに。もう大丈夫だ」ケイドは不機嫌に言い、まだ声がかなりかすれていることに眉をひそめた。

「ああ、でも、ひどく具合が悪くて、助からないんじゃないかと心配したんだぞ。ちゃんと立てるようになるまで、アヴリルは安心しないだろうな」

そんなことになってはたまらないと、ケイドは不満そうな声をあげ、ウィルが濡らした布を目の上に戻そうと近づくと、弱々しく手を振って払いのけた。「もうそれは必要ない」

ウィルはためらった。「アヴリルは必要だと言っていたぞ。頭痛に苦しんでいたからって」

「もう痛くない」ケイドは言った。意識の隅にまだ軽いうずきは残っていたが、それほどひどくはないので、布がなくても大丈夫だろう。

「ふむ」

ウィルはまだそこに立ったまま、友の言うことを聞くべきか、妹に従うべきか考えているようだ。ケイドは彼の気をそらすために、眠っているあいだも気になっていた質問をした。

「どうしてきみのお父上が連れてくる男たちは、アヴリルを拒絶しているんだ?」

ウィルの眉が吊《つ》りあがり、その質問について考えるあいだ、布を持つ手が脇におろされた。ケイドは友の顔にいらだちが現れるのを眺めながらじっと待った。

「ひとつには髪のせいだ」ウィルはようやく言った。

「いったい彼女の髪のどこがいけないんだ?」ケイドは驚いて尋ねた。

「きみはちゃんと見ていないと思うが、妹の髪はオレンジ色なんだ」とウィルは告げた。これではとうてい無理だろうとばかりに顔をしかめて。

ケイドはその説明に眉をひそめた。一瞥したところ、彼女の長くて美しい髪は、ブロンドとストロベリーブロンドと燃えるような赤が混じり合い、全体としてあざやかな炎の色をしていた。彼の大好きな色だ。断じてオレンジ色ではない。

「おれはいいと思っているよ」ウィルは付け加えた。「光の加減によってはきれいだとさえ思う。でも赤い髪、とくにオレンジがかった赤毛は、イングランドではあまり人気がないんだ。悪魔のしるしだとかいう迷信があるから」彼は話しながらいらだたしげに手を動かし、無意識に濡れた布を脚にたたきつけていた。「それに頬にあざがある。迷信深い人間はこれも悪魔のしるしだと考える」

ケイドは眉をひそめて、自分の垣間見《かいまみ》たアヴリルを思い浮かべた。そう言えば頬に赤いあざがあった。とても小さくて赤い、イチゴの形をした、えくぼと見分けがつかないほどのあざが。分別のある男ならそれを悪魔のしるしだなどと思わないだろう。道理にかなった迷信などめったにないことはずっと昔に学んでいた。

「それにもちろん、吃音もある」ウィルがため息とともに付け加えると、ケイドはびっくりして彼のほうを見た。

「吃音だって?」彼は驚いてきいた。

「ああ。気づいていなかったのか?」ウィルは少し驚いた様子で尋ねた。

「おれと話していると吃音は出ないぞ」ケイドは請け合った。

「ほんとうか?」ウィルは突然興味を示してきいた。布を持っている手が止まる。「それは妙だな。家族や友人といるときは出ないが、知らない人間がいるといつも出るんだ。少なくともよく知るようになって、安心して話せるようになるまでは」

「ふうむ」ケイドはつぶやいた。

「きみにはまだ顔を見られていないから、吃音が出ないのかもしれないな」ウィルが言った。

「もしそうなら、おれがいつも思っていたことが証明されるわけだ」

「いつも思っていたことというのは？」ケイドはきいた。

「妹が恥ずかしがって押し黙り、口を開けば吃音になるのは、自分の見た目を気にしているときだけだということさ」ウィルはそう言うと、静かにつづけた。「あの子は子供のころ、髪とあざのことでひどくからかわれてね。それでほかの子供たちを避け、おれだけと遊ぶようになった」彼はため息をつき、向きを変えて、衣装箱の上の水のはいった盥のそばに濡れた布を置いた。「そういうわけだから、アヴリルはきみのことも避けて、世話はマブズに任せるだろうな。きみの目がちゃんとまた見えるようになったと知ったら」

ケイドは顔をしかめた。自分の世話をするのがマブズだけになり、起きて動きまわれるようになるまで、ずっとそばにいられるのかと思うと、気がめいった。長く寝こむつもりはないが、世話をされるのは苦手だし、ベッドにいることを強要されると、いつもうんざりするのだ。ときおりウィルが時間つぶしにやってくるだけで、あと何日かはマブズだけを相手にすごさなくてはならないなど、考えたくもなかった。

「その湿布をくれ」ケイドは手を差し出したが、それが弱々しく震えているのを見ると、顔をしかめて引っこめるしかなかった。

「なんだって？　どうしてだ？」ウィルが驚いてきいた。

「目が覚めたらきみの妹に本を読んでもらうことになっているんだ。何人かの愚かなイングランド人のせいで、彼女が見た目を気にしているなら、目が見えることを知らせて敬遠されたくない。早くその湿布をよこせ、まだ目の調子が悪いふりをするんだから」

ウィルはおもしろそうに口元をゆがめながら、濡れた布を取りにいった。ケイドに背を向けたまま、興味津々で尋ねる。「つまり、マブズは退屈で横柄ってことか。で、やさしいおれの妹といるほうが楽しいんだな?」

「きみの妹といるのが楽しいのかどうか、判断できるほど長く起きていたわけではない」ケイドはそっけなく言ったが、それは事実とは言いかねた。彼女がいるあいだ自分が目覚めていたのは二度だけだが、あのときは部屋が少し明るくなったように感じられた。昨夜ウィルがやってきたときも、今朝三人の部下たちをともなって訪れたときも、アヴリルがいた短い時間ほど癒されはしなかった。

「それもそうだな」ウィルは布を手にしてケイドに向き直った。「では、一週間ばかりしたらもう一度きこう。答えを楽しみにしているよ」

ケイドは不満げな声をあげただけだった。そのときドアの開く音がして、彼はベッドの上で体を硬くした。考える間もなく、はいってきた人物を見ようと目を向け、アヴリルの姿をすばやく盗み見た。おろした髪が、きれいな白い顔のまわりで燃えている。彼女は盆を持って慎重にバランスをとりながら部屋にはいってきた。ケイドの意識は彼女が着ているダークグリーンのドレスに向けられていた。そして、その色が彼女にとてもよく似合い、肉感的な体形を強調していることに感心していると、突然ウィルに布で目をおおわれ、視界がさえぎられた。

「ほら」友人は大きな声で言った。「これできみの視力はすぐに回復するだろう。濡れた布を当てて、しばらく辛抱していればね」

「まだ目の調子が悪いのね？」ドアが閉まり、アヴリルの小さな声がした。足音がベッドに近づいてくる。

「まだかすむらしい」ウィルはうそをついた。口先だけのように聞こえたが。「体力が回復すればきっとよくなるよ」

「そうね。わたしもそう思うわ」アヴリルがつぶやく。その声は心配そうで、こんなふうに彼女をだますことに、ケイドは一瞬罪悪感を覚えた。だが、すぐにマブズのことや、ウィルの短い訪問をのぞけばあの老女といるしかないことを思い、うそを正すのは控えた。

「ケイドのために昼の食事を持ってきたんだね」ウィルが言った。このにおいからすると、チキンスープだけではないようだ、とケイドは思った。たちまち胃がひっくり返り、空腹であることを知らせた。だが、また液状のものしか食べられないのかと思うと、あまりよろこべなかった。体力を取り戻すには固形の食べ物が必要だ。そう言おうとしたとき、ウィルが付け加えた。「パンとチーズも？　もう固形のものを食べても大丈夫なのか？」

友の声はからかっているように聞こえたが、気づくとケイドはつられて、こう言っていた。

「もちろん大丈夫だ」

ウィルは満足げにしのび笑いをした。ドアに向かっているらしく、声が遠ざかっていく。

「それでは食事をするきみを残して、おれは訓練に向かうとしよう」

「すぐにおれも加わるよ」ケイドは約束した。

「当てにしているぞ、友よ」ウィルがそう言うと、ドアが閉まり、部屋のなかで聞こえるのは、ベッドのまわりを移動するアヴリルのドレスがたてる衣擦れの音だけになった。

「頭痛の具合はどう?」質問のあと、盆を置いたらしい音がつづいた。

ケイドは目をおおっている布を取りのけたくて手がむずむずしたが、そのままにして答えた。「まだ少し痛むが、まえほどじゃない」

「それなら、食事をするあいだだけ、布をはずしても大丈夫でしょう」アヴリルはそうつぶやいて布に手を伸ばし、ケイドは彼女の指が顔をかすめるのを感じた。彼女が布を取り、水のはいった盥の横に戻しにいくと、ケイドは目をしばたたいた。すばやく彼女のほうに視線を向け、評判が悪いという髪をじっと見たあと、頬のあざに目を移した。記憶していたとおりだ。ウェーブを描きながらたれる輝くような炎色の髪と、頬の小さなイチゴ。自分なら醜いとも美貌を損ねているとも思わない。そのとき、アヴリルがこちらに向き直って動きを止めた。下唇を吸いこみ、不安そうにかんだあと、こう尋ねた。「わ、わたしが見えるの?」

わずかな吃音と、あざを隠すように上がった手に気づき、ケイドは眉を上げた。自分が見られていると思えば、妹はきみを避けるかもしれないとウィルに言われたことを思い出し、ケイドは咳払いして言った。「ウィルが言ったとおり、視界はまだかすんでいる」

「そう」ほっとして両肩が下がるほど緊張を解くと、アヴリルはにっこりと微笑み、その瞬間なんとも美しい顔になった。「ちょっと思ったものだから——いえ、気にしないで、なんでもないの」と自分で言いかけてやめ、持ってきた盆のほうを向いた。「薄いスープと水で薄めたエールも持ってきたけど、パンとチーズもあるわ。液状のものがちゃんとお腹《なか》に収まるようなら、そのあとで固形のものを試してみましょう」

「わかった」ケイドはその提案にため息をついた。彼としては固形の食べ物のほうがよかったが、自分の胃が——ほかの部分と同様——そうあってほしいと思うほど快復していないことはすでに学んでいた。

「はい」アヴリルはスープを持って彼に向き直ったが、動きを止めて眉をひそめた。そして、スープを盆に戻すと、彼の上にかがみこんだ。「体を起こすわね」

ケイドは手を借りなければならないことに顔をしかめたが、彼女に助けてもらって体を起こし、食べるあいだ上体を起こしていられるように枕を背中にあてがった。アヴリルはスープを取ってきて彼の口元に差し出し、少し飲ませた。

「あなたの部下たちはスコットランドに旅立ったわ」アヴリルは彼がひと口飲むのを待ちながら言った。「あっという間に荷造りと準備を整えて」

荷造りする荷物などほとんどないことを知っているケイドは、皮肉っぽく微笑んだ。三年間の幽閉生活のあと、身につけた衣服以外何も持たずにここに到着し、ほとんど荷物を増やすことなくまた出ていったのだから。部下たちはスチュアート城にケイドの無事を知らせたあと、モルターニュに戻る途中でおじのところに寄り、衣装箱を持ってくることになっていた。

「コックが食べ物を用意して持たせたわ」アヴリルはまたスープを彼の口元に近づけて言った。「スコットランド人にしてはとても礼儀正しかったって、彼女は言ってた」

ケイドはその――おそらくは――故意ではない侮辱に思わず噴き出しそうになったが、口のなかがスープでいっぱいだったので、ぎりぎりのところでこらえた。

「ごめんなさい」自分の言ったことに気づいたらしく、アヴリルはもごもご謝った。「わたしはただ……その、ほとんどのスコットランド人は気が短くて、無口で、そ、それに――」

「いいんだよ」かすかな吃音を聞きつけ、彼女の不安をやわらげようと、ケイドは急いで言った。「たいていのスコットランド人はひどく無礼だ……だがドムナルとイアンとアンガスとおれは、イアンの父でおれのおじであるサイモンに育てられ、鍛えられた。彼は低地地方人《ローランダー》で、妻はイングランド人だったから、おれたちは彼女から作法を習ったんだ」

「そう」アヴリルは不安げに微笑むと、咳払いをしてから尋ねた。「お腹の具合はどうかしら？　固形物を食べても大丈夫そう？」

ケイドがボウルを見ると、空になっていたので驚いた。そのままじっと自分の胃に注意を向けていると、彼女はボウルを下げ、彼に向き直って答えを待った。朝にスープを飲んだときはすぐに満腹になり、わずかに吐き気さえ覚えたのに、今回は大丈夫だった。多少腹にたまったが、むかつきはないので、彼はつぶやくように言った。「固形物も食べられそうだ」

アヴリルは微笑み、盆からチーズとパンを取った。これも彼女が食べさせた。チーズを少し割って、口のなかに入れてやり、ハチミツ酒を飲むように勧めてから、パンを少し食べさせる。ケイドは全部食べて早く体を回復させたかったが、彼女が持ってきた小さなパンとチーズを半分ほど食べただけで、もう食べられないと自分から言った。ほんのわずかしか食べられなくてがっかりしたが、アヴリルはよく食べたと思ったらしく、この調子ならじきにもとの状態に戻れると請け合った。

「では、本を読んであげましょうか？」しばらくすると、アヴリルはそう言って、盆を下げさせるために呼んだ侍女が出ていったドアを閉めた。

「ああ」ケイドはすぐに答えたあと、興味深げに言った。「スコットランドでは、読み方を知っている女性はあまりいない」

「イングランドでもめずらしいわ」と彼女は認めた。「子供のころ、わたしの友だちはウィルだけで、わたしは兄の行くところへはどこでもついていったの。勉強部屋にまでね。兄の先生は、わたしが頭がよくてのみこみが早いことに気づくと、出ていけと言わなくなって、わたしにも教えてくれるようになったの」苦笑いをして付け加える。「ウィルが剣術や何かの訓練のために家を出ると、父はわたしを忙しくさせておくために先生のもとで勉強をつづけさせた。それからさらに何年か勉強をつづけて、英語、ラテン語、フランス語、スペイン語、それに数学もすっかり身につけたわ」

彼女はベッドのそばの椅子に腰をおろし、衣装箱の上に置かれていたらしい、古いぼろぼろの本を取りあげた。そして小さなため息をついて言った。「残念ながら、知性があるのもお婿さんさがしには不利なの。知識をひけらかさないようにと、何度も注意されてきた」

彼女の言うことがもっともなのはわかっていたが、ケイドはその愚かな考えに首を振った。妻に知性があるのは実にいいことだと思うからだ。彼の母も幼いころから教育を受けていた。おかげで父の代わりにスチュアート城と領地を管理しなければならなくなったとき、とても役に立った。父は大酒飲みで、しょっちゅう深酒をしては仕事がおろそかになっていた。母は文句も言わずにその仕事を引き継ぎ、妹のメリーにも教育を受けさせた。ケイドは教育のある女性に対してなんの偏見も持っていなかった。

アヴリルが本を読みはじめたので、考えごとに別れを告げた。何度も読んでいる話で、ほとんど暗記しているらしいということがすぐにわかった。ケイドは驚かなかった。本は高価なものだ。モルターニュは裕福なようだが、それでも選ぶほど本がたくさんあるとは思えなかった。

ベッドに横たわってくつろぎ、目を閉じて流れてくる彼女の声に身をまかせた。頭の一部では生き生きと語られる物語を楽しんでいたが、別の部分では、自分がここに、安全で心地よいやわらかなベッドのなかにいて、満足に食事を与えられ、女性のやさしい声を耳にしているのが信じられなかった。長いあいだ異国の牢獄にいて、空《す》きっ腹を抱え、硬い石の床で眠り、将来の希望などほとんどなかったのだから。

これが癖になりそうだ、とケイドは思った。そしてひそかに微笑んだ。

4

「ではこちらを」

体を清めおえたアヴリルは、濡れた麻布を盥の水のなかに入れ、ベスが差し出したドレスを受け取ろうとした。だが、そのドレスを見るやいなや凍りつき、手を引っこめた。恐怖に目を見開いてささやく。「いやよ」

ベスは同情するように顔をしかめた。「ですが、いちばんいいドレスを着るようにと、だんなさまがおっしゃいましたので」

アヴリルは目を閉じた。それが何を意味するかはわかっていた。父が彼女にいちばんいいドレスを着せるのは、花婿候補のまえで見せ物になるときなのだ。ベスがささげ持っているダークレッドのドレスは、たしかにいちばん新しい、いちばん上等のドレスだった。花婿候補たちに繰り返し拒絶され、屈辱を受けたときに着たドレスでもある。どうやら父は縁談を持ちかけるあらたな相手を決めたらしく、花婿候補は今日到着するらしい。

驚くことではないのだろう。遅かれ早かれこの日はやってくるはずだったし、最後の花婿候補に手ひどく拒絶されてから一週間以上たっていた。あれはケイドが長い昏睡から目覚めた日でもあった。

落ちこんでいるにもかかわらず、ケイドのことを思うと、アヴリルはいつしか微笑んでいた。この一週間、かなりの時間をケイドの部屋で、本を読んであげたり、話をしたりしてすごしていた。二日目からは、ずっとベッドにいなくてもいいように、朝、暖炉のそばの椅子まで歩くのに手を貸したり、夜には椅子からベッドに戻るのを手伝ったりした。

昏睡から覚めて以来、ケイドはかなりよくなっていた。もう意識が戻ったときほど顔色は悪くないし、やせてもいない。ウィルの練兵を手伝う話さえはじめている。まだ回復していないのは視力だけだった。彼のことを思うと心配だったが、アヴリルとしてはいくぶんほっとしていた。自分をまともに見たとき彼がどんな反応をするか、あまり知りたくなかったからだ。彼にとって今の自分は声とぼんやりした人影にすぎないが、はっきり見えるようになったとき、どう思われるか不安だった。

「さあ、お嬢さま」ベスが元気づけるように言った。「それほど悪いことでもありませんよ。今度の方はお嬢さまを奥方にしてくださるかもしれませんし」

アヴリルはため息をひとつつくと、侍女に手伝わせてドレスを着た。お酒を飲もうと飲むまいと、今回も拒絶以外の結末は考えられなかったが、父がわざわざその男性をここに連れてきてしまったからには、またじろじろ見られ、拒絶される屈辱に耐えなければならないのだろう。

ベッドの枠にぶらさがっているとき、不意にドアが開いた。ケイドは凍りつき、戸口にいるのがだれなのか見ようと、恐る恐る頭を向けた。ウィルだとわかると安堵した。

「体を鍛えているのか」友だちはおもしろそうに言って、寝室のドアを閉め、部屋にはいってきた。「いつからつづけている？」

ケイドは顔をしかめながら、ゆっくりと体をおろした。ベッドの上部の枠から手を離し、足を床につけてから答える。「三日目の朝からだ」彼はさりげなく認めた。「最初の朝は一度で上まで体を持ちあげることができなかった」

「ふうむ」ウィルはまじめくさってうなずいた。「牢獄を脱出したあとで必死に取り戻した体重や体力を、かなり失ってしまったからな」

ケイドはそれを聞いてうなり、ベッドには戻らずに、暖炉のそばの椅子のところに行って座った。体力を取り戻すための試みは、はじめて固形物を食べた日からはじめていた。アヴリルは夕食時になると階下に行く。彼女はマブズに彼の食事を運ばせると言ってくれたが、ケイドは侍女に〝迷惑〟をかけたくないので、もしアヴリルが食事を持ってきてくれるならそれまで待つと言った。アヴリルが出ていくとすぐ、ベッドからすべり出て、歩いてみた。やっとのことで数歩歩くと――しかもベッドにつかまって――脚が震えてベッドに戻らなければならなかった。だがあきらめず、つぎにチャンスが訪れたときにもう一度立ち、無理やりもう少し歩いた。

固形物を与えられ、歩くようになって三日たつと、部屋のなかを何回か往復できるほど体力がついたが、だれにも知らせなかった。やがて、上腕の筋肉を取り戻す訓練もはじめた。脚のほうはなかなか元に戻らなかった。

「アヴリルは知っているのか?」

ケイドはあわてて首を振った。「知らせていない。心配するだろうから」

「ああ、だろうな」ウィルは苦笑いとともに同意した。「きみがことを急ぎすぎていると心配して、ベッドに縛りつけるだろう」

ケイドはその考えにかすかに微笑んだ。アヴリルはこれまで出会ったなかでいちばんやさしい人だが、こと彼の快復に関するかぎり、驚くほど慎重だった。

「言っておくが、きみの目がちゃんと見えていることを話したら、妹もそれほど心配しなくなるかもしれないぞ」

ケイドはそれを聞いてため息をついた。真実だった。それは否定できないが、見えると白状するのは自分でも意外なほど気が進まなかった。それを知ったらアヴリルに避けられるようになるかもしれないと思うと、いい考えには思えなかったのだ。長くさえない日々のなかで、彼女は唯一の明るい部分だった。ふたりであれこれおしゃべりしてすごすのは楽しかった。それが終わりを告げて、自分がいると彼女が不安を感じ、内気になってしまうのを見るのはしのびなかった。

だが、いずれはそうなるだろう、とケイドもわかっていた。先週には気力も体力も充分に取り戻していたので、部屋を出てウィルとともに練兵場に出たくてたまらなくなっていた。

仲間とともに捕虜となって幽閉されるまえの力を取り戻したかった。一方で、夜、暖炉のまえに座り、自意識過剰でも内気でもないアヴリルと会話を楽しみたいという思いもあった。

「アヴリルは？」ケイドは突然尋ねた。朝起きて最初に見るのが彼女の顔だった。彼がひとりで食べなくてもいいように、ふたりはいっしょに朝食をとった。ウィルはたいてい食事がすむまで現れないし、現れるにしても練兵場に向かうまえに顔をちょっと見せるだけだった。

「階下《した》にいる」ウィルが答えた。「おれがここに来るまえは、ハチミツ酒とパンとチーズとパスティ（具入りのペストリー）をきみに持っていくよう、侍女のベスに指示していたよ」

「侍女に？」ケイドは驚いてきき返した。食べ物の話を聞いて腹が鳴ったことは無視して。最初に通常に戻ったのが食欲だった。「彼女は来ないのか？」

「ああ。妹が来なくてきみは幸運だったな。でなければ、きみが起きて動きまわっているのを知られてしまっただろうから」

ケイドは肩をすくめてそれを聞き流し、言い訳をした。「そんな遅い時間だとは気づかなかったんだ。外はまだかなり暗いから」

ウィルは開いた鎧戸のほうを見て眉をひそめた。「嵐が来そうだな」顔をしかめてケイドに向き直り、付け加えた。「別の嵐も」

「なんのことだ？」彼は興味を惹《ひ》かれて尋ねた。

「父の手配で、今日あらたな領主が来ることになっている。アヴリルが花嫁にふさわしいか見てやろうというわけさ」

ケイドは一瞬顔をしかめ、椅子に背中を預けた。「このまえのばかより思いやりのあるやつだといいが」

「まったくだ」ウィルが同意した。「アヴリルが何を言われたか知ったときは、やつの歯をのどにたたきこんでやりたいと思ったよ。あんなひどいことを言うなんて」彼は思い出して顔をしかめたあと、さもいやそうに付け加えた。「父が新しい壮大な計画をたてたから、今回も大惨事になるだろうな」

「なんだ、その新しい計画というのは？」ケイドは興味津々で尋ねたあと、推測した。「髪をおおって、あざは泥で隠すとか？」

「なんでわかった？」ウィルが驚いてきいた。

ケイドはあきれて鼻を鳴らした。イングランド人にまかせておくとろくなことはない。モルターニュ卿はまともにものが考えられないのか。おおいが取られ、泥が洗われて、花婿がだまされたと知ったとき、迷惑をこうむるのはアヴリルなのだ。それに、そんなことをされたらアヴリルはどんな気がする？　父親までがその男たちと同意見ということになるではないか。父親までが娘の容姿を醜いと思っているということではないか。

「父もよくよく考えてのことだ」ウィルは悲しげに言った。「実は、健康面に不安があって、生きているうちにアヴリルが嫁いで幸せになるのを見たがっている。死の床にあった母にそうすると約束したんだ」彼は首を振った。「残念ながら、父は子供を産むことこそ女の幸せだと思っていて、意地悪で気むずかしい夫ではアヴィーを幸せにできないことに気づいていない」ウィルはいらいらと両手を髪にやりながら付け加えた。「だが、計画の最悪の部分はそこじゃない」

ケイドは片方の眉を上げた。「まだあるのか？」

「ああ、そうだ」ウィルは嫌悪に口をゆがませながら、思い出させた。「妹には吃音がある」

「そうだった」ケイドは認め、それに対して父親に何ができるのだろうと思いながら、疑わしそうにきいた。「その男と話をするなと命じたのか？　相手の男は、布を巻かれて汚れをつけられ、口もきかずに夫を手に入れようとしている彼女に会うことになるのか？」

「いや、口をきくなとは言っていない」ウィルはそっけなく言った。「父はいま階下で妹にウイスキーを飲ませている」

「なんだと？」ケイドは信じられずにきき返した。

「聞いたとおりだ。男たちのまえで緊張しなければ、アヴリルの吃音は出ないはずだと父は確信していて、ウイスキーが彼女の緊張を解いて舌をゆるませると信じこんでいる」

「なんということだ」ケイドはつぶやいた。

「ああ」ウィルは皮肉っぽく言った。「おれが階下にいたとき、アヴリルはそんなことはやめてくれと必死に父を説得しようとしていたが、父は聞き入れなかった。おれが妹の助太刀をしようとすると、シーウェル卿とその母君がいるあいだ、階上《うえ》のきみのところに行って待っていろと言われた」

ケイドは眉を吊りあげた。「いたずらをした子供のように、おれの部屋に追いやられたのか？　そして言われたとおりにしたと？」

ウィルは赤くなったが、静かに言った。「相手はおれの父だ……そして領主なのだ。ウイスキーを飲んでもアヴリルに害はないし、この計画からして父が血迷っていることの現れで、事実血迷っている。だからそむくことはできなかった。まあ、大っぴらには」彼はにやりとして付け加えた。「マブズとベスを買収して、妹から離れるな、おれがあいだにはいるべきだと思ったら知らせろと言ってある」

「エヘン」ケイドは咳払いをした。自分があいだにはいりたいところだったが、モルターニュ卿は文句も言わずに自分を屋敷に迎え入れ、体を癒して体力を取り戻せるようにし、自分ばかりか部下たちにまで寝床と食事を提供してくれた人だ。それにウィルが言うように、ウイスキーを飲んでもアヴリルに害はないだろう。だが、もしこの最新の花婿候補が問題を起こすか、なんらかの形で彼女を傷つけるかしたら、階下に行って問題解決にあたるのはウィルだけではない。ケイドも同行するだろう。まだ完全に体力が戻ったわけではないが、自分の足で立って強烈な一発をお見舞いすることはできる。自分の世話をして多くの時間をすごしてくれた女性のためにそうできるのは、よろこばしいことだ。

「ところで」ウィルが唐突に言った。「きみが昏睡から覚めて間もないころ、うちのアヴリルといるのは楽しいかと尋ねたら、きみはそれを判断できるほど長く起きていたわけではないと言った。あれから一週間だ。アヴリルはやさしくて、いっしょにいて楽しいと思わないか？」

ケイドは迷い、唇をわずかにとがらせたあと、ため息をついてしぶしぶ認めた。「思う」

彼をよく知るウィルは、目をすがめて言った。「でも？」

「アヴリルはやさしすぎる」ケイドはため息まじりに認めた。「輝くような情熱がない。おれは聞きわけのいい患者ではない。不機嫌になったりけんか腰になったりして、この数日のあいだ一度ならず彼女を怒らせようとしてみたが、まったく反応せずにますますやさしくなるばかりだ。かっとなることなどないかのように」

ウィルは驚いて眉を上げた。「それが悪いことなのか？」

「不自然だ」ケイドはきっぱりと言った。

ウィルは首を振った。「イングランドではそうじゃない。少なくとも、おれの母は死ぬまでずっとやさしかった。たいていのイングランド人はそういう性質の女を好む」

ケイドはうんざりして口を引き結んだ。「それならきみたちはばかだ。そんな女はスコットランドでは長く生きられない」彼は顔をしかめた。「山賊に取り囲まれたら、アヴリルはわざわざ襲ってくれたことに感謝しかねない」

ウィルはその話をおもしろがって笑ったが、反論もしなかった。代わりにため息をついた。「では、アヴリルとの結婚を勧めても無駄か」

ケイドはそれを聞いて驚いた。「なんだと？」

「幽閉されていたとき言っていただろう、脱出できたら、跡継ぎを産んでくれる花嫁を見つけなければならないと。十字軍に馳せ参じるような愚かきわまりないことをまたしでかすまえに」彼はまじめくさって言った。

「アヴリルとおれが……？」ケイドは質問を最後まで言わずに、ベッドに戻って座り、眉をひそめて彼に言われたことを考えた。たしかにあの娘のことは好きだし、妻にする女をさがす手間がはぶけるとはいえ、アヴリルと結婚して彼女を故郷のスコットランドに連れていくことは想像できなかった。

家族のもとに帰ればひと騒動起こることになる。十字軍に参加する何年かまえ、ケイドは事の次第を説明する妹からの手紙を受け取った。母は亡くなり、メリーがスチュアートの管理を引き継いだとのことだった。父はまだ領主だが名前だけにすぎず、酔うと権力を振りかざすが、たいてい酩酊《めいてい》しているか、二日酔いのせいで職務をおこなえないかだった。スチュアートを切り盛りしているのはまだ年若いメリーで、母の死の床で約束したように、結婚するまではそれをつづけるつもりだという。

この知らせを聞くと、ケイドは急いでスチュアートに戻り、父がしらふになるまで三日待ってから、メリーの肩に責任を負わせるのではなく、父みずから領主としての仕事をするべきだとさとした。おそらく話の切り出し方を誤ったのだろう。父は何年ものあいだ妻がスチュアートを管理してきたことや、今はメリーがその任に着いていることさえ、認めるのを拒んだ。スチュアートの領主は自分だ、と言い張った。決定を下しているのも、城とすべての領民を管理しているのも自分だと。自分はスチュアートの偉大な領主で、その座をあけわたすつもりは毛頭なく、自分がその気になりさえすれば、おまえを廃嫡することもできるのだと。

そして父は、ケイドのふたりの弟を味方に付けて、スチュアートの領地から出ていけと長男に言ったのだった。

ケイドは出ていった。そのときだれかになぜそうしたのか尋ねられていたら、妹のための父の計画をじゃましなかったウィルと同じことを答えていただろう。エイキン・スチュアートは自分の父、自分の領主であり、良識を持っているはずだと。当時はそれを信じていたし、モルターニュ卿もそうなのかもしれないが、ここ何年か考えつづけた結果、父の頭はまともでないと判断するに至った。エイキン・スチュアートは飲酒から逃れられない。まともな領主でいることはできないし、ふたりの弟たちにとってどんな見本にもなれない。

ケイドが戻ることになるのはそういう場所であり、スチュアートの管理をめぐって戦いになるのは必定で、妹がいいなずけのもとに嫁ぎ、飲んだくれの父と弟たちがここしばらく、ウイスキーで朦朧《もうろう》とした頭でスチュアート城と領地を好き勝手に管理しているのだとしたら、立て直すために多大な労力が必要になるのは目に見えていた。いくらケイドがアヴリルを好いていて、昏睡から覚めて以来彼女とのおしゃべりを楽しんでいたとしても、スチュアートは彼女のようなやさしくてたおやかな女性にふさわしい場所ではない。ああ、あんな荒れ果てた環境では、ひと月と生きていられないだろう。ケイドはそう思うと情けなくなり、首を振った。あのやさしさのなかにほんの少しでも炎があれば、逆境を乗り越えてたくましく生きる片鱗《へんりん》でも見せてくれていたら、やってみる価値はあるかもしれないが……いや、アヴリルをあそこに連れていくわけにはいかない。みじめさに疲れて弱っていく彼女を見ることになるだけだ。

「そうか」ウィルはため息まじりに言った。「それなら父の計画がうまくいくことを祈るしかないな」

ケイドがうなっただけで何も返さなかったので、ウィルは話題を変えた。ケイドは聞いていたが、頭では陛下で起こっているかもしれないことについて考えていた。最新の花婿候補はもう着いたのだろうか？　モルターニュ卿はアヴリルにウイスキーをどのくらい飲ませたのだろう？　吃音が出ないようにするのに役立つだろうか？　今度の花婿候補は彼女を花嫁として受け入れるだろうか？

5

「お嬢さん、煤《すす》がついていますよ」

アヴリルは椅子の上で体を揺らさないようにしながら、父に飲まされたウイスキーのなかで沸き立っている食べ物を胃に収めておくことで頭がいっぱいだった。そうでなければまちがいなく、頰に触れようと伸ばされたぞっとするシリル・シーウェル卿の手をよけようとしていただろう。反対側に座っている、同じくらいぞっとする彼の母親のほうを向いて、話しかけようとさえしたかもしれない。だが、気分の悪さに気をとられていたせいで、彼に触れられたことに驚き、反射的に顔をしかめていらいらと手を振りはらった。

実際、この男はアヴリルにさわりつづけていた。手、顔、腕、脚にまで。腿が触れ合うほど近くに座られているだけでもひどいのに、言い訳を見つけては指でも触れてくるのだ。ドレスに糸くずがついている、パンくずを払わなければ……と。このときはそれを口実に、恐ろしいほどの厚顔さで彼女の腿を何度もなでまわした。

アヴリルはこの不愉快な小男の鼻を殴りたいという欲望を抑えるのが困難になってきた。たしかにこの男は不愉快だしちびだ。百五十五センチほどの彼女と同じくらいの背丈で、ケイドや彼女の兄の肩までも届かない。

拒絶されたことでシーウェル卿の目がすがめられたのに気づいて、アヴリルは無理やり笑みを浮かべてつぶやいた。「あの――大丈夫ですわ。あとで侍女にやらせますから」

ことばが不明瞭にならないようにゆっくりと話さなければならなかったが、うまくやれたと思ったのに、相手のげじげじ眉毛がまた不安そうにひそめられたので驚いた。その表情は、彼女の父がシーウェル卿とその母のために調えた昼食の席についてから、何度も彼の顔に浮かんでいた。なんてさえない顔つきなのかしら、とアヴリルは思った。それを言ったら、その男の全てがひどくさえない。ネズミのような茶色の髪が、汚らしいへなへなのウェーブを作りながら顔のまわりにだらしなくたれ、その顔はケイドのハンサムな顔とは似ても似つかなかった。

だが、シーウェル卿の体重はケイドの三倍はあった。残念ながら、そのほとんどが腹部に集中していた。ウィルや父とちがって、あまり練兵場ですごしていないのだろう。彼に戦士並みの剣術の腕があるとは思えなかった。アヴリルより強いかどうかさえあやしいものだ。彼女は広刃の刀をうまく振るうことすらできないのだが。

もちろん、この男を責めているわけではない。今のような酒に酔った状態でも、見た目は重要でないと、重要視するべきではないと、理解するだけの分別はあった。それに、自分だって赤毛とあざのある顔のせいでひどく醜いのに、だれかに認められたいと願っているのだから、彼の容姿にはよろこんで目をつぶり、その下にある人柄に目を向けようとしていた。

だが、残念ながらシーウェル卿は、そちらの方面でもまったく恵まれていなかった。ケイドのように知的でもなく、おもしろみもなかった。アヴリルはこの一週間、日に何時間もケイドとお互いのことを話してすごし、子供時代の思い出を語り、幽閉中やそのあとチュニスの僧院で経験したことに耳を傾けてきた。『ベオウルフ』などの古典についても意見交換をしたし、政治や宗教についてさえ話し合った。だが、シーウェル卿はそれらの話題のほとんどについて、まったく意見も知識もないようで、この男と話そうという彼女の努力は、ほんの短いあいだしかつづかなかった。

明るい面を見れば、父の計画はうまくいっている、とアヴリルは自分に言い聞かせた。吃音は一度も出ていない……その代わり、ろれつが回らなくなるという悲惨な傾向が現れてはいたが。

「なんて悲惨なの」彼女は言った。

「なんとおっしゃいました?」シーウェル卿はさらに近づいて尋ねた。

またドレスの胸元を上からのぞくための言い訳だろう、とアヴリルは気づいた。彼は到着してから何度もそうしていた。ほかの花婿候補たちは顔を合わせたあとはろくに彼女を見もしなかったのに、シーウェル卿は心を決めるまでじっくり検分するつもりらしかった。父が馬を調べるとき同様、歯を調べられるように口を開けるべきかしら、と思った。

アヴリルが父のことを考えたせいでもないだろうが、モルターニュ卿が突然ぶっきらぼうに言った。「さて、食事もすんだことですし、暖炉のそばでわたしと語らいませんか、あー、シーウェル卿？」

「よろこんで」シーウェル卿はすらすらと言った。そしてアヴリルに身を寄せ、ドレスの胸元にじっと目を落としながらささやいた。「お父上はぼくがあなたを花嫁として受け入れるかどうか知りたがっていらっしゃるようだ」

アヴリルは手を上げて胸元を隠し、それなりに興味を持っているように見えることを願いながらもごもごと返事をした。

どうやらそれに満足したらしく、シーウェル卿は体を起こして彼女に微笑みかけると言った。「ぼくはイエスと言うつもりですよ」

アヴリルの心は沈んだ。

「あなたは感謝してしかるべきですよ、お嬢さん。なんと言ってもあなたはお母上からその残念な髪の色を受け継いでいるのですから。おおったのはいい判断でしたが、結婚したらもう少しまともな細工をしてもらいたいものですね」

アヴリルはぎょっとして顔に手をやり、言うことを聞かない赤い巻き毛が、父に言われてベスにかぶせられた布の帽子からわずかにのぞいているのに気づいた。

「それに、そのひどく小さい、あるかないかの胸も」と彼が付け加えたので、アヴリルはびっくりして自分の胸を見おろした。この非難は初耳だ。これまでの男性たちは、彼女との結婚を拒否する理由として、醜い髪とあざとひどい吃音を上げていたが、胸にも不満があると言われたのは初めてだった。

たしかにそれほど大きくないのは認めるが、小さいとも思わなかった。少なくとも彼の母親のレディ・シーウェルのように、バランスをくずしてひっくり返りそうなほどは大きくない。やたらと胸元をのぞこうとしていたのは、胸を見ようとしていたからではなく、肝心のそれがないのでがっかりし、さがそうとしていたからなのだろうか。わたしの胸はそんなに小さいのかしら？　これまでそんなことだれにも言われたことはないのに。

「無意味なことをしゃべりまくる傾向もある」彼は眉をひそめてさらに言った。

アヴリルは自分も眉をひそめることでそれに応えた。彼女は最初に少ししゃべっただけで、あとはろくに口をきいていなかった。ほとんど、あるいはまったく返事が返ってこなかったからだ。だが、今日彼女がしたわずかな話さえ無駄なおしゃべりだと彼が思うなら……救いようがない。

「これ、シリル、意地悪を言うものではないわ」彼の母親が身を乗り出して会話に割りこみ、たしなめた。「醜くて悲しいほど胸が貧弱なのは、レディ・アヴリルのせいではないのだから。それに、モルターニュ卿ご夫妻はとてもお幸せだったそうだけど、奥さまは十人並みだったのよ。レディ・モルターニュは結婚してもらえたことにとても感謝して、精一杯夫を幸せにしようと努めたのでしょう。ここにいるアヴリルも同じだと思いますよ。感謝の念から、あなたの望むことならなんでもするにちがいないわ。それに、そうそくを吹き消してしまえば見た目など問題にならないし、話ができないように口をいっぱいにさせておけばいいのよ。あなたが夫としての務めを果たせば、持参金が手にはいるんですからね」レディ・シーウェルはそう言うと、自分の抜け目のなさに思わず笑った。

「ほんとうに？　感謝してくれるんですか？」シーウェル卿は尋ねた。その目は悲しいほど貧弱だという胸におりてきて、もう一度よく見ようとしているようだった。

アヴリルはまじまじと彼を見つめた。頭にはまだレディ・シーウェルに言われたことが引っかかっていた。ろうそくを吹き消せ、口をいっぱいにさせて静かにさせろ、持参金のことを考えろ？　ベッドに横たわり、この小太りの体にのしかかられて窒息しかけているあいだ、この男はわたしの上であえいだりうなったりするの？　胃が激しくむかつき、アヴリルは唇をかんで、鼻で息をしながらなんとか落ちつこうとした。だが、シーウェル卿がいきなり手を伸ばして、メロンの熟れ具合でもたしかめるように胸をつかんだので、彼女はその手を払いのけ、相手の鼻にこぶしを打ちこんだ。

シーウェル卿は女のように悲鳴をあげ、目を見開いて鼻を押さえると、勢いよく立ちあがった。

アヴリルは胃がむかついていたにもかかわらず、ベスに赤いドレスを差し出されて以来、初めて微笑んだ。

「なんて恩知らずな小娘なの！」レディ・シーウェルは甲高い声で言うと、急いで立ちあがって息子に駆け寄った。「シリル、シリル・ダーリン、大丈夫かい？」息子の頭を抱え、巨大な胸を押しつけて、アヴリルのほうを見る。「恐ろしい、恩知らずな娘だこと！　あざ面の赤毛のくせに、よくもわたくしの息子に手をかけたわね！」

そっちが先に手をかけたのよ、とアヴリルは思ったが、そう言おうと口を開けたとき、胃が反乱を起こし、レディ・シーウェルの足元の床に向かって昼食を吐き出した。

「それでどうなったんだ？」ウィルが尋ねた。

「そうだ、最後まで話してくれ」ケイドがどなった。階下《した》に行ってシーウェル卿を殴りたくてしかたなかったが、何があったのかを知りたくもあった。その男にふさわしい罰を与えてやれるように。殴るだけではすまないだろうし、あとになって殺しておくべきだったと思いたくない。

ケイドの視線が彼のベッドに横たわる女性の上をたどった。彼とウィルが静かに話をしていると、ベスが部屋に飛びこんできてふたりに知らせたのだった。アヴリルがシーウェル卿を殴って、階下は大騒ぎになっていると。ケイドとウィルはすぐに階下へ向かったが、階段でアヴリルと鉢合わせした。彼女の青白い顔と、手すりにつかまってふらふらしている様子をひと目見て、階下の叫び声などどうでもよくなった。シーウェル卿の相手は彼女の父親にまかせ、ケイドとウィルは両側からアヴリルの腕を支え、残りの階段をのぼらせた。そして、階段をのぼってすぐのケイドの部屋に運びこんだ。

アヴリルはケイドがこの一週間使っていたベッドに仰向けに横たわり、目に冷湿布を当てながら、何があったのかをふたりに語った。彼女がろれつの回らない口で語ったうえ、ひどくきついことばを使ったことに、ケイドはすっかり魅せられた。アヴリルから目が離せなくなっていた。彼女は別人のようだった。彼が目覚めて以来ずっとそばにいた、やさしくて落ちついた女性とは、まるでちがっていた。結局この娘にも頭にくることはあって、その頭のなかではありとあらゆる粗野なののしりことばがうなりをあげていたらしい。忌まわしいシリル・シーウェルの説明をするのに、それをいくつか使ったからだ。

「ああ」アヴリルは弱々しく片手を振ると、大きなため息をついた。「あの老いぼれ雌牛は、わたしが恩知らずで、結婚を考えてもらっただけでも息子に感謝してその足にキスし、なめてきれいにするべきだとわめきたてていたわ。わたしはお昼に食べたものを必死で吐くまいとしていたから、口を開けたりしなかった。でも、あの古ダヌキのいつまでもつづくばかげた文句を聞いているうちに、どんどん吐き気がひどくなってきて……」彼女はそこで憎々しげに笑みを浮かべると、つぶやいた。「まったく、わたしがあの愚かな抜け作の足はもちろんのこと、どこだろうとなめるのが当然みたいに」

それを聞いてウィルは目をみはったが、ケイドはにやりとした。彼女はつづけた。「うるさい女はなおもかみついてきたわ。『それで？　その野蛮な態度について謝罪する気になって？』だからわたしは出ていけと言おうと口を開けた。言うには言ったけど、口を閉じるまえにお昼に食べたものが飛び出してきたの。彼女のドレスのスカートめがけて」彼女は思い出してため息をつき、目に当てた布をかすかに震わせたあと、唇を引き結んでから付け加えた。「でも悪かったとは思ってないわ。あんないやな鬼婆《おにばば》が義理の母親になるなんて想像できる？　冗談じゃないわ、ウイスキーを飲んで自制心を失っていなくても、あの女には絶対にかんしゃくを抑えておけなかったでしょうから」

「でもアヴリル、おまえはかっとなったりしないじゃないか」ウィルがうろたえながら言い返したあと、自分がいま聞いたことからその訴えの愚かしさに気づいて眉をひそめた。「つまり、今までかんしゃくを起こしたことなんてなかった。いつだってやさしくて、とてもおだやかだった」

「そうしなければいけないとお母さまが主張して、自制することを学ばせたからよ」彼女は静かに言った。「逃げようとして護衛隊長を蹴った日の翌日、お母さまはわたしに自制することを教えはじめたの」

「逃げた？」ウィルには衝撃だったらしい。そのことについて何も知らなかったのは明らかだ。

「お母上はどうやってきみにそれを教えたんだい、アヴリル？」ケイドが静かに尋ねた。六歳児には何を教えるにしてもむずかしいだろうが、本来の性質を抑えこむのは不可能に近い。

「わたしがかんしゃくを起こすたびに、水風呂に入れたの」そう言うアヴリルの声にはほとんど感情がなく、そのせっかんを恨んでいる様子はなかった。せっかんと言っていいだろう、と思って、ケイドは暗い気分になった。子供を無理やり冷たい水のなかに入れるなど想像できなかった。つらい思いをさせるのはもちろんだが、そんなことをしたら子供に風邪をひかせてしまう危険性がある。

アヴリルは急に冷湿布をつかんで目からはずし、兄をにらみつけた。「わたしを軽蔑した？」

「いいや、まさか」ウィルはすぐに言い、にやりとしてから付け加えた。「それどころか、そういうおまえのほうが好きだよ。そんなふうに悪態をつくやり方をどこで習ったんだ？」

「お兄さまからよ」彼女はぽつりと言うと、濡れた布を顔に戻した。「それと、城壁を守っている兵士たちから。あの人たちはしょっちゅうあちこちに向かって、いつまでも大声で悪態をついているし、わたしの部屋の鎧戸を開けておくと、それが全部聞こえるの」

「ふうむ。これからはもっと注意して、城壁の見張り兵たちにひとこと言ってやらないとな」ウィルはつぶやいたが、ひどくおもしろがっているようだった。やがて彼はケイドのほうを向いて、片方の眉を上げてみせた。「これでも妹はまだやさしすぎると？」

ケイドは娘をちらりと見た。また湿布をはずしてしまっており、美しい緑色の目が疑わしそうに、ふたりの男性を交互に見ていた。シーウェル卿に会うためにかぶっていた帽子は脱ぎ捨てられ、髪がベッドの上で頭の両側に広がっていた。その炎の色の髪を、両手に集めて顔に押しつけたかった。頬はかんしゃくのせいで赤く染まり、甘くやわらかな唇はいらだちにゆがんでいる。ケイドはこれほど美しい彼女を見たことがなかった。

「いいや」彼はうなるように言った。「おれがきみの妹をもらおう」

ウィルはにっこりして、うれしそうに友の肩をたたいた。「これでおれたちは家族だな」

「どういうこと？」アヴリルは困惑した顔で起きあがった。「あなたたちはいったい何を……」彼女は不意に黙りこみ、片手で胃のあたりを押さえ、もう片方の手を頭にやった。目を閉じてうめいたあと、目を開けてあえいだ。「どうしてこのいまいましい部屋はじっとしていてくれないの？」

ケイドはベッドのそばに歩み寄り、片手でアヴリルを押してまたベッドに寝かせ、冷湿布を顔に戻した。「横になっているほうがいい。そうすれば部屋はひとりでに元に戻る」

彼女は少しのあいだ抵抗したが、すぐにあきらめてベッドに体を投げ出し、みじめに小さくため息をついた。「もうお酒は飲まないわ」

少し待つと、彼女が静かになり、眠りこんだようなので、ケイドはウィルを見た。「お父上と話さないと」

「おれもいっしょに行こう」ウィルはそう言うと、部屋を横切りはじめたケイドにつづいた。ケイドがドアにたどり着いて、引き開けようと手を伸ばしたとき、ベッドから物音が聞こえた。振り返って見ると、ちょうどアヴリルが体を突きあげるようにして、激しくえずいていた。

「妹の侍女を連れてくる」ウィルはすぐにそう言って足早に部屋から出ていき、ケイドはアヴリルのもとに急いだ。


「お目覚めですね」

アヴリルはしぶしぶまた目を開けた。ほんの一瞬まえに目を開けてまばたきをしたのだが、ろうそくの光の攻撃を受け、頭に痛みが走ってうめくことになったのだ。今度も似たようなものだったので、うめいてまた目を閉じた。

「頭が痛むのですか？」ベスが尋ねた。

アヴリルは答えようと口を開けたが、目と額に冷たく濡れた布が置かれると、ほっとしてため息をついた。

「ああ、ベシー、ありがとう」ガンガンする頭が冷湿布のおかげで楽になってきて、彼女はささやいた。

「胃が受け付けそうなら、強壮薬がありますよ」ベスが告げた。

アヴリルは何かを胃に入れると考えただけで顔をしかめた。とはいえ、頭がもうズキズキしなくなるのも捨てがたい。もう少し待って様子を見ることにしよう。「いま何時？」

「もう遅い時間です」ベスは無愛想に答えた。「城内のみなさまはほとんど休まれています」

アヴリルは唇をかんでから尋ねた。「わたしは自分のベッドにいるの？」

小さな笑い声で空気を震わせたあと、ベスが言った。「ええ、あのスコットランドの方は文句を言いましたがね。彼は自分でお嬢さまのお世話をしたがって、午後のあいだ数時間もがんばったんです。そろそろお嬢さまをご自分の部屋に運んではと、わたしがウィルさまにご提案するまでね」

「ケイドが？」驚いてきき返したあと、つらい記憶がよみがえってまたうめいた。胃のなかに残っているものを嘔吐《おうと》しているあいだ、彼がうしろで髪を押さえながら、ゲール語でいたわるようにそっと話しかけてくれていたことを思い出す。「ああ、なんてこと」

「あの方はお嬢さまにやさしかったし、親切でした」ベスは驚いているようだ。「きっといい夫になりますよ」

「夫？」アヴリルはぎょっとしてきき返し、侍女の顔を見ようと、手を伸ばして冷湿布をずらした。ベスの顔がふたつに見え、どちらも回ったり躍ったりして微妙に焦点が合っていない。そのせいで頭が痛くなったが、少なくとも胃は大丈夫らしいということを記憶にとどめ、顔をしかめて侍女を見た。「いったいなんの話をしているの？」

「ケイドさまはお嬢さまに結婚を申しこまれ、だんなさまがお受けになったんですよ」ベスは冷ややかに言った。「実際、だんなさまはその申し出にえらく感謝されてました。今度の大失敗が宮廷にまで届いたら、だれもお嬢さまを妻にはしないだろうと、ウイスキーのマグを相手に嘆いておられたら、ケイドさまが階段をおりてきて、お嬢さまと結婚したいとおっしゃったんですから」

アヴリルは自分のまえで躍る老いたやさしい顔を、まじまじと見つめた。そんな話、頭が受け入れられない。「彼がそんなことを言うはずないわ」

「いいえ、言ったんですよ」ベスは請け合ったあと、不安そうに尋ねた。「これはいい知らせではないんですか？　お嬢さまはあの方を好いておられるのかと思ってましたけど」

「ええ、好きよ」アヴリルは認めた。「だから問題なのよ。彼と結婚するわけにはいかないわ」

「はあ？」二重になったベスが、当惑して眉をひそめた。「でも、あの方がお好きなら――」

「もう契約書を書いて署名したの？」

「婚姻前契約書ですか？」ベスがきいた。アヴリルがうなずくと、ベスは首を振った。「明日取り交わすことになっています。今夜は彼が申し入れをして、だんなさまが承諾なさり、おふたりでお祝いされました。きっとだんなさまも明日の朝は頭が痛むでしょうね」

「それならまだ取り消せるわね」アヴリルはほっとして言うと、無理やり起きあがった。部屋が突然回りはじめたが、無視して床に足をおろした。

「こんな時間にどこに行かれるおつもりで？」ベスは主人を止めようと、急いで立ちあがった。「それに、取り消すってどういうことです？　いったいなんだってそんなことがしたいんですか？　お嬢さまはあの方がお好きで、あの方もお嬢さまがお好きなんですよ。何が――」

「彼はちゃんと見えていないのよ、ベス」アヴリルはいらいらと指摘した。

「はあ、そうも言いきれないと思いますが、もしそうだとしても、何が問題なんです？　結婚を申しこむほどお嬢さまがお好きのようなのに」

「視力が戻ってわたしをちゃんと見たら、がっかりすることになるわ」アヴリルは立ちあがろうとしながら悲しげに言った。

「お嬢さま」ベスはアヴリルをベッドの上に押し戻してきっぱりと言った。「あの方はがっかりなさらないと思いますよ。それどころか――」

「そんなのわかるはずないわ」アヴリルは言い返した。「それに、彼は少なくとも自分が何を手に入れようとしているのか知るべきよ」

「そうかもしれませんけど――」

「彼のところに行って話すわ。赤い髪のことや、あざのことや、小さすぎる胸のことや――」

「小さすぎる胸？」ベスが悲鳴のような声をあげた。「だれがそんなばかげたことを言ったんです？」

「シーウェル卿よ」彼女はため息をついて白状した。「彼はわたしの胸が小さすぎると思ったみたい。それが気に入らなくて、じろじろ見たりさわろうとしたりするのをやめられなかったのよ」

「まあ、なんていやな男なんでしょう」ベスはさもいやそうに言って、ぐるりと目をまわしたが、アヴリルのまえからどいた。「それならお行きなさいませ。行って、スコットランドの方に、お嬢さまのお髪は日の入りのように赤く、頬に小さなイチゴがあって、胸はとても小さいと話すのです。でも、あの方はそういうことをすべてわかったうえでも、お嬢さまがほしいと思われるでしょうよ」

「もしかしたらね」アヴリルは慎重に立ちあがりながらつぶやいた。「でも、自分がどんなに損な取り引きをしたかに気づいたら、彼はきっとわたしを責めるわ。そんなことになるのはいやなの」

「そうですか」ベスはつぶやき、アヴリルが自分の姿を見おろすと、片方の眉を上げた。

「わたし、寝巻き姿だわ」アヴリルは驚いて言った。でも、驚くことではないのだろう。ベッドのなかにいたのだから。着替えをしながら目覚めなかったことのほうが驚きだった。

「ええ、そうです。こんな時間にまたお着替えを手伝わされるのはごめんですよ」ベスはベッドから毛皮を引きはがして、アヴリルの肩に掛けた。「さあ、お行きなさいませ」

「でも、これじゃ慎みがないわ」アヴリルは反論した。

ベスは肩をすくめた。「もしそんな姿であの方といるところを見つかれば、当然彼と結婚しろということになるでしょうね」

アヴリルは目をすがめて侍女を見た。「そうなればいいと思っているのね?」

「ええ、そうですよ。お嬢さまもそう思うべきです」ベスはきっぱりと言った。「あの方はだんなさまがモルターニュに引きずってきたほかのどんな殿方よりも、ずっといい夫になりますよ」

アヴリルは一瞬侍女をにらんだが、そのとおりだとわかってもいた。わたしを拒絶した無礼で冷酷な男たちのだれよりも、ケイドははるかにいい夫になるだろう。親切でやさしくておもしろいし、彼と話をするのは楽しいし、ハンサムだし……だからこそ、ほかの男たちと同じさもいやそうな表情が、彼の顔に浮かぶのを見るのは耐えられない。彼と話をしなければならないのに、ベスは力になってくれそうになかった。この恰好《かっこう》でケイドの部屋に行ったら、侍女は父を呼びにいって、結婚がかならずとりおこなわれるようにするのではないかという気がした。

「じきに朝だから、明日彼と話すわ」アヴリルは憂うつそうに言うと、毛皮をめくってベッドにはいった。「彼とお父さまが結婚契約書に署名するまえに話したいから、早く起きるようにしなくちゃ」

ベスはほっとした様子でうなずき、シーツや毛皮でアヴリルをくるみはじめた。「それがようございます。わたしが起こしてさしあげましょう」

アヴリルはその申し出が信じられずに鼻を鳴らしたか、目を閉じて落ちつこうとした。

「お休みなさいませ、お嬢さま」ベスが静かに言った。

「お休み」アヴリルは陰気な声で応え、ドアに向かう衣擦れの音を聞いた。ドアが開いて閉まり、静かな足音が廊下を遠ざかっていく。アヴリルはさらに少し待ってから目を開けた。

部屋は暗く、しんとしていた。ベスはろうそくを持っていってしまい、今は夏なので暖炉に火ははいっていない。年寄りだった子守りとちがって、アヴリルは夏に暖炉を焚《た》くのが好きではなかった。残念だわ、と今にして思った。暖炉の火明かりがあれば役に立ったのに。

顔をしかめながら起きあがり、目が慣れることを願って部屋のなかを見まわした。ケイドに話をするのを朝まで待つつもりはなかった。婚姻前契約書への署名を阻止するのに間に合うよう、朝ベスが起こしてくれるとも信じていない。

目はなかなか闇に慣れず、アヴリルは小さなため息をついて待つのをあきらめ、思いきって移動をはじめた。自分の部屋のことはよくわかっているので、明かりがなくても衣装箱を見つけてドレスを着ることはできるだろう。

つま先をぶつけたせいで衣装箱が見つかった。悲鳴をあげて足をつかみ、もう片方の足で二回跳んだところでもうひとつの衣装箱にぶつかり、床にくずおれて悪態をついた。しばらくじっと横たわったまま体の状態を確認したが、ひどいけがはしていないとわかると、そろそろと立ちあがって、手であたりをさぐりながら石に触れるまで歩いた。すぐに暖炉の縁が見つかった。炉棚の上の岩に手のひらを当て、手をすべらせながら岩をひとつ、ふたつと数えていき、三つ目の下側に小さなくぼみをとらえて手を止めた。安堵のため息をつきながらそれを引くと、目のまえの壁がずれて、湿ったほこりっぽい空気が顔に吹きつけ、ほっと息がもれた。

歳月と蜘蛛の巣とカビのにおいで鼻にしわを寄せながら、あらたな暗闇のなかをこわごわのぞきこんだ。目のまえで口を開けている闇はひどく静かで、トンネルの奥にいるネズミやその他の気味の悪い生き物が、一匹残らず息を殺して、彼女がはいってくるかどうかうかがっているような気がした。

そう思うと背中に震えが走った。だが、そんなことを考えてもなんの役にも立たないと思い、トンネルのなかを無理やり進んだ。しばらくして右に曲がり、ケイドのいる部屋のほうに向かった。彼がいるのは、たまたまアヴリルが子供のころ遊戯室として使っていた部屋だった。この道は何度も行き来したので、覚えているはずだ。子供のころはろうそくの明かりがたよりだったが、もう大人なのでなんとかなるだろう。

アヴリルの部屋の床は、新鮮な香りのイグサにおおわれ、イグサは適宜新しいものに取り替えられていた。だが、トンネルの床はそうではない。彼女は足を進めながら、土のざらざらした感触や、長い年月のあいだに集まった残骸に顔をしかめた。やっぱりちゃんとドレスを着てくればよかったと思った。そうしていれば少なくとも靴を履くことを思いついていただろうから。

そう思ったそばから、石でも土でもない何かを踏んでしまった。かかとの下の感触はやわらかい。死んだネズミの姿が頭に浮かんだ。あるいは生きているネズミかもしれない。悲鳴をあげて何メートルかやみくもに走ってから、自分の愚かさに気づき、ようやく足を止めた。じっと立ち尽くしたまま、鼓動が治まるのを待って、何かが走り去る音はしないかと耳を澄ました。今のはなんだったのだろう？　自分の息づかい以外何も聞こえないとわかると、唇をかんで、どれくらい走ってきてしまったのかを推し量ろうとした。

ケイドの部屋を通りすぎてしまっただろうか？　それほど遠くまでは来ていないわよね？ああもう！　自分が今どこにいるのかさっぱりわからないわ。

6

「今の音を聞いたか？」

ケイドはウィルにきかれて眉を上げた。アヴリルへの結婚の申しこみをモルターニュ卿が承諾したことを祝ったあと、階上に戻ったふたりは、ケイドの部屋で座って静かに話をしていた。ウィルはお互いが近く家族になることをよろこんでいるようで、ケイド自身はさらにうれしく思っていた。あの娘が好きだったし、話をするのは楽しかったし、魅力的だと思っていた。そして今ではそれまで思っていたようなやさしくひ弱な女性ではないことがわかっているので、よろこんで妻にしたいと思っていた。かんしゃくを抑えるために水風呂に入れられる子供時代をすごしてきた娘なら、スコットランドの冬も問題ないだろう。

「なんだか似ているな……」

「ブタのキーキー声に？」ケイドは音がしているあたりの壁に目をやって言った。

「ああ」ウィルはつぶやき、壁のそばに行った。

ケイドが興味深く見守っていると、ウィルは炉棚のそばで足を止め、岩を数えながら手でたどっていった。そして、ある岩に何かをして、壁をゆっくりと開いた。

「どうなって——」とケイドは言いかけたが、ウィルが片手を上げて黙らせたので、口をつぐんだ。そして、立ちあがって壁のほうへ向かった。ウィルはしかめ面をしながらじっと耳を傾けている。彼の横に立つと、壁の隙間から声が聞こえてきた。少し聞いただけで、アヴリルの声だとわかって体が硬直した。だれかと話をしているようだ。ケイドの部屋が見つからない、それを言うなら自分の部屋もわからないし、これでは壁のなかで永遠に迷ったままだ、とひとり言を言っているのがわかったとき、ウィルがゆっくりと壁を閉めた。

「何をするんだ？　アヴリルがそのなかで迷っているんだぞ」ケイドはもごもごと言いながら壁を押したが、動かないので眉をひそめた。

「おれはいないほうがいいと思う」ウィルが説明した。「妹はきみと話をしたいんだろうから」

ウィルは壁に向き直り、さっき壁を開けるために触れた岩に手を伸ばした。ケイドは急いで彼の腕をつかんだ。「ああ。たぶんそのほうがいいだろう。結婚のことを話したいのだろうし、夜中にうろついていたことをきみに知られたとわかれば、恥ずかしがるかもしれない」

ウィルはうなずき、壁を開けるために最初に触れた岩を指し示した。「この下側に取っ手がある。押しあげると壁が開く」

ケイドはうなずくと、ウィルがそっと部屋から出ていくのを待って、壁に向き直り、問題の取っ手をさがした。それを引くと、壁がほんのわずかに開いた。手を止めてアヴリルのつぶやきが聞こえていることを確認し、壁を開けるだけ開いてトンネルのなかに足を踏み入れた。ろうそくを手に持った彼女がこちらにやってくるのだろうと思っていた。だが、見えたのは、頭から布をかぶせられたような深い闇だった。トンネル内は急にしんと静まり返り、彼女の息づかいさえ聞こえなくなった。

「アヴリル？」ケイドは呼びかけた。

「ケイド？」安堵のため息とともにその名前が発せられ、こちらに近づいてくる足音が聞こえた。アヴリルはケイドの胸に飛びこみ、一瞬抱きついた。だが、ケイドが腕を上げて抱擁に応える間もなく、アヴリルはわれに返り、すまなそうにあとずさった。

「ごめんなさい。ここに閉じこめられて、恐ろしい幽霊か何かみたいに、トンネルのなかを永遠にさまようことになるのかと怖かったものだから」彼女は急に口をつぐみ、彼の顔に鋭い目を向けた。「トンネルの開け方がどうしてわかったの？」

「きみのキーキー声が聞こえたんだよ」彼はすらすらと言った。

「ええ、でも、どうしてわかった――」

「おれが目覚めたあの最初の夜、トンネルのことを教えてくれただろう」彼はさえぎって言った。

「ああ、そうね」彼女はもごもごと言った。彼が質問にちゃんと答えていないことには気づいていないようだ。考えるよりもとにかくトンネルを出ようと焦っているらしく、彼の脇をすり抜けて部屋にはいると、安心したのか小さくため息をついた。

ケイドはそのあとを追い、トンネルの入口を閉じた。彼女はなんともひどい姿だった。蜘蛛の巣が髪にからまり、顔とシュミーズは土で汚れている。そのシュミーズがひどく薄く、ほとんど透明に近いことに気づいた彼は、彼女がこちらを向くと無理やり目をそらした。

アヴリルは必死で両手をにぎり合わせ、不安で顔をゆがめながら唐突に言った。「あなたがわたしとの結婚を父に申し出たとベスから聞いたわ」

ケイドは体をこわばらせたが、うなずいた。「ああ。おれと結婚したくないのか?」

「ええ」彼女は急いで言った。「でもあの、わたしがそれを望んでいないというわけじゃないのよ」じれったそうに説明してから、付け加える。「ほんとうのことを知ったら、あなたは結婚を望まないかもしれないと思うの」

それを聞いて、彼は眉を吊りあげた。「ほんとうのことというと?」

アヴリルはためらい、ひどくみじめそうにしていたが、ほこりまみれの顔はなんともかわいらしかった。「わたしは醜いということよ」

ケイドは緊張が解けるのを感じた。一瞬、自分の知らないことがあるのではと心配になったのだ。ウィルも知らなくてケイドに話せなかったことが——ほかに愛する人がいるとか、過去に軽率なおこないをしたとか。そういうことではないとわかってほっとした。長い年月のあいだに他人から植え付けられた、自分は醜いという彼女の思いこみのことだったのだ。すべてはばかげた迷信のせいだ。

彼は今夜決意していた。アヴリルと結婚したら、なんとかして彼女に自信を持たせ、花婿候補たちが言ったことはまちがっているとわからせなければと。だが、あとではなく今それに取りかからなければならないようだ。はっきりさせようと、彼は咳払いをしてから言った。「きみは醜くないよ」

アヴリルは目のまえのやさしい男性を見あげ、悲しげにため息をついた。こうなるのはわかっていたはずなのに。彼はわたしを見ることができないから、わたしの言ったことが事実だとは信じたくないのだろう。自分でも事実でなければいいのにと思う。でも事実なのだから、それをちゃんとわかってもらうまでは、この人をわたしと結婚させるわけにはいかない。

「そんなことを言ってくださるなんてやさしいのね。感謝するわ」彼女はおだやかに言ったあと、こう指摘した。「でも、あなたはちゃんと目が見えていないから、わからないのよ、わたしの髪が醜いオレンジ色だということも――」

「きみの髪なら見える」彼はどなるように言った。「オレンジ色ではない。ブロンドと赤が混ざった色だ。おれは好きだよ」

アヴリルは驚いて目をしばたたいたあと、彼にはほんとうにこの髪が見えているのかもしれないと思った。視界がぼやけるとは言っていたが、色には影響がなかったのだ。「ほんとうに？」ようやく彼女は尋ねた。「わたしの髪が好きなの？」

彼は顔をしかめたが、うなずいた。そして、ひどくきまりが悪そうにこう付け加えた。「晩夏の夕日を思わせる色だ」

それを聞いてアヴリルは目をまるくした。自分の髪についてそんなすてきなことを言ってくれた人はひとりもいなかった。一瞬口元にかすかな笑みが浮かんだが、すぐに彼女はため息をついて言った。「色は気にならないのかもしれないけれど、わたしの胸もどうやらお話にならないほどないらしいの」

「きみの……なんだって?」ケイドはぎょっとしてきき返した。彼女の胸元に視線を落とし、よく見ようと目をすがめた。彼の顔に浮かんだ当惑からすると、この一週間ずっとそれを見ることができていたらしい。「いったいなんの話をしているんだ? ちゃんと胸はあるじゃないか」

不満そうな物言いに、アヴリルは顔を赤らめた。「ええまあ、胸はあるわ。でも豊満じゃないの」

「豊満?」彼はわけがわからずにきき返した。

「わかるでしょ……」彼女は自分の小さな胸のまえで、大きなどっしりしたメロンを抱えるような手つきをしながら繰り返した。「豊満な胸よ。大きくて女らしい胸」

ケイドがぴくりとも表情を変えないので、アヴリルは別の説明方法を考えようとした。そして、ぱっと顔を明るくして言った。「メロンというよりスモモだわ。真っ平らというわけではないけど、大きくもない」

「スモモでいいじゃないか」彼女の胸から目を離せないまま、ケイドはもごもご言った。

彼がまだ理解していないようなので、ちゃんと目が見えない相手にはっきりとわからせるにはどうすればいいだろう、とアヴリルは思案した。しばらく唇をかんでいたら、シーウェル卿に体をまさぐられたことを思い出し、ケイドの片手を取った。シーウェル卿は彼女の体をまさぐったせいで鼻を殴られたが、彼は視力に問題を抱えていたわけではない。ケイドは見ることができないのだから、わからせてあげなければならないだろう。あとになって彼が何年も苦い後悔にさいなまれるよりは、今ここで少し恥ずかしい思いをするほうがいい。

「何をする……」ケイドは口を開いたが、取られた手が彼女の小さな胸の片方に当てられると、二の句が継げなくなってしまったらしい。

「ほらね？」アヴリルは悲しげに言い、彼の手に包まれたせいで不意に生まれた不思議なうずきは無視しようとした。「かなり小さいでしょう。少なくともシーウェル卿はそう思ったみたい。自分では気づいていなかったけれど。まあ、たしかに大きいとは思っていなかったけれど、そんなにひどく小さいとも思っていなかった……」彼女はそこでため息をついた。「でもシーウェル卿は物足りないと思ったのよ。だから、わたしの胸のサイズも知らないあなたと結婚するわけにはいかないの。あとで文句を言われるでしょうから」

ケイドは何度か口を開けたり閉じたりしたあと、ようやくのどが詰まったような声をあげた。「うっ……」

アヴリルはがっかりしてため息をついた。ほかの欠点については説明しなくてもよさそうだ。シーウェル卿と同じように、ケイドにとっても胸の大きさは重要だったらしく、気が変わったことをどう伝えようか悩んでいるのだろう。彼女は咳払いをすると、静かに言った。

「わたしがあなたからの申し出にしがみつくんじゃないかと思っているなら、心配なさらないで。わたしは――」

アヴリルのことばは驚きのあえぎに変わった。ケイドがもう片方の手を伸ばして彼女のうなじをつかみ、自分のほうに引き寄せて唇を重ねたからだ。彼女が目をまるくして、彼の耳と横顔を見ているあいだ、彼の口は軽く開いた彼女の唇の上を動いた。最初はそっとさぐるようだったが、やがて舌が差しこまれ、口のなかをさぐった。圧倒的な感覚がわき起こって、アヴリルは目を閉じた。彼の手はもはや胸の上で静止してはおらず、薄いシュミーズ越しにまるい乳房をつかみ、重さをたしかめるように持ちあげていた。

ケイドが乳首を刺激しはじめると、アヴリルはこらえきれずにうめきをもらした。残念ながら、彼はその声でわれに返ったらしく、キスをやめてしまった。だが、体を起こして彼女から離れるのではなく、耳に口を寄せて、手で乳房をつかんだりつまんだりしながらささやいた。「スモモじゃない。リンゴだ。おれはリンゴが好きだよ」

「ほんと?」アヴリルはあえぎながら言った。耳にそっと歯を当てられると、頭がひとりでに傾いた。

「ああ。とてもね」

「ああ」彼女はため息をつき、無意識に乳房に手を当てた。「わたしもリンゴは好きよ」

ケイドがくすっと笑うと、彼が濡らした肌に息がかかって、アヴリルは身震いし、反射的に頭をのけぞらして彼の唇をさがした。ケイドは無言でキスを求めるアヴリルに応えた。また舌を差し入れ、今度はさらに激しく口のなかをさぐった。自分も舌をからませ、歯をさぐられながら、アヴリルはその日の午後、シーウェル卿が歯を調べられるように、口を開けるべきかもしれないと考えたことを思い出した。それが、まだケイドにすべての欠点を告げていないことを思い出させた。

でもこのぶんなら問題ないかもしれない、と思っていると、彼の手がうなじからおりてきてお尻をつかみ、下半身を引き寄せられたので、アヴリルはうめいた。彼の口のなかにため息をつき、顔の向きを変えて唇を離す。やっぱり問題だわ。ケイドのことが好きだから、彼がいかに損な取り引きをすることになるか、念を押しておかないと。

「わたし、吃音があるの」彼の口から逃れると、すぐにあえぎながらアヴリルは言った。

「すごく——うわっ!」ケイドがいきなり体を離し、火のはいっていない暖炉のまえにある椅子のひとつに座ってアヴリルを膝の上に抱えあげたので、彼女は驚いて声をあげた。彼はまた唇を合わせようとしたが、アヴリルはそれを避けて必死に繰り返した。「吃音があるのよ」

「おれといるとき吃音は出ない」彼はそれだけ言うと、さっきまでもんでいた乳房に注意を向け、シュミーズの胸元を引っぱって、あらわになった乳房に触れ、愛撫《あいぶ》できるようにした。

「わたし……わたし……ああ」いきなり乳房に口をつけられ、硬くなった乳首を含まれると、アヴリルはうめき、彼の両肩をつかんだ。熱が体を走り抜け、目を閉じてごくりとつばを飲みこむ。それはなんとも驚くような……。

首を振って、自分がしようとしていたことに無理やり意識を戻した。欠点だ。もう言ったのはなんだっけ？　髪、胸、吃音……あともうひとつは……そうだ！　彼の頭をつかみ、乳房から離して自分と目が合うようにした。

「頰にあざがあるの。とても大きくて醜いあざで……」アヴリルが急に口ごもると、ケイドはくすくす笑いはじめた。彼女は目をすがめて尋ねた。「ねえ、何がそんなにおかしいの？」

「きみがだよ」彼はおだやかに答えたあと、こうつづけた。「あざは大きくも醜くもない。とても小さくて、小指の爪ほどしかないし、最初に見たときはえくぼかと思った。かわいいよ」

アヴリルはそれを聞いて目を見開き、また唇を重ねられると、一瞬負けて目を閉じた。口のなかに舌を入れられたまま反論するのは不可能だ。それに、反論したいわけではなかった。今していることをつづけてほしかった――キスと愛撫を。乳房への愛撫が再開され、彼女はうめき声をあげて彼の胸にしなだれかかったが、ある考えが浮かぶやいなや、体を硬くしてまたキスをやめた。

「どうして知ってるの、あざが小さくて、形がイチ……」アヴリルはことばを切り、彼の膝から体を浮かせてあえいだ。「えくぼかと思ったですって？　わたしが見えるの？」

「ああ」ケイドは離れようともがく彼女をまた膝の上に引き寄せて言った。「意識が戻って二日目の朝には視界は澄んでいた」

「ふ、二日……で、でも――」

ケイドは彼女の口を手でふさぎ、落ちつかせた。彼女がおとなしくなると、彼はまじめな調子で言った。「きみは自分の容姿を気にしていて、おれの目が見えると知ったら、吃音が出たり、おれを避けたりするだろうとウィルに言われたんだ。きみにそばにいてほしかったから、おれの目はまだ見えないと彼が言ったとき、否定せずにやりすごしてしまった」

ケイドはいま言ったことばが理解されるのを待って、彼女から手を離した。「きみの髪は神々しいし、あざはかわいらしいし、いっしょにいるとき吃音は出ないし、おれはきみの胸が気に入っている。きみをよろこんで妻にするよ。さて質問だ。おれと結婚してくれるかい？」

アヴリルは信じられない思いで彼を見つめた。彼が胸の大きさに満足しているらしいのはうれしかったが、髪とあざのせいで何度も拒絶されてきたあとだけに、彼がそのどちらも気に入っているとは信じられなかった。だが、ケイドがうそをつく理由は思いつけない。おそらく彼は、持参金のために結婚したがっていると思われたくないのだろう。なぜ気にするのかはわからなかったが。アヴリルと結婚する利点はそれだけなのだから。持参金が高額なのも、花婿からの贈り物が必要ないのも、夫を引き寄せるためだ。彼が結婚したがる理由がそれではないと言う人がいたら、アヴリルは驚いただろう……。だが、彼といると吃音が出ないのはたしかだと不意に気づき、どうしてだろうと思った。

「アヴィー？」ケイドはウィルがいつも妹を呼ぶときの愛称を使い、彼女を軽く揺すって自分に注意を戻した。「おれと結婚してくれるか？」

「ええ、でも……」最後の欠点、かんしゃくについて話そうという試みは、またキスされたために頓挫した。アヴリルは機会を見つけて告白できるように、分別を失うまいとしたが、すっかり興奮させられて、頭を働かせるのは至難の業だった。彼の舌はふたたび彼女の舌とからみ合い、なぜかシュミーズは肩からはずれて腰のあたりに落ち、上半身がむき出しになっていた。彼はそれをいいことに両手を乳房にまわしてにぎったりつまんだりし、アヴリルはケイドの膝の上であえぎ、身をよじった。その動きのせいでお尻の下に妙な硬いものがあるのに気づき、なんだろうと思ったら、ケイドが急にキスをやめて、また乳房に頭を寄せてきた。

「わたし、かんしゃく持ちなの」アヴリルは、彼の口が乳房をとらえる直前に、夢見るような口調でささやいた。

「ああ」ケイドは乳房に口を当てたまま言った。「それも好きだ」そして舌を出して乳首をなめたので、彼女はもう何も言わないことにした。かんしゃく持ちが好きだなんて、まったく信じられなかったが、いずれにせよいつも抑えているので、たいして問題ではなかった。今朝父に飲まされたほどお酒を飲まないようにすればいいことだ。

すべての欠点を告白しても、ケイドが驚きもしなければがっかりもしなかったことに満足したアヴリルは、乳房を交互に吸われ、かまれると、彼の髪に指を差し入れ、頭をそらしてうめいた。彼の片手が背中に移動して倒れないように支えてくれているのに気づいたが、意識は彼の口ともう片方の手に集中していた。口での愛撫は彼女を興奮させ、シュミーズの上から脚をさすりながら、どんどん腿の付け根に近づいていく手にぞくぞくさせられた。

興奮でお腹の筋肉がぴくぴくし、アヴリルは反射的に彼の膝の上で脚を開いた。すると彼の指が、薄い生地越しに体の中心部分に触れるところまでのぼってきたので、彼女はうめき、ほとんど必死に彼の頭をつかんで背中をそらし、膝の上でもぞもぞと動いた。

「ああ、ケイド」とささやき、脚を閉じて彼の手をはさみこむも、すぐにまた開いてしまう。だが、その部分にふたたび、今度はさっきより強く触れられたとき、わきあがった感覚は圧倒的で、怖いほどだった。アヴリルはあえぎ、また脚を閉じてささやいた。「だめよ――」

「いや。だめじゃないさ」彼はそう言って励ますと、乳首から口を離して唇を合わせ、指も離した。

アヴリルは一瞬がっかりしたが、すぐに彼の手がシュミーズの下にすべりこんできて、素肌をたどりながら腿の付け根に近づいた。今度はさえぎるものがない状態で、指がその部分に触れる。

ケイドは唇を離してささやいた。「おれのせいで濡れているね」

「ごめんなさい」アヴリルは彼の言う湿り気に気づき、恥ずかしそうにあえぎ声で言った。なぜか彼はくすくす笑った。

「それでいいんだ」彼はうなるように言い、また唇を合わせた。

今度のキスは今までのものとはちがった。今までのはやさしくさぐるようなキスだったが、今度のは激しく貪欲だった。舌が剣のように突き入れられて彼女を満たし、脚のあいだに湿り気がたまっていく恥ずかしさを忘れさせた。彼の指の動きはさらに執拗《しつよう》になり、うめき声をあげても彼の口にとらえられ、くぐもった振動になった。

アヴリルの両手は彼の肩に向かい、無意識に爪を立てていた。テクニックよりも情熱で、熱くキスを返しながら、愛撫に合わせて本能的に腰を動かしていた。お尻の下の硬いものが、どういうわけか大きくなって硬さを増したのがぼんやりとわかり、ケイドがキスをしたままうめいた。アヴリルは自分が動いたせいで、なんだかわからないものが彼の膝にめりこんで痛いのではないかと心配になったが、自分ではどうにもできなかった。彼の指が触れるたびに、内なる音楽に合わせて動いているように、体が弓なりになってのたくってしまうのだ。

何かがゆっくりとはいってくるのがわかってきて、そのなじみのない感覚に体がこわばったとき、ドアをノックする音がした。

ケイドは動きを止めた。ふたりとも息を止めていたらしい。するとまたノックの音がした。彼はため息をついて唇を離し、アヴリルの額に額を寄せてささやいた。「きみの兄さんを殺してやりたいよ」

「ウィルを？」彼女はささやき声できいた。「どうして？」

三度目のノックが響いたが、ケイドはまたため息をついただけで、首を振ると、彼女を立たせた。

彼が立ちあがってドアのほうに向かおうとしたので、アヴリルは止めようとその手をつかんだ。「わたしがここにいるあいだはドアを開けちゃだめよ。わたしがいなくなるまで待って——」

ケイドは短いキスをして彼女を黙らせた。顔を上げ、皮肉っぽく言った。「きっとウィルだよ。出なければやつはノックしつづけるだけだ。おれが追い払う」

アヴリルが止めるのも聞かず、ケイドはドアに向かった。彼女がケイドに会いにいったことに気づいたベスが、彼を結婚に追いこもうとやってきたのかもしれないので、ケイドと言い合っている暇はなかった。アヴリルは炉棚からろうそくを取ると、トンネルの入口に急いだ。

足早に自分の部屋へと向かう途中、一瞬ろうそくの光が、子供のころになくした古い布人形を照らし出した。さっき踏んだやわらかいものはおそらくその人形だったのだろう。それを知ってほっとしたが、足を止めて宝物を拾う時間はなかった。早く自分の部屋に戻ってトンネルの入口を閉じなければと、あわてふためいていた。

「うせろ」廊下に立っているウィルを見て、ケイドはどなった。閉まりかけたドアを、ウィルが片足を出して止めた。

「ちょっと気になってな――おや。寝てたのか?」ケイドの背後の部屋をのぞきこみ、顔に浮かんだ驚きが確信に変わる。

ケイドは肩越しに振り返り、部屋が暗いのを見て眉を上げた。アヴリルは部屋のなかにあったろうそくをひとつ持って、姿を消していた。

「どういうことだ?」ケイドはつぶやいた。ドアの取っ手に手を伸ばしたときは、部屋の明かりは揺らめきながらもまだそこにあった。こちらがドアを開けると同時に、アヴリルがトンネルの入口を開けたとしか考えられなかった。

「やっぱりな！」ウィルが頭を引いて言った。「妹は今までここにいたんだな」

「そうだ」ケイドは友人に向かって顔をしかめた。「とても大事な話のじゃまをしてくれたな」

「そうなのか？」彼は片方の眉を上げた。すまなそうというより、おもしろがっているようだ。ドアの横にある廊下の張り出し燭台《しょくだい》からたいまつを取り、ケイドのそばをすり抜けて部屋にはいった。「詳しく話してくれ」

ケイドは立ったまま体を揺らしながら、友人の尻を蹴飛ばしてアヴリルをさがしにいくべきかと思案したが、このままにしておくのがいちばんかもしれないと思った。この調子でいけば、初夜は楽しみなものになりそうだし、そのときはまたふたりきりになれる。

「ほら、これを戻してこいよ」ウィルが言った。

ケイドはウィルが残っているろうそくに火をつけるのに使ったたいまつを受け取り、廊下に身を乗り出して燭台にそれを戻した。そしてドアを閉め、ウィルのあとから暖炉のそばの椅子に向かった。ついさっきまでケイドとアヴリルが使っていた椅子に友人が座り、ケイドは彼の登場で中断させられたことを思い出した。そのため、向かいの椅子に腰をおろしながら、友人を憎々しげににらみつけてしまった。

「それで？」ケイドがなかなか口を開かないので、ウィルはせかした。「何があった？」

ケイドはため息をつき、椅子にゆったりと寄りかかって肩をすくめた。「アヴリルは自分の欠点をおれに教えるためにここに来たんだ」

「どんな欠点だ？」彼は興味を惹かれてきいた。

「髪、あざ、吃音、胸、かんしゃく」ケイドはつぶやくように言った。

「あの髪はそんなに醜くないとアヴリルに言っているのになあ」ウィルは眉をひそめて言い、ケイドはぐるりと目をまわした。自分もそう口がうまいほうではないが、〝そんなに醜くない〟と言われても励みにならないのはわかる。彼女が自信を持てなかったのも無理はない。

「それにあのあざだって……ちょっと待てよ、胸と言ったか？」言われたことがようやく頭にはいったらしく、ウィルは自分で話の腰を折った。

ケイドはウィルの驚きに気づき、おかしさに唇をとがらせてうなずいた。だが、説明する口調はそっけなかった。「シーウェル卿は小さすぎると思ったらしい」

「まったく、いったいなんだって……」ウィルはそこまで言うと息をつき、首を振った。

「ばかなやつめ。アヴリルの胸はまったく問題ないじゃないか」

「ああ、そのとおり」ケイドも同意した。ついさっき楽しんだその見た目と感触が思い出され、口元に笑みが浮かぶ。シーウェル卿はメロンぐらいの胸のほうが好きなのかもしれないが、ケイドはリンゴぐらいのほうが好きだし、アヴリルの胸は申し分なかった。

「どうしてそうだとわかる？」ウィルがかみついてきた。

ケイドは友人の怒りにひるんだが、彼がアヴリルの兄だということを思い出した。彼女の胸をつかまされたとか、触れる以上のことをしたとウィルに話すのははばかられ、肩をすくめるだけにした。「おれにも目はある」

「ふうん」ウィルは彼をにらんだあと、ため息をついて言った。「妹を安心させてくれたんだろうな」

「ああ」ケイドはそっけなく答えた。

「なんと言って？」ウィルが興味深げに尋ねる。

「彼女の髪も……何もかも好きだと言った」ケイドはあやふやな言い方をした。

「ふうん」ウィルは椅子に背中を預けて考えたあと、こう尋ねた。「妹はきみと結婚するつもりなのか？」

「ああ」彼女が結婚してくれなかったらと思うと、ケイドは暗い顔つきになった。彼女の情熱を味わってしまった今は、もっとほしくなっていた。もし結婚を断わられたら、こっちがトンネルを通ってしのんでいき、ふたりで分かち合った情熱を思い出させ、かならずまたそれを味わわせてやろう。そうすればうんと言うに決まっている。ケイドは高潔な男であり、彼女がしたくないことを無理にさせたくはなかった。だが自分との結婚は別だ。なんとか娘を嫁がせようと彼女の父親が引きずってきた、愚かなイングランド男どものだれよりも、おれといっしょになったほうが彼女は幸せになれるだろう。そう自分に言い聞かせた。

「今は目が見えていることを話したのか？」ウィルが急にきいた。

ケイドはむっつりとうなずいた。

「いいや。少なくとも怒っているようには見えなかった」と言ったものの、あのときアヴリルは少し気が動転していたと思い、眉をひそめた。頭のなかの情熱の霞が晴れたあとで、腹を立てないでくれるといいが。

「怒っていたか？」

「よかったな。ではおれも引きあげるとしよう」

ケイドはうなずいたが、友人が立ちあがってドアに向かっても、自分はそのまま動かなかった。ウィルが出ていくのをぼんやりと意識しながらも、頭のなかはアヴリルのことでいっぱいで、明日彼女はどういう出方をするだろうと考えていた。

目が見えるのにウィルとふたりして彼女をだましたことを怒るだろうか？　まだ結婚に異議を唱えるだろうか？　おれは彼女に手を触れずにいられるだろうか？　確信を持って答えるのは、最後の質問だけだった。彼女に手を触れずにいるには、かなりの自制心が必要になられるのはたしかだ。アヴリルは彼の手のなかで炎のように燃え、触れられてあえぎ、うめき、もだえ、もっとほしいと無言で爪を立てさえした。ケイドはすでに部屋を抜け出して彼女のところへ行き、あの情熱をふたたび呼び覚ましたいという欲望と戦っていた。彼の一部は、どうせ結婚することになっているのだから、そうしたところで害はないと言い、別の部分は、彼女は友人の妹であり、自分を受け入れ、けがを癒す場所を提供してくれた人の娘でもあることを思い出させた。これほどの恩を受けておきながら、同じ屋根の下にいるからといってアヴリルの処女を奪うわけにはいかない。

急いで結婚したいと主張するしかないだろう、とケイドは思った。せめて一週間以内に。一週間なら自制できるはず、アヴリルに手を出さずにいられるはずだ……おそらく……願わくは。

婚礼の日まで彼女を避けていればまず大丈夫だろう、とケイドは思った。

7

「さあ、いとしいお嬢さま。起きて朝にごあいさつする時間ですよ。今日はあなたのご婚礼の日ですからね」

アヴリルはベスの陽気なさえずりに閉口してうめいた。ベッドの上で寝返りを打ち、毛皮を引きあげて、侍女が日よけを上げたせいでいきなり部屋に射しこんできた朝日をさえぎる。

「いったいどうしたんです？」ベスの声が近づいてきて毛皮がはぎ取られ、シュミーズしか身につけていないアヴリルはベッドの上でフクロウのように目をしばたたいた。「わくわくして幸せいっぱいのはずでしょう。よりによってこんな日にそんなものぐさな態度で」

「ゆうべはよく眠れなかったのよ」アヴリルは悲しげにつぶやいたが、あきらめて起きあがった。たちまち視線は、手桶《ておけ》で浴槽にお湯を注ぐふたりの侍女に向かう。

「ああ。興奮しすぎて眠れなかったんですね？」ベスがにっこりして尋ねた。

アヴリルはしかめ面で答えた。「というより、不安すぎてよ」

ベスの眉が吊りあがり、やがて寛容な笑みが広がった。「ええ、そうでしょう。でも、心配はいらないと思いますよ。ケイドさまは寝室での作法を心得た殿方とお見受けしました。

何もかもうまくいきますよ」

アヴリルは沈んだ目で侍女を見あげた。昨夜思い悩んでいたあいだに心に浮かんだ心配事はそれではなかった。ケイドの部屋に行ったあの夜以降の、彼の態度が気になっていたのだ。腕に抱かれていた一瞬一瞬を思い起こして、ひどく悶々《もんもん》とした夜をすごしたあと、翌朝アヴリルは廊下を歩いているケイドを見つけた。彼女を見ると彼はおはようとつぶやくようにあいさつし、自分との結婚話を進めていいかと尋ねた。彼女がはにかんでつかえながら「は、はい」と答えると、ケイドはまた低くうなり、彼女の腕を取って階下へと誘《いざな》った。そして何も言わずに彼女をテーブルに置き去りにし、婚姻前契約書の相談をするために父を連れ出した。それが彼の姿を見た最後だった。

あとになって父から聞いたことによると、ケイドは一週間以内に結婚することを望んでいたが、父はせめて二週間待つべきだと主張したらしい。ケイドは抗議したようだが、結局承諾した。父が提示した条件にもすべて同意し、そのあとは朝食もとらずに練兵場に向かったという。そして、以来ずっとそこにいた。

もちろん、夜には部屋に戻って休んでいたのだろうが、ずいぶん遅い時間だったらしく、その日以来、アヴリルが城壁内で彼を見かけたことはなかった。実際、ケイドもウィルもそれ以来城内に姿を見せず、食事にも現れなかった。アヴリルはひどく心配になって、何がおこなわれているのかさぐるために、その夜こっそり練兵場に向かった。そこで見たのは食事をとる男たちの姿で、件《くだん》のふたりはろくに腰を落ちつけもせずに食事を詰めこむと、剣を手にしてすぐに訓練を再開した。

アヴリルは舌打ちし、いらいらと首を振ったが、その夜は練兵場を立ち去りがたく、城に戻るにも苦労がいった。それ以来、練兵場に足しげく通わずにはいられなかった。患者のことが心配だからと自分に言い訳しつつも、それがうそだということはわかっていた。もしほんとうなら、訓練中の男たちを隠れて見守る必要はなかっただろうから。ケイドの筋肉や体重が戻りつつあるのを見て、患者として気にかけるというより、うっとりしてしまった。練兵場にしのびこんだほんとうの目的は、恋する若い娘の目で彼を見つめること……そして、自分たちは結婚するのだと考えることだった。とにかく信じられないことに思えたのだ。それを言ったら、この状況のすべてが信じられなかった。

きれいなことばや花で機嫌をとってほしかったわけではないが。完全に避けられていることに面食らっていたのだ。アヴリルは結婚や母になることについてぼうっと夢見るような娘ではなかったが、想像するならば、婚約した者たちにはもう少し触れ合いがあってもいいような気がした。このあとの結婚生活もずっとこの調子なのだろうか？　妻は城に、夫は城壁の外にいて、ふたりがともにすごすことはないのだろうか……夫婦のベッドにはいる夜をのぞけば？

「さあ、早く」ベスが突然そう言って、ベッドから出そうとアヴリルの腕をつかんだ。「そんな心配そうな顔で、いつまでもそこに座ってないで。床入りはそれほど悪いものじゃなりませんよ。それにすぐに終わります」

「どれくらいで？」アヴリルはふたりの侍女が湯気のたつお湯を手桶で注ぎ入れている浴槽に連れていかれながら、しかめ面で尋ねた。

「そうですねえ、それは殿方によります」ベスはもごもごと言った。

アヴリルはそれについて考えたあと、尋ねた。「正確にはどんなことが起こるの？」

不意に室内におりた静けさは驚くほどだった。ベスは石のように固まり、風呂の支度をしている侍女たちも同様だった。互いに視線を交わし、アヴリルを仲間はずれにしているように見える。

最初に動きだしたのはベスだった。ふうと息を吐き出して、アヴリルのシュミーズを脱がせにかかりながら小声で言った。「心配いりませんよ。あの方は自分のなさることをちゃんとご存じですから、すべておまかせすればいいんです」

「おやまあ、ベスったら」浴槽にお湯を入れていた最年長の侍女のオールド・エリーが、ベスをにらんだ。そして首を振り、手桶を傾けて残ったお湯を浴槽にあけると、ぶっきらぼうに言った。「お嬢さまになんにも教えずにいるつもりかい？」

「それはわたしの役目では……」ベスは言いかけたが、桶を置いて体を起こしたオールド・エリーに、両手を腰に当ててにらまれると、黙りこんだ。

「じゃあだれの役目だって言うのさ？」エリーは尋ねた。「奥さまは亡くなったし——奥さまの御霊《みたま》の安らかならんことを——だんなさまは何も説明なさらないんだよ」

アヴリルはベスのため息が髪を揺らすのを背後に感じ、振り向いて侍女の悲しげな顔つきを見た。自分のせいできまりの悪い思いをさせてしまって申し訳なくなり、咳払いをしてささやいた。「いいのよ、ベス。あなたの言うとおりだと思うわ。きっとうまくいくでしょう」

「いいえ、お話しするべきでしょう」ベスは悲しげに言った。「きちんと知っておいたほうが、お気持ちが楽になるかもしれません」

「変に怖がらせるだけかもしれないけどね」風呂の準備をしていた若いほうの侍女のサリーがしれっと言って、手桶のお湯を浴槽にあけた。よけいなことを言ったせいでオールド・エリーにきつくにらまれ、ぐるりと目を回す。「だって、ことばにすればぞっとするに決まってるわ」と意見したあと、アヴリルのほうを見て付け加えた。「実際はもっとずっといいもんなんですよ、お嬢さま」

二週間まえのケイドの部屋での夜を思い起こし、アヴリルはきっとそのとおりなのだろうと思った。たしかにすてきに思えたし、あれならあのあとまたしてもかまわなかっただろう。だが、ケイドはどうやら同じ気持ちではなかったらしい。

そう考えて眉をひそめ、アヴリルは尋ねた。「男の人はみんなそれが好きなの?」

侍女たちから不意に笑い声が起こった。

「ええ、そうですよ」オールド・エリーがあっさりと言った。「普通、殿方がそれより好きなものなんてありません」

「普通? じゃあ好きじゃない人もいるの?」

これを聞いて侍女たちはまた視線を交わし、顔をしかめ合った。やがてオールド・エリーが言った。「そりゃあ、興味がないように見える殿方もひとりやふたりはいますよ、お嬢さま。でも、そんな人はめったにいません」

アヴリルがむずかしい顔で考えこんでいると、急にサリーが言った。「めったにいないけど、あたしは一度会ったことがありますよ。あたしがどんなにがんばってもちっとも立たなくて、なんでだろうと思ったら、その男の……その……剣のサイズがね」

「剣？」アヴリルはけげんそうにきいた。「それって男性の……」

「持ち物のことですよ」オールド・エリーが口をはさみ、近くの衣装箱の上にあった麻布を取ると、アヴリルにわかりやすいようにスカートのまえにだらりと下げた。

サリーは鼻を鳴らした。「そうそう。ただ、その男のはそんなたいそうなもんじゃなかったけどね」彼女はアヴリルが体を洗うためにベスが持ってきていた小さな布を取り、四つに折ると、巻いて自分の小指ほどもない大きさにし、脚のまえにぶら下げた——ぶらぶらするほどの大きさでもなかったが。

若い侍女は悲しげに首を振った。「みっともなかったよ。大きなたくましい男の持ち物が、見たこともないほどお粗末だなんて。それで立たなかったんだろうね。そこがお粗末なのが気になって」

「ばかな男だ」オールド・エリーが苦々しげに言った。「大事なのは大きさじゃなくて、それで何ができるかなのにさ」

「それもどうだかね」サリーが言い返した。「あんなにちっぽけじゃ」

「いいや、ナイフは剣より小さいが、同じように切ることができるだろう」オールド・エリーはあっさりと言った。「剣よりよく切れるときもある」

ケイドは自分の持ち物が小さいせいでわたしを避けていたのかしら、とアヴリルが考えていると、ベスがつぶやいた。「まったく、そんな話じゃお嬢さまに今夜何が起こるかお教えすることにならないでしょう」

ベスは戦闘に赴く戦士のように肩をいからせて言った。「床入りの時間になったら、わたしら女たちがお嬢さまを階上《うえ》にお連れしますので、お嬢さまはお召し物を脱いで入浴をすませたあと、ベッドにはいっていただきます。それから男衆がケイドさまをお連れして、お召し物を脱がせ、ベッドにお入れします。そのとき男衆はお嬢さまを見ようとするでしょうから、ご自分で気をつけてください」

「彼はお風呂にはいらないの？」アヴリルが気になって尋ねると、なぜかベスはうなずいた。だがその理由はきけなかった。ベスがすでに先をつづけていたからだ。どうやら早くこの話を終えてしまいたいらしい。

「わたしらがみんな引きあげたあと、あの方は……」そこで間をとり、神経質に唇をなめ、咳払いをしてからその先をつづけた。「おそらくお嬢さまにキスをして……それから……」

「おや、かわいそうに」ベスが口ごもると、オールド・エリーがつぶやいた。「あんたにはこういう話をして聞かせる娘がいなかったものね、ベシー」

ベスは赤くなって食ってかかった。「ああ、あんたには何人もいたね。それほど賢いなら、あんたがお嬢さまに説明したらどうなの？」

オールド・エリーは不満そうな声をあげたが、アヴリルのほうを向くと、こう言った。

「お嬢さまにキスをし、あっちこっちもんでから、馬を厩《うまや》に入れるんですよ」

「馬を入れる……？」アヴリルはわけがわからずきき返した。

「剣のことですよ」サリーが助け船を出した。

「ああ」アヴリルはつぶやいたが、やがて厩というのがなんのことなのかわかった。「まあ！」

「はい」女たちは同時に言い、説明がすんだことに満足したらしく、ベスはシュミーズをアヴリルの頭から脱がす作業に戻り、ほかの者たちは浴槽に湯をためる作業に戻った。

アヴリルはがっかりして顔をしかめた。侍女たちはまったく役立たずだ。何が待っているのか、基本的なことは彼女だって知っていた。これだけ多くの人びとがひしめき合って暮らし、その多くが大広間の床で寝るときはもちろん、夜になると手頃な暗がりで子づくりをしている城に住んでいるのだから、少なくとも多少の知識はある。彼女が知りたいのは別の方面のことだった。

「それって痛いの？」

女たちはいっせいに動きを止め、またアヴリルを見たが、急に口が重くなったように、たっぷり間をおいてから、ベスが少しいらいらした調子で尋ねた。「どこでそんなことを？」

「侍女たちが話しているのを耳にしたのよ、すごく痛いって」アヴリルは白状した。

ベスは暗い顔でうなずいたが、認めて言った。「最初は痛みます、お嬢さま。処女膜が破られるわけですから、痛いしいくらか血も出ます。でもそのあとは大丈夫なはずです」

「荒っぽいのが好きな男じゃなければね」サリーが不快そうにつぶやいた。

「ケイドさまは荒っぽいのを好まれるような方じゃないよ」オールド・エリーはきまじめに言った。「でもあのシーウェルのやつは……残酷なところがあったからねえ。お嬢さまのお相手があの男じゃなくてよかったですよ」

侍女たちは口々に同感だとつぶやき、それぞれの仕事に戻った。

アヴリルもそう思った。あの男はわたしを侮辱しては異常なほど楽しんでいたし、胸をつかんだときの手つきはにぎりつぶさんばかりで、のちにケイドがしたようなやさしくさぐるようなものではなかった。あの晩のことを考えたせいで、知りたかった別のことを思い出したアヴリルは、湯加減をたしかめて温度に満足してうなずき、浴槽にはいるよう促すベスに尋ねた。「胸にさわられるとぞくぞくするものなの？」

あまりにも長いこと静まり返っているので、湯船につかったアヴリルは思わず顔を上げた。全員が、オールド・エリーまでが、当惑しているように目をまるくしてアヴリルを見ていた。だが、アヴリルに見られると、オールド・エリーとサリーは説明しろとばかりにいっせいにベスのほうを見た。

「どうしてそんなことを知っているんです？」ベスは首を絞められたような声を出した。

「侍女のだれかが話しているのを聞いたのよ」アヴリルはうつむきながら、小さな声でつぶやいた。

　侍女たちはため息をつき、同時に緊張を解いた。

「ええ、そうですね」ベスがようやく言った。「あの方がうまくなされば、そしてお嬢さまがそれを気に入れば、ぞくぞくするかもしれません」

「あら、ベス、かわいそうに」サリーが悲しそうに言った。「実際にぞくぞくしたことはないの？」

　ベスは赤くなって顔をそむけ、アヴリルが脱いだシュミーズをたたみはじめた。どうやら答えたくないらしい。

　アヴリルは自分のせいで侍女にいやな思いをさせてしまったことに罪悪感を覚え、唇をかんだ。ベスは若いころ結婚しており、夫はすばらしくいい人だったと、愛《いと》しそうにたびたび話していたが、どうやらベッドのなかでまですばらしくいい人だったわけではないらしい。ケイドからはキスと愛撫しか受けていないのに、ぞくぞくさせられた。話題をそらしてベスのみじめさをやわらげようと、アヴリルは咳払いをしてつぎの質問をした。「それから……あの……湿り気のことは？」

「湿り気？」みんながいっせいにきき返した。

　アヴリルは赤くなって顔をしかめたが、それが普通のことなのかどうかどうしてもたしかめたかった。だって、ケイドも指摘していたのだから。もう一度咳払いをし、サリーが男性の持ち物を表現するのに使った小さな麻布を、お湯につけることに意識を集中してから言った。「脚のあいだの湿り気よ。あそこが濡れるのは普通のことなの？」

「どう……して……それを？」

「侍女たちが話してるのを聞いたんだよ」サリーが代わりに答えたが、その目のきらめきが、少なくとも自分はもうだまされませんよ、と伝えていた。

「ええ、そうですよね」ベスはつぶやいた。しばらく無言だったが、やがて手を止めて、助けを求めるようにオールド・エリーのほうを見た。

老侍女はぐるりと目をまわしてから言った。「それが普通ですよ。剣を鞘《さや》におさめるのに、すべりがよくなりますから」

馬と厩ではこの説明に合わないのかしら、とアヴリルはけげんに思ったが、うなずくだけにした。普通だと聞けただけで満足だった。どこかおかしいのではないかと心配だったからだ。おかしくはないとわかっていくぶんほっとした彼女は、さらにこう尋ねた。「どうすれば彼を歓《よろこ》ばせることができるの？」

オールド・エリーは空の手桶を持って部屋を出ていこうとしていたが、その質問にいきなり手桶を落とし、くるりと向き直った。サリーはまだ自分の手桶を拾おうとかがんだところだったが、アヴリルの質問に無言で笑っているらしく、動きを止めて肩を震わせている。しかしベスは完全にぎょっとしているように見えた。

「彼を歓ばせる？」ベスは弱々しくきき返した。

「ええ、だって、彼はわたしにキスと愛撫をしてくれるんでしょう。お返しにわたしは何をして歓ばせればいいの？」アヴリルには重要な質問に思えた。ケイドは腕のなかで彼女に歓びのあえぎやうめきをあげさせたが、彼女がしたことといえば、彼にしがみついて愛撫に身をよじることだけだった。いい妻になりたかったし、彼が自分を歓ばせてくれたのと同じくらい、自分も彼を歓ばせたかった。

「何もする必要はありません」ようやくベスは言った。「横になっていればいいんです」

「それだけ？」アヴリルは信じられずに尋ねた。

オールド・エリーがこらえきれずに舌打ちした。「あんたに子供ができなかったのも無理はないね、ベス。あんたとビリーは、自分たちのやってることがちっともわかってなかったようだから」老侍女は辛辣に言った。そして言いすぎたと思ったのか、こう付け加えた。「もっとも、結婚したときあんたたちはふたりとも若かったし、たいして歳《とし》もとらないうちにあんたの亭主は死んじまったけど」

「例の持ち物で遊んでやると男は歓びますよ」サリーが出し抜けに言った。

「遊ぶ？」アヴリルはよくわからずに尋ねた。頭に思い浮かんだのは、それを人形のように着飾らせるイメージだった。

「はい、とくに口でね。男はそれが大好きですよ」サリーはきっぱりと言い、あとから思いついたらしく付け加えた。「あと、乳首をつままれるのが好きな男もいましたね」

人形のように着飾らせるというわけではないらしい。ああ、よかった。

「それをやりながら、大きいと褒めてやると歓びます」サリーは訳知り顔で言った。「褒めれば褒めるほどいいみたいです」

「いたいけなお嬢さまに何を教えてるのよ！」ベスがぎょっとした声をあげた。彼女が結婚生活で、はるかに若いサリーが経験してきたようなことをほとんど経験していないのは明らかだ。ベスは夫と死別したあと、男性と関係を持ったことがないのだろうか。さっき聞いたように、夫との営みが味気ないものだったのだとしたら、それも無理はない。

「何言ってんだよ、ベス」オールド・エリーがやさしく言った。「サリーの言うとおりじゃないか。男はあれが好きさ」彼女はアヴリルに向き直って忠告した。「でもそれをするのをいやがる女もいます。お嬢さまもその口なら、手でもできますよ」

アヴリルは自分がその口なのかどうかわからなかった。男性の持ち物を口でどうやって遊んでやればいいのか、まだはっきりとは理解していなかったのだ。サリーが言っていたのは、ケイドが口で自分の胸にしてくれたようなこと――吸ったり、そっとかんだりということかもしれない。その可能性について深く考えるまえに、オールド・エリーがつづけた。

「指にたっぷり油を塗ってすべりをよくし、彼のものをにぎって上下させればいいんです。牛の乳を搾るみたいにね」そう言ったあと、わずかに眉をひそめて付け加えた。「まあ、乳を搾るのとはちょっとちがうけど、似たようなものですよ。そうすると彼のものは硬く大きくなって、ちょうどいい具合になります」

アヴリルはうなずいた。手は無意識のうちに麻布をつかんで軽く上下させていた。オールド・エリーはうなずいた。話はそれでおしまいらしく、ふたたび手桶を集めると、サリーを追い立てて出ていった。アヴリルは感謝のことばをつぶやいたが、ベスに手桶のぬるま湯を頭からかけられ、ぎょっとして声をあげた。

「だんなさまがお嬢さまをさがしてウィルさまをよこすまえに、お体を清めてお支度をしないと。ずいぶんと時間を無駄にしてしまいました。もう牧師さまも着いて待っておられることでしょう」

アヴリルは目からお湯をぬぐいながら、せっけんを泡立てて髪に塗りたくるベスをにらんだ。くつろごうとしたが、今まで話題になっていた——これ以上詳しくきくのは無理と思われる——初夜についての不安もあって、この二週間アヴリルを避けているケイドの態度がまた気になり、自分との結婚について心変わりしたのではと心配になった。もしそうだとしても、彼が口に出すとは思えない。ケイドは兄の親友だし、彼女を拒絶することで兄を傷つけたくはないだろう。それに、父の親切に報いることもできなくなる。だが、アヴリルにしても、もう自分を求めていない相手と結婚したくはなかった。大好きな人、すごく魅力的だと思っている人と結婚しても、完全に無視されるだけなら、とても耐えられないはずだ。

ケイドと話をする必要がある。


「いつまで時間がかかるんだ」ケイドは架台式テーブルのまえの椅子に何度も座り直し、今一度階段のほうを見て、姿を見せない花嫁をさがしながら、緊張した声で言った。

「そのうち来るよ」ウィルが励ますように言った。「きみのためにできるだけきれいになろうと大忙しなのさ」

「ああ、だがもう正午だぞ」ケイドは文句を言った。「きれいにするのに、いったいいつまでかかるんだ？」

不満そうなことばを聞いて、ウィルはしのび笑いをしながら言った。「おそらく髪を洗うだろうし、そのあとはブラシをかけて乾かさなければならないからな。けっこう時間がかかるだろう」

ケイドはうなり声をあげると、テーブルの自分のまえに置かれたリンゴ酒に目を戻し、支度に時間がかかっているのか、彼女が心変わりをして自分と結婚したくなったのか、どちらだろうと考えた。そのせいで、口元に険しい表情が浮かんだ。

「今日結婚しようという幸せな花婿にはとても見えないぞ」ウィルがおもしろがって言った。

「たいていの男は自分の結婚式の日は幸せじゃないのさ」ケイドは指摘した。どうせたいていの結婚は、ふたつの家族が契約に合意すること、金や土地やその他の利益のための合併にほかならない。そういう取り決めが楽しいと思える男たちを、ケイドはうらやましいとさえ思った。少なくとも、この二週間求めつづけ、夢見てきた女性が、結婚に背を向けて逃げだそうと、ドレスで作ったロープを伝って窓からおりているところかもしれないと思いながら、じっと待たなくていいのだから。アヴリルなら窓からおりる必要もないだろう。六歳のときにやったように、トンネルを通って逃げられるのだから。

その考えに顔をしかめ、また階段を見あげたが、花嫁の気配はなかった。

「そんなに待ちどおしそうにしているきみを見たら、妹は絶対に驚くだろうな。この二週間、きみはあいつに話しかけようともしなかったんだから」ウィルが皮肉っぽく言った。

ケイドはうっと声をあげ、マグをもてあそびはじめた。避けていた唯一の理由が、結婚までアヴリルを汚さずにいるためだったとは、彼女の兄に言いたくなかった。アヴリルが部屋を訪れた夜以来、ケイドが楽しんでいたみだらな空想を知ったら、ウィルはきっと彼を殴るだろう。彼女に近づかないようにし、欲求不満は練兵場でウィル相手にぶつけることが、いちばん賢い道に思えた。それに有益でもあった。ぶかぶかだった服がちょうどよくなり、体力もほぼ戻って、昔の自分になれた。ちょうどよくなったのは自分の服ではなかったが。自分の服は船が沈んだときになくしてしまい、海から引きあげられたときはシャツとプレード（スコットランド人がまとう格子縞の毛織物）しか身につけていなかったらしい。ベッドから起きると決めた日から、ケイドが着ているのは借り物だった。正確にはウィルの服だ。

ウィルから借りたダークグリーンのチュニックとブライズ（ズボンのこと）を見て、この姿も悪くはないが、またプレードを身につけることができればほっとするだろう、と思った。すると今度は部下たちのことが思い出された。彼らがどうしてまだ戻らないのか不思議だった。結婚式に間に合うように戻ってきてほしかったのに。二週間待つことに同意した唯一の理由がそれだった。ウィルはいい友だちだが、今日のこの日に自分の親族がそばにいてくれたらと思った。

「やっと来たぞ」

ウィルから知らせを聞いて向きを変え、階段をおりるアヴリルが視界にはいると、ケイドは目をみはった。彼の服の色に合わせたダークグリーンのドレスを着て、炎の波のような髪をおろして顔のまわりにたらし、頰を紅潮させた彼女は、とてつもなく美しく見えた。

ケイドは立ちあがって彼女のところに行こうとしたが、モルターニュ卿が不意に立ちあがり、手を振って彼をまた座らせると、急いで娘のもとに行った。ケイドはためらい、無視しようかとも思ったが、相手は花嫁の父親なので、しぶしぶベンチにまた腰をおろした。

「わたしたちは礼拝堂の階段に向かいましょう」ウィルの向こう側にいた牧師が立ちあがった。「花嫁はモルターニュ卿が連れてきてくださいますから」

ケイドは顔をしかめたが、ウィルに小突かれて歩きはじめた。アヴリルはここにいる。彼と結婚するつもりなのだ。それだけで充分だろう。

牧師の先導でケイドとウィルが中庭を歩いていくと、城の住人のほとんどが、すでに礼拝堂のそばで待っていた。老牧師は大騒ぎをしながら人びとを階段の上に並ばせ、みんなで今か今かと城のほうを振り返った。モルターニュ卿とアヴリルはすでに中庭を半分ほど進んでいたので、ケイドはほっとしたが、彼女が近づいてくると、唇をかみ、両手をにぎりしめているのがわかった。

「アヴリルは不安そうだな」ウィルがつぶやいた。

「ああ」ケイドは低い声で言った。

「少し早足でもある」ウィルが指摘した。「父はついていくのに苦労しているようだ」

ケイドはうなった。それには彼も気づいていた。アヴリルは早足で歩いていたと思ったら、すぐに小走りになり、やがて父親の腕を放して駆けだした。父を置き去りにして走り、人びとをかき分けてケイドのまえに来ると立ち止まった。

「ケ、ケイド?」彼女は不安そうに言った。

「なんだい?」彼は用心しながら答えた。

「アヴリル!」

父親の叫び声にはっとして、アヴリルはあたりを見まわした。いらいらと舌打ちをして、すぐにケイドに向き直り、彼の腕をつかんで階段のほうに引っぱっていきながら言った。

「ごめんなさい、お父さま、でも、ケイドに話があるの。お願い、急いで」

「お式のあとで話す時間はたっぷりありますよ」息を切らしたモルターニュ卿とアヴリルが階段に着くと、牧師がなだめるように言った。「スチュアート卿の隣に立ってください。お式をはじめますよ」

アヴリルは牧師を無視してケイドのほうを向いた。「マ、マイ・ロード?」

ケイドは彼女の吃音に眉をひそめた。今まで吃音が出たのは一度だけ——彼の部屋ですごした翌朝だけだったのに、今また吃音が出ていることに驚いた。落ちつかせようと彼女の手を取り、問いかけるように片方の眉をあげた。

「お嬢さま」牧師が厳しい声で言った。

「もう、つべこべ言わないでください、ベネット牧師さま。ケイドに話があるんです」アヴリルはきつく言い放つと、ケイドの腕を取って階段をおりた。牧師や父親やウィルから離れてふたりだけになりたいようだが、階段をおりてもモルターニュ城の人びとが立っているところに来ただけだった。召使いたちや兵士たちやお客たちは、アヴリルとケイドのために場所をあけたが、お嬢さまは何を言うのだろうと興味津々で、立ったまま耳を傾けた。

「わ、わたし……あの……」アヴリルはまわりの人たちの手前、なんとか笑みを浮かべると、咳払いをしてケイドに向き直った。「あ、あなたは……」ケイドの手に口をふさがれ、彼女はことばを切った。

「吃音が出ている」彼女が問いかけるように眉を上げたので、ケイドは静かに指摘した。

「ええ。レディ・アヴリルはときどきそうなるんですよ」近くにいた男のひとりが言い、アヴリルはみじめな表情でうつむいた。

「緊張したり、気詰まりな人が相手のときだけね」別の男が指摘する。

「あら、でもケイドさまといるときはたいてい平気ですよ」とひとりの女が言い、ケイドがそちらを見ると、マブズが群衆のなかに埋もれていた。

彼はアヴリルに視線を戻し、静かに尋ねた。「目が見えるとわかったら、おれといるのはそんなに気詰まりなのか？」

「ち、ちがいます。そ、そういうことじゃなくて」もごもごと言ったあと、いらいらと首を振る。「つ、つまり、わたしは――」ケイドが頭をおろしてきてキスしたので、彼女のことばは驚きのあえぎでとぎれた。しばらくはじっと立ち尽くしたままキスを受けていたが、キスがさらに深くなると、ため息をついて彼にもたれた。

「おやおや」だれかが言った。「キスは式のあとまでお預けじゃないのかい?」

ケイドは声をあげた者やそれをたしなめる者たちを無視し、ふたりとも息が切れるまでキスをつづけた。やがて、顔を離して尋ねた。「つまり、なんだい?」

「あなたはもうわたしと結婚したくないのに、決まってしまった話だからしなくちゃいけないと思ってるのかと」息を切らしながら一気に言った。吃音は一度も出なかった、とケイドは気づいた。

「おれはきみと結婚したい」ケイドはそれだけ言うと、アヴリルの手を取り、いつの間にか自分たちを囲んでいた群衆から引っぱり出そうとしたが、彼女はその手をほどいた。ケイドはけげんそうな顔で振り向いた。

「で、でも、このに、二週間、あなたはわたしを避けていたわ」彼女は指摘した。彼は吃音が戻っていることに気づいて顔をしかめた。

「だから言っただろう、そんなことをしたら妹が動揺するって」ウィルがさらりと言った。ケイドが声のしたほうを見ると、友人が周囲の群衆のなかにいたので驚いた。妹のほうを見やって、ウィルは付け加えた。「おれはちゃんと注意したんだぜ、アヴィー」

ケイドは顔をしかめたが、アヴリルに向かって言った。「避けていたのは理由があってのことだが、きみとの結婚について心変わりをしたせいではないよ」

当然アヴリルはその理由とは何か尋ねようと口を開いたが、ケイドはそれに先んじて言った。「理由についてはあとで説明する。ふたりきりのときに」

「そう」アヴリルは自分たちを囲んでいる人びとを見まわして緊張を解き、うなずいた。

「おれたち、もう結婚してもいいかな?」ケイドは静かに尋ねた。

アヴリルは頰を染め、彼から目をそらしてうなずいた。

肩の力が抜けたのがわかり、ケイドは彼女の手を取って自分の腕にかけさせた。そして人びとのあいだを縫って、階段の上の牧師のまえまで彼女を導いた。

8

「お時間です」

アヴリルが肩越しに振り返ると、そこにベスとほかの女たちが立っていた。

まさかもう床入りの時間が来たというわけじゃないわよね？　そう思ってうろたえたが、女たちがいるということは、どうやらそのようだった。

緊張で胃がうねるのを感じながら、なんとか立ちあがり、ケイドに何も言わず、そちらを見ることもせずにテーブルを離れた。ひどく無礼なことをしているようで、心苦しかった。午後じゅうずっとつづき、日が暮れてからも終わらない祝宴のあいだ、彼はこまやかに気を配り、親切にしてくれたのだから。だが、このときはどうしても目を合わせられなかった。

いよいよ床入りのときが来たのだ！

女たちに階上に連れていかれ、服を脱がされ、お風呂に入れられるあいだ、そのことばがずっと頭のなかで鳴り響いていた。そんなに緊張するべきではないと頭ではわかっていた。あの夜、ケイドにキスと愛撫を許しているのだから。だが、あれはまったく予期していなかった、完全に本能的な行動で、それだけに刺激的だった。あの経験と、生け贄《にえ》の処女よろしく香水をつけて準備を整えている今回とのあいだには大きなちがいがある。

さらにひどいことに、だれにも知られることのないまったく個人的な営みのはずなのに、城じゅうの者たちが今夜おこなわれることを知っているのだ。みんな階下に居座って、ばかみたいに飲みつづけながら、ふたりがこれからすることについて下品な冗談を言うに決まっている。それに、今回ふたりは夫婦の契りを最後までおこなわなければならないのだ。馬を厩に入れ、剣を鞘に入れ、処女膜を破って……。

入浴させられ、体を拭かれ、世話を焼かれているあいだ、テーブルのまわりでネズミを追いかけまわすネコのように、それらの思いがアヴリルの頭のなかを何度も駆けめぐった。そんな状態だったので、ベッドに横たわってベスにシーツと毛皮をかけられているのに気づいたときは、いささか驚いた。

「さあ、できましたよ」侍女はなだめるような調子で言うと、体を起こした。「すぐに男衆がやってきます。サリーが呼びにいきましたから」

それを聞いてアヴリルが動揺しはじめたとき、ドアがバタンと開いて、男たちが騒々しく歌いながら、ケイドをかついで戸口を通り抜けようとした。彼らは歌と野次《やじ》をつづけながら彼をおろし、服を脱がせはじめた。アヴリルは唇をかみ、自分が男でないことを神に感謝した。彼らの夫の扱いにはまったく容赦がなかったからだ。布の裂ける音とケイドの文句と悪態が響きわたり、なんとものものしい。

さまざまな衣服の切れ端が男たちの頭上を飛び交うのを見て、なぜ花婿は風呂に入れられないのか、アヴリルは今ようやくわかった。善意でおこなっているにしろ、泥酔した男たちの手にかかったら、気の毒な花婿は溺れてしまうだろう。

集まっていた男たちが散りはじめ、服を脱がす作業が終わったにちがいないと気づいたアヴリルは、目を閉じて、ベスに警告されていた、シーツがめくられて〝裸体をさらす〟ときが来るのを待った。それからほんの一瞬のうちに、シーツと毛皮が持ちあげられ、冷たい空気が赤く火照った肌をなでたかと思うと、ケイドが投げこまれるようにしてベッドの隣に寝かされ、シーツと毛皮がまたかけられた。

裸を見られた男たちと目を合わせたくなかったので、笑い声と足音が遠のき、ドアがかちりと閉まる音がするまで目を閉じたままでいた。そして小さくため息をつき、慎重に目を開けた。思ったとおり部屋にはだれもいなくなっており、ベッドのすぐ隣でケイドがこちらを見つめていた。

アヴリルはなんとか弱々しい笑みを浮かべ、礼儀正しく「こんばんは」とささやいた。

どういうわけか、それがおもしろかったようで、ケイドは低い笑い声をもらしながら仰向けに横たわった。

アヴリルがじっと寝たまま不安そうに見ていると、ケイドは突然また彼女を見て尋ねた。

「お腹はすいているかい?」

彼女はその質問に目をしばたたいた。「お腹がすいているかですって?」

「ああ。祝宴できみがほとんど食べ物に手をつけていなかったから、床入りのまえに食べられるように侍女に食事を用意させておいたよ」彼は説明したあと、付け加えた。「おれも少し食べよう」

アヴリルはためらった。たしかに祝宴ではあまり食べなかった。夜のことを考えて、神経が張りつめていたからだが、今も状況はあまり変わらず、空腹は感じていなかった。だが、避けられないことを先延ばしにできるのはいい考えに思えたので、うなずいた。

ケイドは彼女に微笑みを返すと、シーツと毛皮を押しやって、ベッドから起きあがった。

彼の持ち物を初めて見たアヴリルは、信じられずに目をみはった。男たちが囲んでいたし、作業がすばやかったので、服を脱がされているあいだはよく見ることができなかったのだ。だが今見ることができた。この二週間彼女を避けていた理由が、持ち物の大きさに不安があったせいでないことはすぐにわかった。彼はたいへんに恵まれていた。不自然なほど大きいとは思わないが、文句を言ったり悩んだりしたことはなかったはずだ。

「来るかい？」

彼がアヴリルのほうを向いたので、見ていたことに気づかれ、彼女は赤くなった。起きあがって、はたと動きを止めた。裸だった。ケイドは彼女のまえで裸体をさらすことに抵抗がないようだが、彼女はそれほど大胆ではない。おろおろとあたりを見まわし、毛皮の下からシーツを引っぱり出して、古代ローマのトーガのように体に巻きつけると、急いでベッドから出た。

だれかが暖炉に小さな火を熾《おこ》しておいたらしく、それがいい雰囲気をかもし出していた。

アヴリルがじっと見ていると、ケイドはベッドから毛皮を持ってきて暖炉のまえの床に敷いた。そして、テーブルの上に置かれていた果物と肉とチーズとパンの盛り合わせを運んできた。

「座って」ケイドが毛皮の一方の端に座って言った。アヴリルは彼の反対側の端に座り、体がちゃんとトーガに隠されているのを確認してから、ふたりのあいだに置かれた食べ物の盆に目を向けた。

最初のうちふたりは黙って食べた。アヴリルは食べ物をちびちびかじるだけだったが、やがて沈黙に耐えられなくなり、彼に思い出させた。「い、言ったわよね、このに、二週間、どうしてわたしをさ、避けていたか説明するって」

アヴリルはいたたまれずに視線を落とした。看病をしていた一週間は吃音が出なかったのに、自分が見られていると知った今は、彼といると緊張してしまうことに不意に気づいた。この状況の緊張感のせいもあるのだろう。ケイドが何も言わないので、おそるおそる視線を上げて見ると、彼はイチゴをかじって半分にした。そしてイチゴを持ったまま、近くに来るよう身振りで示した。

わずかにためらったあと、アヴリルはシーツを引き寄せながら毛皮の上を移動し、彼の横に座った。

「おれを見るんだ」そのことばはうなり声のようだった。アヴリルは唇をかんで彼の目を見あげた。その瞬間、イチゴで下唇をなでられた。食べさせてくれるのだと思い、反射的に口を開けたが、彼はもう一度イチゴを左右にすべらせると、こう言った。「きみを避けていたのは、もう一度きみに近づけば、こうしたくなるのがわかっていたからだよ」

ケイドは身を寄せて彼女の下唇をくわえ、果物が残した果汁を吸い取った。アヴリルはため息をついて目を閉じたが、シーツが引っぱられ、片方の乳房があらわになったのを感じてぱっと目を開けた。彼は唇を離してささやいた。「それからこんなことも」〝こんなこと〟というのは、ひんやりした果実を乳首にすべらせ、顔を寄せて口に含み、そこに残った果汁も吸ってなめとることだった。

アヴリルはごくりとつばを飲み、まだ片方の乳房をおおっているシーツのひだに指を食いこませながらささやいた。「ああ」

彼は乳首から口を離し、顔を上げて尋ねた。「これが気に入ったかい？」

彼女が唇をかんで無言でうなずくと、ケイドはまじめにうなずき返してこう言った。「するとおれはまたほかのことがしたくなる。男が自分の妻ではない女性にするべきではないことを。だから結婚するまで離れていたほうがいいと思ったんだ」

「ほ、ほかのことって？」アヴリルは思いきってきいた。その質問を聞いて口元に笑みを浮かべた彼は、イチゴを皿に戻すと、彼女の頭に手をやって顔を寄せ、唇を合わせた。

アヴリルはため息をついて口を開き、彼の舌がはいってくると、また歓びのため息をついた。イチゴとケイドの混じり合ったすばらしい味がして、いつしかつかんでいたシーツを放して彼の肩に手を伸ばしていた。不意にひんやりした空気が胸元に触れた。すぐにケイドの温かい手がやってきて、両の乳房をもんで愛撫する。アヴリルはうめいた。体重をかけられ、毛皮の上に押し倒されても、抵抗せず、床にぶつからないように彼の肩をつかんだだけだった。彼女を組み敷くと、すぐにケイドは体勢を変え、さらに激しくキスしながら彼女の脚のあいだに片脚を入れた。舌を差し入れられ、体の中心を脚で押しあげられて、彼女はうめきながらひたすら脚を左右に動かした。

キスを解かれると、アヴリルはがっかりしてうめいたが、彼の口が耳に向かうと、またため息をついて頭の位置を変えた。彼は耳を軽くかんで、はっとするような衝撃を与えたあと、またなめたりかんだりしながら首へと向かっていく。鎖骨に到達すると、衝撃はたちまち激しい興奮に変わり、アヴリルは驚いて声をあげた。だが、ケイドはそこにはあまり長くとどまらず、片手に場所を譲って、口はさらに下に向かった。

そして、硬く感じやすくなった乳首を口に含んだ。軽くなめられ、歯を立てられると、アヴリルは声をあげて彼の頭をつかんだ。彼の手がお腹から下へとおりていくのがわかったが、胸の愛撫に気をとられて、ほとんど注意を払っていなかった。その手がさらに下におりてシーツをめくり、指が脚のあいだに差しこまれるまでは。

アヴリルはまた声をあげ、感じやすい中心部分をこすられて腰を引いたが、前回そうされたときとちがって、脚を閉じようとはせず、彼のために開きさえした。乳首から口が離れるのがわかり、空いている手の指がすかさず乳首をやさしくつまんだ。だが、正直なところ、彼女にはどうでもよかった。すべての意識は脚のあいだにかき立てられた快感に向いていたので、両手からすり抜けるまで、彼の頭が体の下のほうに向かっていることにも気づかなかった。最初アヴリルは自分の両側でくしゃくしゃになっているシーツに手を伸ばしただけだったが、やがて彼の指が離れ、歓びの波が引いていった。がっかりしてわれに返ると、彼の頭が自分の両脚のあいだにあることに気づいた。

ショックでぎょっとしたアヴリルは、抗議しようと息を吸いこんだが、ケイドが舌を使いはじめたので、出てきたのは「あーっ」という長い悲鳴だけだった。

背中をそらし、彼の愛撫を迎え入れるように腰を動かしながら、しばらく天井を見つめたあと、ぎゅっと目を閉じて体が動くのにまかせる。興奮させられた体は独自のリズムで踊り、今していることをつづけてくれ、もっと燃えあがらせてくれとせがんでいた。そのとき、入口が何かでそっとつつかれるのを感じ、ぱっと目を開けた。頭を起こして下を見たが、彼の頭はまだ脚のあいだにあった。でも、何かが押し入りはじめたとき、彼の両手もそばにあったのを思い出し、おそらく指だろうと思った。

以前にもされていたにもかかわらず、最初はひどく異様な感じがしたので、アヴリルは動きを止めて息を詰めたが、やがて彼はそれを引き抜き、興奮の突起をさらに刺激した。そしてふたたび指が入れられると、彼女はまた動きはじめた。

舌と指で攻められ、アヴリルは今や息も絶え絶えで、ちゃんとものが考えられなくなっていた。体と頭は感覚のとりことなり、彼が引き出す情熱の頂点に運ばれていく。やがて彼が指と舌を同時に動かしはじめると、アヴリルのなかで高まっていた快感が弾け、歓びの叫びとともに体がけいれんし、のたくった。

衝撃の波にのまれ、アヴリルはケイドが体を這《は》いのぼっていることにほとんど気づかなかった。口づけを求めて唇が重ねられると、両腕で彼に抱きついて引き寄せながら、待ちかねていたように応えた。そのとき彼に貫かれてまた悲鳴がもれた。処女膜を破られたことによるショックと痛みによる悲鳴だった。

ケイドは板のように体を硬直させて、彼女の顔を見おろした。アヴリルは顔をしかめまいとしながら見つめ返した。彼にかき立てられたすばらしい情熱が、たちまちにしてすべて消えていくのがわかった。馬を厩に入れるまでは、ほんとうにすてきだったのに。

「大丈夫か？」少しして彼がうなるように言った。

アヴリルは唇をかんだが、なんとかうなずいた。どうやらケイドは息を止めていたらしく、息を吐くとゆっくり彼女から出ていった。アヴリルもほっとして息を吐くと、不意にまた彼が侵入してきた。顔をしかめまいとしながら肩をつかむ。彼を見ると落胆と不快感が現れてしまいそうなので目を閉じたが、体のあいだに彼の手が伸び、愛撫が再開されると、またぱっちりと目を開けた。じっとしたままその行為に意識を集中させるうちに、ふたたび自分のなかで快感が高まってきたことに驚いた。彼がまた動きはじめたが、愛撫されながらだったので、アヴリルは気にならなかった。

しばらくするとケイドは愛撫をやめ、アヴリルは一瞬不安と落胆を味わったが、彼がわずかに体勢を変えて、抜き差しを繰り返しながら、先ほどまで指で触れていたところにこすれるように体を動かすと、快感にうめいた。挿入に合わせて反射的に腰を持ちあげ、膝を立てて床に足を押しつける。ふたたび小さくあえぎ声をもらしながら、さっき味わった絶頂感を追い求めた。それが来るとアヴリルは彼の名前を叫び、体を震わせ、彼のものを締めつけた。するとケイドはさらに一度突いたあと、自身も声をあげ、体を硬直させながら彼女のなかに精を放った。

ケイドが自分の上にくずおれてきたので、アヴリルはうっとうめいた。彼はもごもごと謝り、すぐに体を起こして横に移動した。腕をまわして自分の胸の上に彼女の上半身を抱き寄せ、いたわるように両手で背中をなでる。アヴリルは体をくねらせて楽な体勢を見つけると、落ちついて満足げに小さなため息をついた。だが、満足はそれほど長くつづかなかった。今したようなことのあとは、疲れているべきなのだろうが、彼女は疲れていなかった。それどころか、力がみなぎっているような気がした。ふたりは夫婦の契りを交わした。これで完全に彼の妻になれたのだ。

レディ・アヴリル・スチュアート。心のなかでそう言ってみて、すごくいいと思った。

「大丈夫かい？」

そのことばが耳元を震わせると、アヴリルはかすかに微笑んだ。胸の上にうつぶせになっているので、彼がしゃべると振動するのだ。頭を傾けて恥じらいながら彼を見あげ、「ええ」とささやいた。

つぎの瞬間、自分がまた仰向けに寝かされ、ケイドが立ちあがろうとしているのに気づいた。半分体を起こし、困惑しながら見ていると、彼は侍女が残していった浴槽へと向かった。そしてアヴリルが体を洗うのに使った麻布を手にし、冷めてしまったお湯に浸して絞り、彼女の横に戻った。

「脚を広げて」彼は命じた。

アヴリルは赤くなったが、さっきふたりであんなことをしたのに恥ずかしがるのはおかしいと思い、無理やりまた横たわった。脚を開くと、ケイドは布で彼女をきれいにしてくれた。やさしいけれどおざなりな手つきだった。それでも、かすかな痛みのせいで遠のいていた興奮がよみがえった。それを終えると、彼は立ちあがってまた浴槽に戻った。浴槽の水で麻布をゆすぎ、自分もきれいにする彼を見て、アヴリルは唇をかんだ。彼がしてくれたように、自分がきれいにしてあげると言うべきなのだろうか。だが、決心がつかないうちに、ケイドは清めおえて戻ってきた。

いっしょに毛皮の上に横たわるのだと思っていたので、シーツごと抱きあげられて驚いた。とっさに彼の首に腕をまわしてベッドまで運ばれながら、昏睡から目覚めたばかりのときに比べて、彼がずっとたくましく、力強くなっていることに気づかされた。二週間の栄養たっぷりの食事と運動で、体は急速に快復したようだ。

ケイドは彼女をベッドに置いて額にキスしたあと、残った毛皮を取りにいった。ベッドに運んできて広げると、アヴリルの隣に横たわって彼女を引き寄せ、また自分の胸に頭をもたれさせる。満足げな小さなため息が唇からもれたが、眠るのかと思いきや、また両手を彼女の体に休みなくさまよわせている。片方の手が体を下にたどりはじめ、お尻をさがしあててつかむと、自分の腰に押し当てた。もう片方の手は脇腹を上下にすべり、乳房のふくらみをなでている。その手が止まって乳房を包むと、先ほどの熱がゆるゆると目覚め、アヴリルは小さくうめいた。そして頭を上向けて、無言でキスをせがんだ。

ケイドはそれに応え、口づけた。最初はやさしくさぐるようでしかなかったキスが、すぐにもっと激しくなった。よみがえった興奮の残り火だったものが炎になり、アヴリルはうめいた。お尻にあった手が、ふたたび花芯を求めて不意に脚のあいだにはいりこむと、片脚を上げて彼の脚にかけ、彼が楽にさぐれるように体を開く。だが、指がすべりこんできたとき、その部分がひりつくことに驚いて体を硬くした。

ケイドもすぐに動きを止め、両手を引っこめてキスをやめ、彼女の頭を胸に抱き寄せた。

「眠るんだ」暗い声で命じた。

アヴリルはためらったあと、不安そうに尋ねた。「もうしないの？」

「しない」彼は不満そうな低い声で言った。それからもう少しやさしく付け加えた。「初めてだったからまだ痛いだろう」

「ええ」アヴリルは否定できなかった。たしかに痛みはある。だが、脚はまだ彼の腰と下腹部にかかっており、彼がまた大きく硬くなっているのが感じられた。彼女の体はもう一度する準備がまだできていないが、彼はできているようだ。アヴリルはしばらくじっと横たわったまま、もう一度挑戦してみるべきだろうかと自問した。あまりにも痛むようならいつでもやめることはできるが、そうなればふたりとも、二週間まえのあの夜のあとの彼女のように満たされずに悶々とすることになるだろう。体をうずかせたまま、何時間もベッドに横たわることになるのだ。あのときは何を求めてうずいているのかわからなかったが、今は知っているし、これ以上興奮したうえ、満たされないまま取り残されて、苦しみたくはなかった。膝の位置を変えたとき、硬くなったものにうっかり触れてしまい、鋭く息を吸う音がしたのでとっさにケイドを見あげた。

彼もわたしがあの夜に感じた欲求不満に苦しめられているのだろうか。もしそうなら、わたしに何がしてあげられるだろう。そのとき、男性の歓ばせ方についてのサリーとオールド・エリーの助言が頭に浮かんだ。侍女が言っていたことをよく考えてみて、少なくとも彼のうずきを楽にすることならできるかもしれないと思った。

アヴリルは唇をかみ、どうやって取りかかろうか思案した。手のすべりをよくするものはないので、上下させるのは無理だが、口ならある。もちろん、いやがる女性もいるとエリーは言っていたが、自分もそうなのかどうかはわからない。それを知るにはやってみるしかないと思い、シーツと毛皮の下にもぐりこんで、彼の体を下へとたどっていった。

ケイドがやっかいな勃起のことを考えまいとしていると、アヴリルが急に腕をすり抜けて、体を下へとたどりはじめた。彼は硬直し、なにごとかと頭を浮かせて下をうかがった。何をしようとしているのかたしかめようと、シーツと毛皮をつかんで体から持ちあげる。だが、彼女の手がいきり立ったものをさがしあて、しっかりとにぎった瞬間、ケイドは凍りつき、目をぎゅっと閉じて毛皮から指を離した。

「アヴリル」ケイドは彼女の手がもたらす快感に耐えるため、歯を食いしばりながら声をかけた。

「なあに?」毛皮の下からくぐもった声がした。

「きみは何を——ああ!」濡れたもの——おそらく舌だろう——がもっとも感じやすい先端部分をかすめたショックで、彼は背中をベッドから半分浮かせてあえいだ。つぎの瞬間、もう一度なめられると、はっと息を吸いこんでシーツをつかみ、もみくちゃにした。

こんなことは予想もしていなかった。またなめられながら、彼はぼんやりと思った。彼女の舌がまたもやさっと動き、これはもう拷問だと思った。五度目になめられながら、この娘は自分が何をしているのかわかっていないのだ、と気づいて愕然《がくぜん》とした。しかも、彼女の心を傷つけずにやめさせる方法はまったく思いつかない。

また舌が動いた。ケイドは注意してやりたくてたまらなかったが、耐えるしかなかった。

「まあ、なんて大きな持ち物なの、マイ・ロード」

毛皮の下から聞こえてきたくぐもったことばに、ケイドはある意味ぞっとして目をまるくした。

「ほんとうに、見事だわ」アヴリルはさらに言うと、また彼をなめながらつづけた。「すごく……大きくて……ええと……ハンサムね」

そのあとまたなめられたが、ほとんど気がつかなかった。不意に笑いだしたせいで、上半身がけいれんし、ベッドから浮きあがってしまったのだ。彼女の気持ちを傷つけてはいけないので、抑えようとしたが、それは風を止めようとするようなものだった。

「そう、イングランドでいちばん大きくてハンサムな持ち物なのは賭けてもいいわ」アヴリルはだめ押しでそう言うと、彼がこらえきれずに発してしまった、くぐもった笑い声や、低く鼻を鳴らす音に気づいたらしく、動きを止めた。そしていきり立ったものから離れ、シーツや毛皮をもぞもぞと動かしながら、その下から出てきた。

彼女が心配そうな顔で見ているようなので、ケイドはすぐにうしろに倒れこんで横たわり、強く舌をかんで、おもしろがっていることが顔に表れないようにした。

「大丈夫、あなた?」アヴリルが彼の顔をのぞきこめるように、かたわらで体を起こして尋ねた。「痛くさせたんじゃないわよね?」

ケイドは唇をかみ、笑いをこらえながら急いで首を振った。

彼女はけげんそうな顔をしながらも言った。「わたしが聞いたことによると――」

「とてもよかったよ、ありがとう」彼はおかしさを隠そうとするあまり、硬い口調で言った。そして、彼女の頭を自分の胸の上に抱き寄せて寝かせ、つぶやいた。「今夜はもう眠ろう」

「でもまだ終わって――」アヴリルはそう言いかけて、また起きあがろうとしたが、もとの位置に引き戻されて、しっかと抱きしめられたので、驚いて息をのんだ。

「ここまでにしておこう。長い一日だった。眠る時間だ」

「そう」彼女はため息をつき、その姿勢のまま、彼の胸にぼんやりと手をすべらせた。「朝になったらあなたも疲れがとれているでしょうから、最後まで歓ばせてあげられると思うわ」

「そうだな」ケイドはうめくように言った。また何度もなめられるのに耐えるのかと思うとぞっとした。

ほっとしたことに、やがてアヴリルは眠りに落ちたらしく、指の動きが止まった。ケイドがようやく緊張を解き、口元に笑みを浮かべたとき、不意に彼女が頭を上げて言った。「あなた？」

ケイドはたちまち笑みを消した。「なんだい？」

「わたしが下のほうにいるとき、どうやって上のほうにあるあなたの乳首をつまめばいいの？」そう言って毛皮の上から彼の股間に手を落としたので、彼はもう笑いをこらえるどころではなくなった。男のしるしをまともにたたかれたのだ。痛みが治まるのを待とうと、少しのあいだ目を閉じたが、やがて彼女の言ったことに気づいて、ぱっと目を開けた。

「乳首をつまむ？」

「ええ、持ち物と遊んで乳首をつまむと男の人はよろこぶって、サリーが言ったの」アヴリルは説明した。

そのサリーというのはだれだとケイドが尋ねようとしたとき、彼女は思案するように付け加えた。「気にしないで、一度にしなくちゃならないって言われたわけじゃないから。男の人はそういうのも好きだってことが言いたかったのかもしれないわ」彼女は少し考えこんだあと、あくびをして言った。「サリーにきいてみなきゃ」

ケイドはその女の助言を支持すべきなのかよくわからず、しばし目を閉じたが、アヴリルに「あなた?」と言われて、また目を開けた。

「なんだ?」とおそるおそる応える。

「スチュアートはいいところ?」

そうきかれて思わず顔をしかめた。ケイドの生家はかつてそのあたりでも立派な城のひとつだったが、それは父が飲んだくれて、城と領民の管理をケイドの母にまかせるまえのことだった。

母がいい仕事をしなかったというわけではない、とケイドは眉間にしわを寄せながら思った。母は立派に切り盛りをして、それはどんな男にもひけをとらないほどだったし、そのあとを受け継いだ妹も同様だった。だが、父と弟たちは、ウイスキーを飲むと凶暴になったものは壊され、召使いたちは酒乱の領主父子《おやこ》を恐れて城に寄りつかず、城に住む者たちは辟易《へきえき》していた。最後に訪れたとき、城は廃墟《はいきょ》へと向かう兆候を見せはじめていた。だが今夜の宴の席で、祝宴に招かれた客のひとりであるモルターニュ卿の隣人から聞いた話によると、ダムズベリー卿はようやく妹のメリーを嫁に迎えたらしい。つまり、残された父と弟たちがスチュアートの切り盛りをしているということだ。自分が到着したとき何を見ることになるのか、恐ろしくてたまらなかった。

このことを事前に知っていたら、おそらく結婚を遅らせ、アヴリルと結婚するまえに生家に帰って事態を収め、そのあとで彼女を迎えることにしただろう。だが、ケイドは知らなかったし、床入りの儀も事実上滞りなくすませてしまった。スチュアートの問題が解決するまで彼女と離れているなんてとても無理だ。

「いいところなの?」アヴリルが彼の胸毛をぼんやりと引っぱってせかした。

「いいところだった」彼は静かに認めた。「今はそうでなくても、またよくなるだろう」

アヴリルは頭を上げて不思議そうに彼を見たが、それはどういう意味なのかときかれるまえに、ケイドは言った。「きみにもすぐにわかるさ。明後日《あさって》スチュアートに出発するんだから」

「どういうこと?」彼女は体を起こしてぽかんと彼を見ながら、甲高い声をあげた。

「おれの部下たちは任務から戻らない」ケイドは静かに言った。「理由を知りたいんだ」

「そう」アヴリルは眉をひそめ、不意に部屋に目を走らせた。

荷物をまとめて持っていくことやら何やらを考えているのだろう。全部をまとめるのに少なくとも三日はほしいと言われるはずだと思い、ケイドは言った。「本来なら明日発《た》ちたいところだが、きみは痛《いた》みがあって何日も馬に乗るのはこたえるだろう。一日待てば癒えるはずだ。どうしても必要なものだけを荷造りすればいい。残りはあとからでも運べる」

「まあ」アヴリルは赤くなったが、こうささやいた。「とても思いやりがあるのね、あなた。ありがとう」

「うむ」ケイドはうなった。「もう眠りなさい。荷造りとそのあとの旅に向けて、力を蓄えないと」

アヴリルはかすかに微笑み、彼の胸の上にまた頭を横たえた。小さなため息をついて、体をくっつけたままもぞもぞと動き、居心地のいい体勢になると、ようやく目を閉じた。

ケイドは彼女の呼吸がゆっくりした規則正しいものになり、眠ったとわかるまで見おろしていた。それから妻が〝歓ばせようと〟してくれたことを思い出して、ようやくかすかな笑みを浮かべた。かわいい妻は自分のやっていることがわかっていなかったのだろうが、歓ばせようと一生懸命だった。今はそれだけでうれしかった。そのうちちゃんとやり方を教えてやろう。そして、彼女の気持ちを傷つけずにお世辞を言うのをやめさせる方法を考えよう。イングランドでいちばん大きくてハンサムな持ち物だって？

ケイドは小さくしのび笑いをして、眠ろうと目を閉じた。

9

「おお、冷たい水だこと」

アヴリルはベスの文句にかすかに微笑んだが、何も言わなかった。代わりに、その日の旅でついたほこりと汚れを洗い落とすことに集中した。今は新居に向かう旅の一日目の夜。長く疲れる一日だった。生まれてからのほとんどをモルターニュですごし、旅に慣れていないということを別にしても、昨夜はよく眠れなかったし、睡眠時間も短かった。何を持っていき、何をあとで送らせるか、仕分けして荷造りをするのに夜遅くまでかかってしまい、ケイドが来てベスに部屋から出ていけと命じたので、ようやくやめたのだ。

アヴリルの寝支度をさせてくれとベスが抗議したが、ケイドは自分がやるからとどなって侍女を出ていかせた。そして、女主人付きの経験豊富な侍女さながらの手際のよさで、アヴリルに手を貸して服を脱がせた。どこで女性の服を脱がせる練習をしたのだろう、とアヴリルは不思議に思った。服を脱ぐ作業が終わり、ベッドにもぐりこむときになって初めて、彼がその単純作業に心を乱されていたことを知った。自分で服を脱いだとき、赤くいきり立った男性のあかしがあらわになっていたからだ。

アヴリルは唇をかんで、ベッドに近づいてくるケイドを見つめた。旅に備えて自分の体をいたわろうという彼の気持ちをありがたく思いつつ、もう一度彼を歓ばせようとはにかみながら申し出た。ケイドはその申し出に驚いて目を見開いたが、すぐに首を振って、スチュアートに発つまえなので体を休ませるようにと繰り返した。

彼を歓ばせることがどうして自分の体に障《さわ》るのか、アヴリルはわからなかったが、そうなるとケイドは愛を交わしたくなるかもしれないので、あえて避けているのだろうと思った。ほんとうに思いやり深くてやさしい夫だ。アヴリルはそのことについて蒸し返すのはやめた。シーウェル卿を殴ってまで結婚をはねつけてほんとうによかったと思いながら、眠りにつこうと彼に寄りそい、わたしはほんとうに幸運だわ、と思った。その気持ちは今も変わらない。

ケイドはとても愛情深い夫だった。ときどきことばが足りなかったり、しばしば口調がぶっきらぼうだったりするが、今日の道中ではアヴリルの体調をとても心配してくれているのがわかった。馬に乗っていて彼女が疲れてくると、自分の馬の上に抱きあげて膝に座らせてくれたし、旅を中断して昼食をとったときは、充分に食べたり飲んだりしているか気づかってくれたし、小休止のたびに用を足せるよう隊列を離れさせてくれた。そして今、野宿するために馬を止め、彼女とベスが水浴びできるように、ここへ連れてきてくれたのだ。これ以上の夫は望めないだろう。

突然、男性の笑い声が聞こえ、何事かと思って右のほうを見ると、ウィルとケイドが川の湾曲したあたりで水浴びをしていた。流れが湾曲しているせいでふたりの姿は見えなかったが、声をあげれば聞こえる距離なので、夫と兄がそこにいてくれるとわかってほっとした。

「こう冷たくちゃかないませんよ、お嬢さま。わたしはもう上がります」ベスはそう宣言すると、岸に向かった。

「わたしもそろそろ上がるわ」アヴリルはしぶしぶ言った。すばやく水にもぐって髪と体から石けんを流す。水面に浮きあがる頃には、ベスは岸に上がって、水辺に持ってきた麻布で体を拭いていた。アヴリルは濡れた髪を絞ってあらかた水を切ると、岸に戻った。ベスから清潔な麻布を受け取って礼を言い、自分も体を拭いた。それがすむころには、ベスは服を着て、彼女に着せるシュミーズを手にしていた。

身支度をすませ、持ち帰るために濡れた麻布をまとめていると、草地のはずれにケイドが姿を現した。まず頭を突き出してあたりをうかがい、ふたりが川から出て身支度をすませているとわかると、茂みをかき分けて草地に出てきた。ウィルを従えてこちらに近づいてくる。

知らせを携えて出かけたケイドの部下たちがまだ戻らないので、ウィルはモルターニュの兵士とともに自分もスチュアートまで同行すると主張した。少なくとも、アヴリルは兄とケイドからそう聞いていたが、それだけではないことも知っていた。ふたりは愚かにも、架台式テーブルについているとき、スチュアートの現状と、ケイドが父に退陣を迫るつもりだということについて、話し合っていた。そこで話し合いをするのが愚かだというわけではない。それが立ち聞きされ、情報がみんなに伝わってしまうということをのぞけば。ベスがそのゴシップを仕入れ、アヴリルの耳に入れた。夫と兄がそう望んでいようと、何も知らずに新居へ向かうつもりはなかった。

　ふたりがアヴリルを不安にさせまいとしているだけなのはわかっていたが、甘やかされ、過酷な現実から守られなければならない、軟弱ですぐに気絶するような女だと思われるのは心外だった。わたしでも力になれるかもしれないと考えるぐらいはしてくれたのだろうか？　あやしいものだ。目的地に着いたら、ふたりがまちがっていることを、なんとしてでもわからせなければ。

「行こう、ベス。おれが野営地まで送るよ」ウィルがそう言って侍女の腕を取ろうと進み出る。一方、ケイドはまっすぐアヴリルのもとに向かった。

　侍女は女主人のほうを見やったが、アヴリルは夫から目が離せなかった。近づいてくるケイドを見ていると、キツネにねらわれるウサギになったような気がした。ベスがウィルにともなわれて草地から出ていったとわかると、アヴリルはなんとか夫に笑みを向けたが、同時に不安から一歩あとずさり、木の幹にぶつかった。

　その動作にケイドは眉をひそめ、立ち止まって一歩引いた。「おれが怖いのか？」

「い、いいえ」と言ってから、吃音のせいでうそだとばれたことがわかり、アヴリルは顔をしかめた。ばかなことをしたと気づいて、無理やり一歩まえに進み、深々と息を吸えば乳房が彼の胸に触れるほど、夫のすぐ近くに立った。

　どういうわけか、ケイドは微笑んだ。「気分はどうだ？」

　アヴリルは困惑して目をぱちくりさせた。なぜそんなことをきかれたのかわからなかった。

わたし、青い顔をしているのかしら、それともやつれている？　そんなはずはないと思いながら、礼儀正しく言った。「いいわ。あなたは？」

ケイドはくすくす笑ったものの、説明してくれた。「今日の旅はつらくなかったかときいたんだ。床入りの名残はもう痛まないか？」

「ああ！　ええ」彼女は真っ赤になった。

「よかった」彼はそう言うと、頭をかがめてキスをした。

驚いたものの、アヴリルはすぐにキスに応え、両腕を彼の首にまわして、誘うように唇を開いた。ぎゅっと抱き寄せられて体がとろけた。最後にキスしてもらってから、ずいぶん長い時間がたったような気がしたが、実際はついさっきしたばかりだった。少なくとも、最後の一回は。実際、今日は何度もキスしてくれた。朝目覚めたとき、身支度をして彼がドアから出ていくとき、モルターニュで彼女を抱いて鞍《くら》に乗せるまえ、そして馬を止めるたびに。ときには何度も。水浴びのためにベスとここに置いていくまえにも、とても情熱的にキスしてくれた。だから、また深い情熱的なキスを期待するのは、ごく自然なことだった。このあとは野営地に戻ることになるのだから。だが、キスを終わりにして彼女の腕を取り、野営地に戻るどころか、ケイドは愛撫まではじめた。彼の両手が背中をさまよい、下におりてお尻をつかんだあと、上腕へと移動する。そのまま背後の木にもたれるまで後退させ、アヴリルが木に背中を預けた瞬間、彼の両手が乳房に伸び、シュミーズとドレスの布地越しにつかんだ。アヴリルはうめき、背中をそらして彼の手のひらに乳房を押しつけた。

ケイドは腰をまえに突き出すことでそれに応え、硬くなったものをこすりつけながら、ドレスとシュミーズの胸元を引きさげはじめた。ひんやりした空気が乳首に触れるのを感じたかと思うと、彼の頭がおりてきて、そのひとつを口に含む。そのとき、頭上でバシッという音が聞こえた。

眉をひそめ、頭をのけぞらせて上を向いたアヴリルは、髪が何本か引き抜かれているのを見てびくっとした。つぎの瞬間、木に突き刺さってまだ揺れている矢が目にはいって息をのんだ。ケイドも頭を上げたが、突然叫び声をあげて、まだ事態が把握できていないアヴリルを道連れに地面にしゃがんだ。

最初アヴリルは、彼が二本目の矢で負傷したか、最初の矢がかすったかしたのかもしれないとすら思ったが、不意に騒々しい音がして頭をめぐらせると、モルターニュの兵士たちが四方八方の茂みから飛び出してきた。

「どこから飛んできたんですか、マイ・ロード？」兵士のひとりが尋ねた。

ケイドは黙って川の対岸を指した。数人の兵士がただちに川にはいりかけたが、呼び止められた。

「川をわたるにはおよばない。対岸に着くころには射手はとっくにいなくなっているだろう」彼は指摘した。

兵士たちはためらったが、しぶしぶ戻ってきた。ケイドは立ちあがり、アヴリルに手を貸して立たせた。

「大丈夫か？」彼は尋ね、自分の体で兵士たちの視線をさえぎりながら、すばやく彼女の体をドレスのなかに押しこんだ。

「え、ええ、マイ・ロード、あなた」アヴリルは赤くなるのを意識しながらささやいた。

ケイドは眉をひそめ、彼女にすばやくしっかりとキスをした。そして顔を上げて言った。

「兵士のひとりに野営地まで送らせようか？　それとも少し待って兵士との話がすんでから、おれといっしょに行くかい？」

「あなたを待つわ」彼女は言った。

どういうわけか、その返事を聞いたケイドの口元に小さな笑みが浮かんだが、すぐに消えた。彼はうなずき、兵士たちとの短い話し合いに向かった。すぐに戻ってきて彼女の腕を取り、小道を通って森を抜け、一行が野営地にしている広い草地に出た。アヴリルは歩きながらあたりをうかがい、ふたりの兵士がついてきているのに気づいた。残りの兵士たちは森の奥へと散っていった。

「あなた？」彼女は尋ねた。「矢を射《い》ったのはだれかしら？」

彼は眉をひそめたが、すぐに肩をすくめた。「おそらく盗賊だろう」

「盗賊？」アヴリルはけげんそうにきいた。「それはちょっと変だわ。川の向こう岸からわたしたちに矢を射って、盗賊になんの得があるの？」

ケイドはかすかに微笑んで言った。「賢い盗賊ではなかったようだな」

「でも――」

「ちょっと変なのはわかっている」彼は口をはさんだ。「だが、おれは三年も国を離れていたし、知るかぎりおれの死を望むような敵はいない。それに、きみを殺す理由を持つ者もいないだろうから」彼は肩をすくめた。「盗賊と考えるのが妥当だろう……あるいは迷い矢か」まったく理にかなっているように思えたので、アヴリルはうなずいて口をつぐんだが、何かほかの説明もあるのではと考えずにはいられなかった。実に危ないところだったのだ。彼女の乳房を口に含むために頭を下げていたせいで、うなじに矢を受けずにすんだのだから、運がよかったとしか言いようがない。

いや、とアヴリルはケイドを見ながら思った。背が高いから、肩甲骨のあいだに刺さっていたかもしれない。ああ、ほんとうにわたしたちはなんて運がよかったのだろう。

アヴリルは自分の馬をケイドの馬に寄せ、前方の丘の上にある城を仰ぎ見た。頑丈な石の城壁と、その奥の建物に視線を向ける。この距離から見るかぎりでは、堅牢《けんろう》でしっかりした造りの、わが家と呼ぶにふさわしい城のようだ。ちょうどそのとき、その日ずっとたれこめていた雲のうしろから太陽が顔を出して、堂々たる建物に明るい光の筋が射した。アヴリルにはそれがよい兆候にしか思えなかった。

だが、夫のほうを向いてその表情を見てとると、眉をひそめた。動きを止めたまま黙っている彼に、アヴリルは尋ねた。「あれがスチュアートの城?」

そうにちがいないとは思ったが、ケイドの表情には彼女を不安にさせるものがあった。人を寄せ付けないきびしい顔をして、結婚してからよく目にするようになっていた、微笑んだりからかったりするケイドとは正反対だ。帰還をよろこんでいる男性には見えなかった。

「ああ」ケイドは暗い声で言った。「スチュアートだ」

「まだ崩れ落ちてはいないようだな」と言って、ウィルが妹の視線を引き寄せながら、彼女の反対側に馬を寄せた。

「妻よ」

うなるような声を聞いて、アヴリルは夫に注意を向けた。結婚して以来アヴィーと呼ばれるようになっていたので、これから重大なことを言おうとしているのだとわかった。「なあに、あなた?」

「おれがいいと言うまでは、おれやウィルからけっして離れないでくれ。何も考えずに、おれの指示どおり動くんだ。わかったな?」

質問の形をとってはいても、これが命令にほかならないことはアヴリルにもわかった。まじめにうなずきで応えながら、彼はどれほどの混乱を予想しているのだろうと初めて思った。

妻の返事に満足したケイドは、うなり声をあげて馬を前進させた。アヴリルは約束どおり離れまいと、すぐにあとを追った。ウィルも糊《のり》のように妹の脇にへばりついたので、三人は並んでゆるやかな丘をのぼることになった。肩越しにうしろを見ると、同行してきた兵士たちも三騎ずつひとかたまりになって進んでおり、森のなかまでつづくその数は多すぎて数えきれなかった。

アヴリルは顔をしかめてまえに向き直った。城壁にいる兵士たちが見たら、侵攻してくる敵兵の部隊とまちがえかねない。事情を考えあわせると、ほんとうにそうなってもおかしくないのだと気づき、ため息をついた。もしケイドの父が領主の地位からおりて、領地の管理を彼にまかせるのに同意しなければ、ケイドは力ずくでそうさせるつもりでいる。そして、彼の父と弟たちにはそれに対抗するための軍隊があるのだ。


城に到着したとき、門が閉まり、跳ねあげ橋が上がっているのを見ても、ケイドはそれほど驚かなかった。跳ねあげ橋がまだ完全に上がっていないことに驚いただけだった。彼がイングランド兵をともなっているのが確認されてから、実際に橋に着くまで、城壁の兵士たちには橋を上まで上げる時間があったはずだ。だが、欄干で酔っぱらった叫び声が聞こえ、もっと冷静でもっと暗い声が返答していることからすると、そもそも父は跳ねあげ橋を上げたくなかったのに、兵士のひとりがそれを無視して、正しいことをしようとしたらしい。その兵士は今、そのせいで酔った相手から叱責を受けているようだ。

「帰ったぞ！」ケイドは馬をできるだけ城壁のそばに寄せてどなった。

城壁の上のどなり声はすぐにやみ、それほど酔っていないほうの声が呼ばわった。「そこにいるのはだれだ？」

「ケイド・スチュアート、エイキンの息子だ」ケイドはどなり返した。「そう言うおまえはだれだ？」

「エイダン・スチュアートだ。領主エイキン・スチュアートのいとこにあたる」いかめしい声が返ってきた。

するとq酔っぱらった男が誇らしげに言った。「敵じゃないと言っただろう、エイダン。おれの兄貴だよ。さっさと跳ね橋をおろせ、このたわけが」

ということは、あの酔っぱらいは父ではなく、ガウェインかブロディのどちらかだろう。ふたりの弟は、スチュアートを離れて訓練を受ける機会には恵まれなかった。残念なことに、エールのマグを口に運ぶ訓練しか受けなかったということだ。これが初めてではないが、ケイドが歩きはじめるやいなや、おじのサイモンのもとに送るべきだと主張した母に、心のなかで感謝の祈りをささげた。

城壁の上に頭がひとつ現れた。「あんたはイングランド人のなりをして、イングランドの旗を掲げた馬に乗っている」

ケイドはうなずいた。彼が知っているエイダンという名の男は、実際は父のまたいとこだか、その子供だった。誠実な兵士で、ケイドの知るかぎり昔から、エイキン・スチュアートのお気に入りだった。ケイドに投げかけることばは、酔いの名残りでまだ少しろれつがあやしいが、その声がきびしく落ちついていることを心に留め、ケイドは説明した。「ああ。今は自分の服がない。これはモルターニュから借りたもので、兵士たちもそうだ。ここにいる男は妹を送りとどけるために同行してくれた。おれの花嫁を」ケイドはかたわらのアヴリルを示して付け加えた。「新居に安全に送りとどけるために」

エイダンはそれについて考えてから尋ねた。「ドムナルとアンガスとイアンはどこだ?」

「おれもそれを知りたい。では、彼らはここに着いたんだな?」

「ああ。そして一週間以上まえにここを出発した」

「一週間まえ?」ケイドはけげんそうにきいた。「彼らをここに送り出したのは、三週間以上まえだぞ」

エイダンはケイドの話を信じたらしく、跳ね橋をおろすよう兵士たちに命じたあと、説明した。「だいぶまえに到着していたが、あんたの父上に話を聞いてもらえるまで待たなければならなかった。彼は……気分がすぐれなかったので」男は皮肉っぽくそう言うと、跳ね橋が騒々しい音をとどろかせておりはじめたので、話すのをやめた。

「〝気分がすぐれない〟ね」ケイドはうんざりしながらつぶやいた。すっかり酔っぱらっていることの遠回しな言い方だと知っていたからだ。すると、手綱をにぎる手に、突然アヴリルの手が重ねられたので、驚いてかたわらを見た。

「きっとうまくいくわ、あなた」アヴリルは笑顔で安心させながら、静かに言った。

ケイドもなんとか笑みを返し、跳ね橋がおりるのを見守った。頭のなかはこのあとの対面のことでいっぱいだった。橋がおりきると、アヴリルに向き直った。「忘れるなよ。おれから離れるな」

「わたしはあなたの妻よ、マイ・ロード。あなたのそばがわたしの居場所だわ」彼女はさらりと言った。

ケイドはうなずいたが、まえを向きながらも、彼女の決然とした態度に少し当惑を覚えていた。もしかしたら何かをたくらんでいるのかもしれない。もう一度彼女のほうを向いてよくよく見たが、にこやかに微笑み返すばかりで、モルターニュで彼の看病をし、結婚してくれた、あの愛すべき女性のままだった。

どすんと音がして、跳ね橋が地面を打ち、われに返った。ひとまず不安をかなぐり捨て、手綱を取り、橋をわたって生家に向かいはじめた。これからすることは、人からはよく思われないだろうが、ケイドを訓練のためにサイモンのもとにやることを父に提案しはじめたときから、母がずっと望んでいたことだ。マレード・スチュアートは夫を愛していたが、夫の欠点に目をつぶっていたわけではなかった。夫が酒に溺れていることも、スチュアート家のすべての男たち同様、いつかそれで身を持ち崩してしまうはずだということもわかっていた。ケイドのもとを訪れるたび、母は息子の頭にたたきこんだ。いつか領民たちのために、父からスチュアートの管理を——もし必要なら力ずくで——引き継ぐ日がやってくるのだと。

今日がその日だ、とケイドは強く意識しながら、みんなとともに馬を進めて中庭を横切り、まっすぐ城の階段へ向かった。

階段のまえで馬から降りると、先ほど城壁にいた弟のひとりの、酔った叫びが聞こえた。男は一行にあいさつしようと中庭を横切ってきたが、ケイドは弟らしき男と立ち話をするつもりなどなかった。呼びかけを無視し、アヴリルを馬から抱きおろすと、急いで城につづく階段をのぼらせた。自分付きの武官を連れたウィルがすぐうしろにいることを意識しながら。

弟を避けようとあまりに急いだので、ケイドは中庭の状態に気づいていなかった。だが、城そのものの状態に気づかずにいるのは不可能だった。大広間にはいると突然足を止め、ただよう悪臭に口を固く結び、鼻にしわを寄せた。

聞いたところによると、妹のメリーが結婚してイングランドに引っ越したのは、七カ月ほどまえだという。それ以来、大広間にほとんど手が加えられていないのは明らかなようだ。やたらと大きな笑い声が聞こえてきて、架台式テーブルに目を向けた。父親ともうひとりの男がそこに座っていたからだ。どうやら城壁にいた男はブロディだったらしい。テーブルにいるもうひとりの男はガウェインだった。いや、テーブルの下にいる、と言ったほうがいいかもしれないと思い、ケイドは顔をしかめて、椅子から床のイグサの上にすべり落ちて笑っている、若いほうの男を見た。

大広間の残りの部分に目を走らせ、しっくいを塗る必要がある煙で汚れた壁や、そこに掛けられている汚れたタペストリーに気づいた。そのうちのいくつかはたったひとつのフックで壁にしがみつき、風がないときの旗のように、悲しげにたれていた。部屋そのものに意識を向けると、架台式テーブルふたつをのぞけば家具がなく、床に目を落とすと、イグサは食べ物やら何やらで、これ以上ないほど汚れていた。そのなかには、今や木の破片と化した家具の残骸もあった。

それよりこたえたのは、部屋にまったく人影がないことだった。大広間は城の心臓部であり、おじのサイモンのところでもモルターニュでも、つねに人でいっぱいだった――やってきては出ていく兵士たち、忙しく立ち働く侍女たち、ただ座っておしゃべりや食事を楽しむ人びとで。だが、ここにいるのは父と弟だけだ。この城の心臓は壊れ、だれもはいりたがらないのだ。

「ベス、荷車からわたしの袋を取ってきて」

アヴリルのささやき声で、荷車がすでに中庭に着き、妻の侍女が女主人をさがして大広間にはいってきていたことに気づいた。見ると、はいってきていたのは侍女だけではなかった。その背後では、今や意識を失っているらしい弟のブロディが、モルターニュの兵士たちの肩にだらりと両腕をまわして抱きかかえられていた。

「階段で足を踏みはずされて」ケイドと目を合わせないようにしながら、兵士のひとりが声をひそめて説明した。全員が自分と目を合わせないようにしているのがわかり、ケイドは身内の醜態に恥ずかしさがこみあげるのを感じた。

「彼の部屋に運んで。わたしがそこで介抱します」アヴリルが静かに指示した。

「はい、奥方さま」事情を説明した兵士が言った。そして、咳払いをして尋ねた。「お部屋はどこでしょうか?」

アヴリルは二度まばたきをすると、ケイドのほうを向いてささやいた。「彼の部屋がどこかわかる?」

ケイドが首を振ると、彼女はテーブルのふたりの男性のほうを見て唇をかんだ。ガウェインは床に伸びていびきをかいているし、その父親も似たり寄ったりだ。領主の目は閉じられ、深くうなだれて、汚いイグサの上にいる息子の仲間入りをするべく、椅子からすべり落ちつつあった。

みっともない光景に、ケイドが歯ぎしりをしていると、アヴリルが突然声をあげた。「そこのあなた！　坊や！」

そのときようやく、厨房《ちゅうぼう》のドアから小さな頭がのぞいているのに気づいた。せいぜい六歳か七歳の少年で、今その大きな目はテーブルの下で眠りこんでいるふたり組に釘付《くぎづ》けになっている。

「こんにちは！」アヴリルがまえに進み出ながら、もう一度声をかけた。

領主とその息子は意識を失っており、したがって恐れることはないと判断したらしく、少年は彼女に注意を向けた。大きな目をさらに見開いて、問いかけるように眉を上げながら、少年は自分の胸に親指を突きつけた。

「そう、あなたよ」アヴリルはわずかにいらだちを見せながら言った。「こっちに来て」

少年は少しためらったが、やがてドアをすり抜けてしぶしぶまえに進み出た。

ケイドは、少年がテーブルといびきをかいているふたりの男たちを大きくよけるのにいやでも気づき、父や弟たちが大いに酒を楽しんだあとは暴力的になるらしいことに関係しているのだろうかと思った。少年に治りかけの傷がふたつあるところを見ると、いつも慎重に行動しているというわけではないらしい。

「あなたの名前は？」少年が自分のまえで立ち止まると、アヴリルはやさしくきいた。

「ラ、ラディ」彼はつかえながら不安そうに言った。

アヴリルは体を硬くしたが、こう言うにとどめた。「ごきげんよう、ラディ」

「ご、ごきげんよう、お、奥方さま」ラディがもごもごと返す。

子供の吃音に、アヴリルの表情がなごんだ。顔が同じ高さになるように少年のまえにしゃがみ、身を寄せてささやきかける。ケイドはひどく興味を惹かれ、彼女の言うことが聞こえるようにそばに寄りたかったが、がまんしてそのまま待った。

アヴリルがささやくあいだ、少年はひとこと残らず理解しようと何度もうなずき、彼女が話しおえると、にっこり微笑んでもう一度うなずいた。アヴリルは満足したらしく、体を起こして少年をケイドのところに連れてきた。

「ここにいるラディが、兵士たちにあなたのお父さまと弟さんたちの部屋を教えてくれるそうよ。でも、三人まとめて運んだほうが早いわね」

ケイドがためらっていると、ウィルが言った。「うちの兵士たちはきみのいいように使ってくれ」

「その必要はない」大きな声が響き、兵士たちが酔っぱらいを引きずりながら道をあけると、戸口にたくましい七人のスコットランド人が立っていた。ケイドは彼らがはいってきた音に気づかなかった。おそらく、アヴリルがラディと話すのに気をとられているあいだにはいってきたのだろう。兵士たちは一団となって進んできた。声をあげた男は長身ででっぷりとした、血色のいい赤毛の男だった。ケイドのまえで足を止め、上から下まで眺めまわしたあと、名乗ったとおりの人物だと納得したらしく、うなずいた。「これはご子息殿」

「エイダンか？」城壁から彼を誰何《すいか》した男だと気づいて、ケイドはきいた。

「そうだ」戦士は答え、いっしょにはいってきた男たちに合図をした。男たちはすぐに散りはじめた。ふたりはイングランド兵士からブロディを引き取り、残りの四人はケイドの父ともうひとりの弟の世話に向かった。

ケイドにじっと見守られながら、兵士たちは一様に暗い顔つきで、慎重に男たちを抱えあげ、階段に運んだ。

「てことは、親父《おやじ》さんを領主の座から蹴り落とすために来たんだな？」エイダンがきいた。

ケイドは目をすがめて男に向き直った。アヴリルがそばに寄るのがわかった。そばにいろと命じはしたが、今はそばに寄るよりもむしろ離れてほしかった。戦わなければならないとしたら、近くにいる彼女が巻き添えを食ってしまう。横を見て彼女の手をつかみ、自分のうしろに行かせてから、男をにらみつけてどなった。「そうだ」

エイダンもにらみ返してどなった。「潮時だろう」

ケイドは力を抜いた。微笑みそうにさえなったが、ぐっとこらえてうなずくだけにした。

「スチュアートにはあんたが必要だ」とエイダンは言い、まじめくさって付け加えた。「あんたの父上に命じられれば、あんたと戦うのもやぶさかじゃないが。おれの領主は彼だからな」

エイダンがそう言うのは当然だった。彼はケイドの父に忠誠を誓った兵士なのだ。そうするよりほかはない。これはケイドの戦いだ。彼らは内心ケイドに勝ってもらいたいと思っていても、領主が命じればケイドと戦うだろう。それは理解していたし、あとを継いだ自分にも彼らが同じ忠誠を誓ってくれるよう願うしかなかった。そこで、まじめにこう言った。

「では、父がそう命じないよう気をつけることにしよう」

エイダンはうなずいた。「アンガスが言っていたが、あんたは船が岩場で難破したとき、頭を打ったそうだな」

「ああ。幸い、おれにはいい友だちがいて、彼らがここまで送ってくれた」ケイドはそう言うと、右を向いてアヴリルの兄を示した。「ここにいるのがそのひとりでね。ウィリアム・モルターニュ卿だ」

ケイドはエイダンがうなずいてあいさつするのを待ってから、アヴリルがいるものと思って左を見たが、背後に押しやったのを思い出して、また向きを変えなければならなかった。彼女は背後でひざまずき、ラディと何やらひそひそと話していた。そこでやっと少年がまだそばにいたことに気づいた。スチュアートの男たちは父と弟たちをどこへ運べばいいかわかっていたので、少年が先導する必要はなかったのだ。

「アヴィー？」ケイドは静かに言った。

アヴリルは顔を上げ、ラディをぽんとたたいてから立ちあがった。「なあに、あなた？」

「おいで」彼女の手を取り、脇に引き寄せて、もう一度エイダンに向き直りながら言った。

「おれの妻だ」

アヴリルはぶっきらぼうな紹介に少し驚いたようだったが、ケイドはそれ以上の説明が必要だとは思わなかった。ウィルと彼の兵士たちが、ケイドとその妻となった妹を送ってきたことは、城壁の外で告げているのだ。また説明することもあるまい。

エイダンはアヴリルに微笑みかけ、礼儀正しくうなずいた。「奥方さま」

「ご、ごきげんよう」アヴィーはつかえながら言った。

ケイドは彼女の吃音とうなだれた様子に眉をひそめた。モルターニュの兵士たちのそばでは平気だったが、彼らとは顔見知りで、いっしょにいて気が楽だからだろう。こうしたアヴリルの態度を見て、自信をつけさせるつもりだったことを思い出し、できるだけ早く取りかかろうと心に誓った。だが、今すぐではない。別の日にしようと決め、安心させるようにお尻をぎゅっとつかむと、彼女はあっと声をあげて小さく跳びあがった。鋭くにらまれるのがわかったが、彼の注意はすでにエイダンに向けられていた。

「父の気分がすぐれないということなので」ケイドは先ほど相手が使ったことばをまねて皮肉っぽく言った。「おれが留守にしていたあいだの帳簿がどうなっているか、見せてもらいたいんだが」

「わかった」エイダンは快諾した。

ケイドはうなずき、一行を引き連れて架台式テーブルに向かいかけたが、アヴリルに手を引っぱられて立ち止まった。眉をひそめ、問いかけるように眉を上げて振り返る。

アヴリルはためらったあと、ほかの者たちから離れたところに彼を引っぱっていって、ささやいた。「あなたがエイダンとお仕事の話をしているあいだに、わたしは階上《うえ》に行って、寝室として使える部屋があるかどうか見てみようと思うの。掃除をする必要があるかもしれないし――」

「わかった」ケイドはため息をついてさえぎった。そのことは考えていなかったが、階上の寝室が大広間と同じくらいひどいありさまなら、日が暮れるまえにやるべきことはかなりありそうだ。大広間の床で寝るつもりはなかったし、ウィルやアヴリルにもそんなことはさせたくなかった。それくらいなら外に連れ出して中庭で野宿するほうがましだ。だが、できればそれは避けたかった。初夜以降、最初は体が癒えるのを待つため、旅に出てからはふたりきりになれず、百人の兵士のまえで妻のスカートをまくりあげるわけにもいかないため、アヴリルに触れていなかった。スチュアートに着いて部屋でふたりきりになれたら、また彼女を自分のものにできるという希望のもと、旅のあいだじゅう自分を抑えてきたのだ。使える部屋がないかもしれないとは、思いもしなかった。

「行くといい」彼はようやく言った。「だが、その子供を連れていくんだ。困ったことがあったら叫べば、おれが駆けつける」

ケイドはアヴリルがうなずくまで待ってから、かがんで唇にキスをし、背を向けてまたテーブルに向かった。

10

「ここはメリーさまの部屋だよ」ドアを開けてラディが言った。

アヴリルは部屋に足を踏み入れたとたん、立ちすくんだ。少年が見せてくれた四つ目の部屋だった。ほかの三つは、いくらか蜘蛛の巣とほこりがあったものの、まともな状態だった。スチュアート卿と息子たちは、自分たちの寝室以外にははいっていないようだ。だがこの部屋は例外らしい。

「ひ、ひどいな」ラディが顔をしかめて言わずもがなのことを言い、ようやく部屋のなかに足を進めたアヴリルのあとにつづいた。

また吃音が戻っているのに気づき、アヴリルはつぶやいた。「わたしのまえでは緊張しなくていいってことになったんじゃなかった？」

ラディは赤くなり、そっぽを向いて認めた。「だ、だって、こ、こんなのを見たら、あなたがお、怒るんじゃないかと思って」

「あら、怒ってないわよ」彼女は安心させようとして言った。「それに怒っているとしても、あなたに対して怒ってるんじゃないわ」

ラディはうなずき、体のこわばりを解いた。小さく微笑みさえした。

アヴリルは微笑みを返し、部屋の様子に目を向けた。床のイグサは新しくはないが、階下のように汚れてはいなかった。ケイドの妹のメリーが出ていってから、入れ替えていないのだろう。だがそれ以外は、ほかの部屋よりも階下の大広間に似ていた。だれかがかんしゃくを起こしてめちゃくちゃにしたように見える。がっしりしたオーク材の椅子が暖炉のまえにあるが、その脇に置かれていたらしい小さなテーブルは、イグサの上で折れた木片の山となっていた。ベッドは無事だったが、シーツや毛皮類はずたずたにされて、隅に積み重なっており、日よけのひとつは窓からはがされていた。はがされた日よけがどこにあるのかはわからなかったが、残りの日よけは傾き、ひとつしかない留め金でぶらさがっていた。

物音がしてドアのほうに目を向けると、ベスが戸口にいた。アヴリルが取りにいかせた薬種袋を持っていることも忘れ、部屋を見まわしては目をまるくして驚いている。

「ひどい」ベスは首を振って言った。

「うん」ラディが悲しげに言ったあと、こう告げた。「領主さまがやったんだ」

「なんですって?」アヴリルとベスが、少年を見て同時に尋ねた。

彼はしかつめらしくうなずいた。「しょっちゅうここに来ては、ものを壊してる。たいていまっすぐ歩けないから、いろんなものにぶつかるんだ。領主さまと若さまたちはそうやってお城にあるものをたくさん壊すけど、ここに来るのは領主さまだけだよ」彼は報告したあと、顔をしかめて付け加えた。「そして泣くんだ」

アヴリルはそれを聞いてまだ望みはあると感じ、少し元気が出た。泣くほど娘を恋しがる父親なら、そんなに悪い人ではないはずだ。お父さまもわたしを恋しがっているかしら。きっと少しは恋しがっているだろうが、泣いてはいないだろう。少なくともわたしはそう願っているけれど、もしかしたら泣いているのかしらと思っていると、ラディがさらに言った。

「ぼく、聞いたんだ」その真剣な口調から、こんなことは信じてもらえないのではと思っていることがうかがえた。アヴリルが真顔でうなずいて、信じると伝えると、少年はいくらかほっとしてつづけた。「ぶざまなものだったよ、ほんと。領主さまのことが情けなくなった。泣いたりわめいたりしながら、いろんなものにぶつかるんだ。そのうち尻餅をついて、座りこんだまま、メリーがいなくなった今だれが城の切り盛りをするんだって、泣きわめいていた」

ベスはさもいやそうに舌打ちし、アヴリルはがっかりしてため息をついた。彼が恋しがっていたのは娘ではなく、娘の能力だったのだ。ほんとうに、義父を好きになれるか心配になってきた。まだちゃんと会ってもいないのに。

アヴリルは首を振り、戸口に歩いていって、片手を差し出した。「わたしの薬種袋をちょうだい、ベス」

侍女は気が進まない様子でそれを差し出し、アヴリルが中身をかきまわしはじめると、心配そうに尋ねた。「ほんとうにやるおつもりなんですか、奥さま?」

「ええ」アヴリルはきっぱりと言った。

アヴリルは片手を上げて侍女を黙らせ、少年のほうを見て言った。「ラディ、階下《した》に行って、ハチミツ酒かリンゴ酒を少し持ってきてくれる？」
「はい、お、奥方さま」彼が意気込んで言い、言いつけられた用事を果たそうと駆け出して
いくと、アヴリルはかすかに微笑んだ。
「奥さま、この計画のことですけど」ラディがドアから出ていくやいなや、ベスが不安そう
に言った。
「理にかなった計画よ、ベス」アヴリルはがんこに言い張った。「うまくいかないというふ
りをしても無駄ですからね」
「でも、飲んだあと二日酔いに苦しんだくらいでお酒をやめるなら、スチュアート卿と息子
さんがたはとっくの昔にお酒をやめているはずですよ」ベスが暗い声で言った。
「またお酒を飲みはじめれば消えてしまう頭痛と、お酒はもちろん何も胃に収めておけない
苦しみじゃ大ちがいよ」アヴリルは侍女をさとした。「わたしを信じなさい。スチュアート
の領主さまと息子たちは、お酒を飲むたびにものすごく気分が悪くなって、飲むのをやめる
わ。単純な道理よ」
「そうですけど、奥さまが薬を盛っていることに気づかれたらどうするんです？」侍女は心
配そうにきいた。
「わかりゃしないわ。彼らが意識を失っているうちに最初の一服を飲ませましょう。ケイド

が昏睡状態のときスープを飲ませたようにして、眠っているあいだにのどに流しこむのよ」

「のどに流しこめたのはほんの少量だったじゃないですか。たいして飲ませることはできませんよ」ベスが陰気につぶやいた。

アヴリルはそのとおりだと気づいて眉をひそめた。ハチミツ酒で薄めるのはやめにして、薬の原液を数滴のどに直接たらすべきだろう。そうよ、それならよく効くはずだわ。

「行くわよ」と言って、先に部屋の外へ向かった。

「どこに行くんですか？」アヴリルのあとについて廊下を進みながら、ベスがひそひそ声できく。

「ケイドの父親と弟たちに薬を飲ませるの」

「それにはハチミツ酒がいるんじゃ？」ベスが驚いて尋ねた。

「原液をのどに数滴たらすほうが簡単だわ」アヴリルは説明した。「急いでやれば、ラディが戻ってくるまでに全部終わらせられる」

「ああ、なんてこと」ベスはつぶやいたが、すぐにケイドの父親の部屋をさがすアヴリルに黙ってついていった。やがて、部屋が見つかった。

「驚いた。よくこれにがまんできるわね」スチュアートの領主の寝室を見て、アヴリルはつぶやいた。ろうそくもともっていなければ、部屋を明るくする火もなかったが、日はまだ高く、日よけの下から充分日光が射しこんでいたので、部屋とそのなかにあるものははっきりと見えた。考えられるかぎり、いいことはそれだけだった。この部屋も大広間と同じくらいひどいありさまで、床は投げ出された衣類や食べ物、壊れた家具、引きはがされたタペストリーで散らかっている。そのうえ、だれかがそこで死んだようなにおいがした。

顔をしかめてベスのほうを見ると、侍女の姿はなかった。眉をひそめながら戸口に戻ったアヴリルは、廊下で縮こまっている侍女を発見した。

「何をしているの？」アヴリルはひそひそ声できいた。

「わたしはここで待って、見張りをします」ベスがすかさず言った。

「だめよ、あなたの助けがいるの。わたしが薬をたらすあいだ、口を開けさせておいてくれないと」

「ああ、堪忍してください、奥さま」ベスは首を振って懇願した。「わたしにはとても――」

「できるわ」アヴリルは言い張り、侍女の手をつかんで部屋のなかに引っぱりこんだ。

「ほんとにこんなことはしちゃいけませんよ。思うに、奥さまがすべきなのは――」

「黙って。彼が目を覚ますわ」アヴリルはいらいらとささやき、薬の小びんを取りあげて開けた。

「しばらくは起きやしませんよ」ベスが意識のない男性を見おろして、嫌悪感もあらわに言った。

「それなら何を怖がっているの？」アヴリルはそっけなくきいた。「口を開けさせて」

ベスは自分の口をしっかり閉じて、スチュアート卿の口を開けさせようとかがみこんだ。彼女があごと額をつかんで唇を引き開けた瞬間に、アヴリルがかがみこんで少量の薬をたらし入れた。

アヴリルが体を起こすと、すぐにベスは彼から手を離し、ドアに急いだ。アヴリルは侍女の臆病さにいらいらして舌打ちしたが、彼女のことは放っておき、小びんにふたをしながらエイキン・スチュアートの顔を観察した。スチュアート卿が唇をなめて口を動かしはじめ、薬液を無意識のうちに飲みこんだので、ほっとして息を吐いた。満足してもう少し様子を見る。そして、歳をとって鼻が赤くてまるいことをのぞけば、とてもケイドに似ているのに気づいた。鼻が赤いのはお酒のせいだろう、と軽く首を振りながら思った。

「奥さま」ベスが安全な廊下からひそひそ声で呼んだ。

アヴリルはため息をつき、向きを変えて、侍女のもとに行った。

「もう階下《した》に行って――」

「だめよ」アヴリルはきっぱりとさえぎった。「つぎは弟たちに飲ませないと。まずはガウエインね。彼の部屋のほうが近いから」

「薬を飲ませるのは父親だけで充分ですよ。もうこれ以上――」

アヴリルは侍女のことばを無視し、その手をつかんでつぎの部屋に引きずっていった。幸い、数歩進んだところで、ベスは抵抗するのをやめてくれた。今回はずっと早く作業が進み、あっという間にことを終えて部屋から出ることができた。

「つぎでおしまいよ」アヴリルは励ますように言って、ベスを廊下にある最後のドアまで連れていった。

「ありがたや」侍女はつぶやいた。「奥さまがなさろうとしていることを知ったら、お母さまはお墓のなかで身悶《みもだ》えなさるでしょうよ」

ベスを無視して、アヴリルは先に部屋にはいった。三つの部屋のなかで、ここがいちばんひどい状態だった。この三人は明らかに自分の身の回りのものを大切にしていないようだ。どの部屋にも壊れた家具や、破壊されたその他のものがこれ見よがしに置かれていたが、ブロディの部屋ではベッドまで壊れていた。親柱のひとつが折れて、カーテンはひと隅に寄ってしまっている。

アヴリルは首を振りながらベッドに近づき、ベスが彼の口をこじ開けるのを待った。そして、かがみこむと薬液をたらした。

「よし」体を起こして言った。小さな安堵のため息をもらしながら、小びんにふたをし、薬種袋にしまう。「これですんだわ。あとは待ってどうなるか様子を見るだけね」

「ありがたや」ベスはブロディの口から手を離しながらささやいた。「さあ、奥さま。早くここから出ましょう」

「ええ」アヴリルはいらいらしながらそう言うと、こういう冒険には二度と侍女を同行させまいと決めた。ベスときたら始終泣きごとや不平を言って、老女のようにやきもきしているのだから。

まあ、ベスは四十回以上も夏を迎えているのだから、たしかに老女なわけだけれど、とアヴリルは内心で認めた。だからといって、ネズミのように臆病でおどおどしている理由にはならない。サリーとオールド・エリーが男性の歓ばせ方をアヴリルに教えようとしたとき、あんなに憤慨したのも無理はない。ベスはそういったことを何ひとつやろうとは思わなかったのだろうから。おそらく震えながらベッドに横たわり、夫が彼女に乗ろうとするたびに、ぎゅっと目を閉じていたのだろう。それではどちらにとっても楽しい経験ではないわよね？

そう思うとげんなりした。

「奥さま」ベスがひそひそ声で言った。

「すぐ行くわ」アヴリルはつぶやいた。「今――」

そこで立ち止まり、ぎょっとして悲鳴をあげた。ブロディの手にいきなり手首をつかまれたからだ。驚いてベッドの上に目をやると、ブロディの寝ぼけ眼《まなこ》がこちらを見つめていた。

「やあ、かわい子ちゃん、キスしようぜ」彼はろれつの回らない口で言い、アヴリルの腕をぐいっと引っぱった。


「あんたの父上はそれほど騒ぎ立てないかもしれんな」エイダンは静かに言った。「彼もばかな男ではないし、酒飲みではあるが、ここがいろいろとうまくいかなくなっているのはわかっているはずだ。毎日のようにもっと住みやすい場所を求めて一家そろって出ていく者たちがいるし、残っている者たちにしてもその機会をうかがっている。城の使用人は半数がいなくなり、残った者たちと言えば……」彼は首を振った。「コックは出ていってしまったし、侍女たちはもう大広間にはいろうともしない。兵士たちも大広間を避けている……ああ、お父上はよろこんで領主の座と責務をあんたに譲るだろう」

ケイドはそれを切に願った。エイキン・スチュアートのそばで長くすごしてきたわけではないが、父親であることには変わりない。父親を殺したいとは思っていなかった。だが、エイダンからここの現状をすっかり聞いてしまったからには、今回は関わりになるのを避けて、父親に城の管理をまかせるわけにもいかない。

「コックが出ていったと言ったな？」ウィルがたずねた。その落胆した声に、エイダンと話をするために座って以来はじめて、ケイドはなんとか笑みを浮かべることができた。あの地獄の捕虜収容所で、三年のあいだ腐った食べ物や飢餓寸前の状態に耐えてきたので、ウィルの胃は飽くことを知らなかった。ケイド自身、病の床から起きて以来、ウィルが平らげる食べ物の量には驚かされていた。自分も彼に負けず劣らず食べていることにはもっと驚いていたので、コックがいないと聞いて、ケイドも少し残念に思った。だがウィルの憐《あわ》れな様子にはとてもかなわない。

「ああ」エイダンはウィルの顔つきを見てにやりとした。「だがやつの居場所は知っているし、状況が変われば戻る気になってくれるだろう」

「ひょっとしてきみが――」と言いかけたところで、いきなり頭上で大きな悲鳴と泣き叫ぶ声が聞こえ、ケイドは上に目を向けた。そして、悲鳴を聞き終えるまえに、立ちあがって駆けだした。心臓が激しく胸を打ち、あんな声を聞くことになるいくつもの状況が頭のなかを駆けめぐる。女たちは階上で部屋の準備をしていて、ネズミかその他の害獣に出くわしたのかもしれないし、どちらかがひどいけがをしたのかもしれない。前者であればいいのだが。

階段をのぼりきると、ちょうど幼いラディが廊下の奥に向かって走っているところで、そのあとを三人の侍女たちが追っていた。ケイドもあとを追いはじめると、少年は廊下の突き当たりに近い寝室のまえでいきなり止まり、ドアを押し開けた。たちまち、うろたえてわけのわからないことを叫ぶ甲高い大声が廊下に響きわたった。先ほど城門でエイダンを困らせていた、ろれつのあやしいどなり声も加わっている。

「来いよ、娘っ子、軽くお楽しみといこう。おまえもきっと気に入るぜ」

ブロディのやつめ！ ケイドは悪態をつきながら走りだし、忘れられなくなりそうな光景のなかに飛びこんだ。アヴリルとブロディは取っ組み合いの最中のようだった。ブロディはベッドの上に起きあがり、全力で抵抗するアヴリルを向こう側からベッドに引きあげようとしている。叫び声と泣き声の元であるベスはと言えば、ベッドのこちら側で彼の頭と背中をたたいて、女主人から手を離させようとしていた。

その光景を見て、ラディと三人の侍女もドアをはいったところで立ち止まっていたようだが、ちょうどケイドがすべてを目にしたと同時に、ラディが飛び出して部屋を横切り、床に放り出してあった盾を手にした。そして、重い金属の盾を持ってベッドの頭のほうに飛びのると、それを振りあげてから振りおろした。どらのような恐ろしい音がしたところで、ケイドは部屋を横切りはじめた。残念ながら、少年の一撃はブロディを倒すには至らなかったが、注意をそらすことはできた。ブロディはアヴリルを放し、怒りの声をあげながら少年のほうを振り向いた。

　恐怖に目を見開いたラディは、全体重とありったけの力をこめて、もう一度盾を振りおろした。今度は効いた。ブロディは目を回し、ベッドの上にくずおれた。ラディはすぐに盾を脇に放り投げ、ベッドの上を這うと、向こう側に飛びおりてアヴリルのそばにしゃがんだ。

「大丈夫ですか、奥方さま?」ラディは心配そうに尋ね、彼女の腕をつかんで立たせようとした。ようやく叫ぶのをやめたベスが、急いでベッドをまわってきて手を貸した。

「ああ、もう」アヴリルは息を切らしながら、ブロディから解放されたときに倒れた場所から起きあがった。「ええ、わたしは大丈夫よ。ありがとう、ラディ。あなたはとても勇敢だったわ」

「ああ、勇敢だった」ベスとラディが妻を助け起こすのを見ながら、ケイドはうなるように言った。ドアのところにいた侍女たちは、彼が自分たちを追い越して部屋にはいるのに気づくと、すぐにこそこそと部屋から出ていきはじめた。だが、ケイドは気づいていた。彼女たちが安全な位置に逃れながらも、退散はせずにドアの縁からのぞきこんで、ケイドを追ってきたウィルとエイダン越しになかをうかがっていることを。

　そのとき、ケイドが来たことに気づいたベスとアヴリルとラディが、目をまるくして驚きの声をあげた。

「まあ、あ、あなた」アヴリルは息を切らして言った。無理に笑みを浮かべ、スカートをなでおろして彼の視線を避けながらつぶやく。「わたしたち……じゃなくて……わたし、あなたのお、弟さんがベッドから落ちてけがでもしていないか、た、たしかめていたの。運悪く弟さんが目を覚まして……その……わたしを……だ、だれか別の人と……」

「弟が何を思ったかはわかっている」ケイドはどなり、彼女の腕をつかんでドアのほうに向かわせた。泥酔状態のブロディは彼女を侍女のひとりだと思い、手ごめにしようとしたのだろう。相手がその気だろうとなかろうとかまわなかったらしい。怒りがこみあげてくる。弟が目を覚ましたらきびしく言って聞かせなければならない。そのまえに、気まぐれな妻と話をつけなければ。

「おれの指示がないかぎり、そばにいろと言ったはずだ。ちがうか？」ウィルとエイダンを通りすぎて彼女を廊下に導きながら、ケイドは暗い声で尋ねた。

「ええ、ちゃ、ちゃんとそばにいたわ」アヴリルはとっさに言った。「あ、あなたが言ったのよ、う、階上《うえ》に行って――」

「部屋がどんな様子か見てくれと」ケイドは重々しく口をはさんだ。「ブロディの様子を見ろとは言わなかった」

驚いたことに、彼女はうなずいた。「ええ。あ、あなたの言うとおりよ。わたしは、す、すべきじゃなかった――」

「ああ、すべきじゃなかった」彼は怖い声で言うと、廊下で立ち止まって尋ねた。「おれたちが使うことになるのはどの部屋だ？」

アヴリルはためらってから言った。「廊下の奥の三部屋は、空気を入れ替えてほこりを払ってシーツを替えれば使えるわ。イグサは古いけどきれいだし、今夜はそれでしのげるはず」

ケイドはうなずいてまた歩きはじめ、彼女を連れて、弟の部屋からできるだけ遠い、廊下のいちばん奥の部屋に向かった。その部屋に妻を入れ、ドアを閉めようと振り返ると、みんなが――ラディをのぞく全員がぞろぞろとついてきていたので、顔をしかめた。少年の姿はない。

「あの子供はどこだ？」ケイドは眉をひそめてうなった。あの子がまだブロディの部屋にいるなら、弟が目覚めたとき、困ったことになるかもしれない。

彼の質問に一同はややぼんやりとあたりを見まわし、やがてエイダンが言った。「おれがさがしに行こう」

「ありがとう」ケイドはつぶやいた。「見つけたらここに連れてきてくれ」

エイダンはうなずき、向きを変えて廊下を戻っていった。ケイドはウィルのほうを見た。

「階下《した》に行っていてくれ。おれもすぐに行く」

ウィルはためらい、友のきびしい顔から、今や唇をかんでいるアヴリルへと視線を移したが、うなずいて向きを変え、階段に向かった。彼が従ってくれたことに胸をなでおろし、ケイドは侍女たちを無視してドアを閉めると、くるりと振り向いて妻と向き合った。

「わ、わたし……」アヴリルは逃げ道をさがすようにあちこち目を走らせた。すると、手をつかまれて胸に引き寄せられたので、驚いて声をあげた。「あなた?」

ケイドはキスをした。彼女への渇望を伝える、深いキスを。悲鳴を聞いて走りだしたときの恐怖のせいで、渇望はさらに増していた。胸に引き寄せたときと同じくらいすばやく唇を離し、怖い顔で彼女を見おろす。「ブロディには近づくな」

「はい、あなた」アヴリルは夢見るような声でささやき、自分から彼の顔を引きおろしてまたキスをした。

ケイドは妻の大胆な行為に驚いて笑みを浮かべたが、お返しのキスもできないうちにドアをノックする音がして、しかめ面になった。ため息をつき、頭を上げて、ノックに応えるために彼女を離れさせる。だが、ドアの取っ手に手を伸ばしたとき、彼女が残念そうにため息をつくのが聞こえ、口元に小さな笑みが浮かんだ。希望は今夜かなえてやろうと心に決め、ドアを引き開けてそこにいるエイダンをにらみつけたあと、彼に襟首をつかまれている少年を見おろした。ケイドは子供の大きく見開かれた目と青白い顔をじっと見てから、少し離れたところで、ベスをまんなかにして不安そうにぼそぼそしゃべっている侍女たちに目をやった。

ケイドはエイダンとラディのいる廊下に出て、ドアをさらに押し開けると、侍女たちに向かって言った。「おまえたち、なかにはいって妻が部屋の準備をするのを手伝え」

それだけ言えば充分だった。侍女たちはあたふたと進み出て、早く彼のいないところへ行きたがっているかのように、すぐに早足で部屋にはいった。ラディも同じ気持ちだったらしく、あとを追って部屋にはいろうとしたが、エイダンに襟をつかまれたままだったので引き戻された。

少年の肩が落ち、唇から敗北のため息がもれたところで、ケイドはドアを引いて閉めた。少年は悲しげなあきらめの目で彼を見あげ、しゃべろうと口を開いたが、声が出ないことに気づき、のどに引っかかっているらしいかたまりをのみくだしてから尋ねた。「ぼ、ぼくを殺すんですか?」

「おまえを殺す?」ケイドはぎょっとしてきき返した。エイダンに目を移すと、同じくらい驚いている様子だ。少年に目を戻してきいた。「なんだっておれがそんなことをすると思うんだ?」

「し、下々の者が貴族さまを殴るのは、き、禁止されてるから」ラディは震える声でそう言ったあと、ケイドが忘れているといけないので付け加えた。「それにぼく、あなたのお、弟を殴ったから」

「そのとおりだ」エイダンが重々しく言った。

ケイドは顔をしかめ、ラディから目を離さずに言った。「だが、それはおれの妻を助けるためにしたことだろう?」

「はい」彼は肩をいからせ、口をとがらせて言った。「そのせいであなたにこ、殺されるとしても、ぼくはまたや、やります。レディ・アヴリルはやさしくてき、きれいな人だし、あいつは最低最悪のげ、げす野郎ですから。ぼくのと、父ちゃんだとしても」

ケイドは身をこわばらせた。「おまえの父ちゃんだと？　ブロディはおまえの父親なのか？」

体から中身がすっかり抜け出てしまったように、少年は悲しげに肩をすくめた。「か、母ちゃんがそ、そう言ってました」

少年を見おろすと、たしかに血のつながりがうかがえた。スチュアート家の者らしい顔立ちをしているし、この子のほうが色が濃いものの、ブロディやガウェインと同じ赤毛だ。目もケイドの妹のメリーやケイド自身と同じ深い緑色をしている。口元をこわばらせながら、彼は尋ねた。「母親はだれだ？」

「べ、ベル」少年はむっつりと答えた。

「ここの部屋係の侍女だった」エイダンが静かに言った。

「だった？」ケイドが眉をひそめてきく。

「先月死んだ」エイダンは暗い顔で言った。「洗濯女が逃げたんで、侍女たちが洗濯もするようになっていた。火にかけた洗濯物をかきまわしていたとき、バランスをくずして大桶のなかに落ちたんだ。ひどいやけどを負って、一週間後に死んだ」

一週間も痛みに苦しんだあげくとは、なんとも気の毒に。ケイドは少年の古ぼけた服と汚れた顔を眺めまわした。「今はだれがおまえの面倒を見ている？」

ラディは力なく肩をすくめた。

「侍女たちが多少目を配っている」エイダンが答えた。「できる範囲で、この子が危険な目にあわないように」

　傷だらけなところを見ると、あまり目を配れていないようだ。弟はこの子が自分の子だと知っているのだろうか？　それともどうでもいいと思っているのか？　ケイドはため息をつき、首を振って体を起こした。「おまえを殺すつもりはない」

　ラディは期待するようにケイドを見あげた。

「実は、妻を助けてくれたことを褒めるために、おまえを呼びにいかせたのだ」ケイドはまじめくさって言った。「おまえはとても勇敢だった。いずれいい戦士になるだろう。あと一、二年もしたら、従者にしてやる」

　ラディはそれを聞いて長々と息を吸いこみ、目を輝かせた。

「だがそれまでは」ケイドは強い口調で付け加えた。「おれの妻のそばから離れるな。騎士が知っていなくてはならない作法やさまざまなことは彼女が教えてくれる。おまえは今日やったように、おれの代わりに妻を守れ」

「命をかけて、だんなさま」少年は誓った。目のなかの輝きが感謝の涙に変わっていく。

　ケイドは少年に崇敬のまなざしで見つめられ、居心地悪そうに身じろぎすると、いかめしくうなずいた。

「では行け。奥方さまから目を離すんじゃないぞ」と命じ、少年のためにドアを開けてやった。部屋にいた侍女たちがおしゃべりをやめてドアのほうを見た。にこにこしながら部屋に走りこむラディに、ケイドは声をかけた。「おれがいいと言うまで、彼女をこの部屋から出すなよ」

「はい、だんなさま」ラディはもったいぶって言ったが、満面の笑みのせいで、厳かさはなかった。

「で、でも、あなた」アヴリルが急いでドアに向かいながら抗議した。

ケイドのまえで足を止めた瞬間、彼は身をかがめてキスをした。短いけれどちゃんとしたキスだ。目を閉じて小さくため息をもらしたところで、彼は顔を上げた。

「なんだ？」

アヴリルはぱっと目を開け、一瞬なんのことかわからないようだったが、自分が抗議したことを思い出したらしく、眉をひそめた。「ずっとここにいるわけにはいかないわ。ウィルの部屋も用意しなくちゃいけないし」

ケイドはゆっくりとうなずいたが、頭のなかにあったのは、キスのあとは妻の吃音が消えるということだった。キスするだけで妻が内気さも吃音も忘れることに気づいたのは、これが初めてではなかった。自信を持たせるには、しょっちゅうキスしていなければならないようだ。たいへんな任務だが、おれにはできる、と思ってにやりとした。

「あなた？」アヴリルは今や顔をしかめて答えを待っている。

目下の問題に無理やり意識を戻し、ケイドは咳払いをして言った。「いいだろう」彼女の肩越しにラディのほうを見る。「妻はこの部屋と、モルターニュ卿のための部屋のあいだを行き来するかもしれないが、それ以外の場所にはおれの許しなく行かせないように」

アヴリルはうんざりしたように大きなため息をついたが、ケイドは妻の額にキスだけしてドアを閉め、エイダンとともに階下に向かった。

11

アヴリルはたったいま夫が閉めたドアをにらんだあと、室内にいるラディと侍女たちのほうを向いた。ようやく彼女たちと親しくなりはじめたところに、ケイドが少年を連れて乱入してきて、ばかげた命令をしたのだ。ベスのほかに、侍女は三人いた。まっすぐなくすんだブロンドの髪にどんよりした目の、リリーという名のやせた若い侍女。モラグは黒っぽい髪の中年女で、久しく笑ったことがないような顔をしている。そしてごわごわした灰色の髪の、見たこともないほどやさしい笑顔の老女。彼女の名前はアニーといった。

アヴリルは苦笑いをした。ハチミツ酒かリンゴ酒を持ってこいと言われたラディは、なぜ注文のものがないかを説明するために、城に残っている三人の侍女たちを連れて戻ってきたのだった。娘がいなくなった今、スチュアートの領主はハチミツ酒もリンゴ酒も必要としていないらしい。城で出せるものといえば、エールとウイスキーだけだった。このことは早急になんとかしなければならないが、それには近隣の領主を訪ねなければならない。村にはほとんど人が残っていないと聞かされていたからだ。領主が購入しないとなると、余分に作ってもしかたがないので、スチュアートに残った村人たちは自分たちが消費するぶんしか作っていないだろう。

つぎつぎと明らかになっていく問題にため息をつきながら、アヴリルは一瞬自分を憐れんだ。だが、すぐに持ちまえの前向きな性格が顔を出し、片づけなければならない問題を山ほど抱えたケイドの妻でいるほうが、シーウェル卿の妻でいるよりましだわ、と思い直した。まったく別の心配事を抱えていたかもしれないのだから——時間をかけ、手を汚して働くだけでは解決できないような。

「よし！」アヴリルは背筋を伸ばした。「この部屋を使えるように片づけたら、お兄さまが使う部屋に取りかかりましょう。兵士たちにわたしたちの荷物を運びあげてもらえるように」

女たちはうなずき、いっせいに働きはじめた。ベスと三人の侍女、それにラディまで手伝ってくれたので、作業はとてもはかどった。ラディがやみくもに手伝おうとしていなければ、もっとはかどったかもしれない。アヴリルが何かを取りあげたり、ほこりを払いはじめるたびに、彼がそばで手を貸そうとした。やさしい子だとは思ったが、いささかいらいらさせられもした。少年はつねにまとわりついて、賞賛の目で彼女を見あげ、雄鶏《おんどり》のように誇らしげに胸をふくらませていた。だが、吃音は出なくなっていた。作業をしながらときたま出るくらいで、それもモラグに話しかけているときにかぎられた。どうやらモラグを怖がっているらしい。

「さあ」少しして、ベスといっしょにウィルの部屋のベッドの準備を終えると、アヴリルは言った。「これですんだわ」

「ええ、とりあえずはこれでしのげます」ベスは体を起こし、満足そうに部屋のなかを見まわしたが、床に目を落として顔をしかめた。自分たちが立っている足元のイグサにつま先で触れ、付け加える。「でもこのイグサはなんとかしなくちゃなりませんね」

「明日やればいいわ……それか、そのつぎの日にでも」ハチミツ酒とリンゴ酒を仕入れるほうが先だと思って、アヴリルはあいまいに言った。

「あたしらにやってほしいことはまだありますか、奥さま？」アニーがつらそうに足を引きずりながらベッドのほうに近づいてきて、きいた。老女は重い関節炎をわずらっているのだが、そのせいで作業がのろくなったりすることはなかった。残りの者たちと同じくらいよく働いてくれた。

「ないわ、アニー。ご苦労さま」アヴリルは答えた。「お城には侍女があなたたち三人しかいないのに、ここに手伝いにきてもらったから、ほかの仕事を滞らせてしまったわね。本来の仕事に戻ってちょうだい」

アニーはうなずいてきびすを返し、残りのふたりの侍女を連れてドアに向かった。アヴリルが考えこむように彼女たちを見送ったあと、ベスが言った。「アニーはよさそうですけど、あとのふたりは陰気ですね」

「そうね」アヴリルも同感だった。「明日折りを見て、モラグとリリーのいないところでアニーに理由をきいてみてちょうだい」

「理由なら知ってるよ」ラディが勢いこんで言った。

アヴリルは片方の眉を上げて彼を見やった。「ほんとう？」

「うん。母ちゃんとアニーはそのことでよく心配してた」少年はことばを切り、自分が聞いたことを思い出そうと、まじめな顔つきになった。「リリーは鍛冶屋《かじや》の息子と結婚することになってたんだ。彼女のほうがべた惚《ぼ》れでさ。でもぼくのとう……ブロディさまが」と訂正する。「ある晩酔っているときにリリーに目をつけて、手ごめにしたんだ。鍛冶屋の息子のロビーはそれを知って、結婚を取りやめにした。リリーは泣いて謝ったけど、分別があれば飲んでるときのヤギには近づかないはずだと言って――」

「ヤギ？」アヴリルはわけがわからず口をはさんだ。

ラディは赤くなったが、小さな声で教えた。「ぼくのとう――ブロディさまのことをみんなそう呼ぶんだ。好色な赤ヤギって」

「そう」アヴリルはもごもごと言った。「どうぞ、つづけて」

「で」少年はどこまで話しただろうかと眉をひそめたあと、肩をすくめた。「ロビーは言ったんだ。おまえは手ごめにされたかったんだろう、おれはヤギの庶子を育てるなんざまっぴらだと」

「リリーには子供がいるのかい？」ベスが驚いた顔できいた。

「ううん」ラディは首を振ったが、そのあとで付け加えた。「子供はできたけど、生まれるまえに死んじゃった。それ以来リリーはおかしいんだ」

「そうなの」アヴリルはつぶやき、悲しげにため息をついた。ブロディ・スチュアートのことがいよいよ嫌いになってきた。「じゃあモラグはどうして……？」

「モラグはリリーの母ちゃんだよ」ラディはそれですべての説明がつくかのように言った。

アヴリルはたしかにそのとおりだと思った。

首を振りながら背筋を伸ばした。「話してくれてありがとう、ラディ。だいたいわかったわ。わたしは――」

廊下で不意に悪態が聞こえて、アヴリルは口を閉じた。侍女たちが開けたままにしていったドアのほうを見ると、男たちの一団が大急ぎで通りすぎるところだった。彼らが意識を失った男性を運んでいるのを見て目をまるくし、あわてて進み出た。「ケイド！」

その叫びに男たちはすぐ足を止め、あっさり向きを変えて男性をなかに運びこんだ。

「おまえたちの部屋は廊下の奥だと侍女から聞いたのに」男たちとともにアヴリルのまえを通りすぎながら、ウィルが文句を言った。

ここはあなたの部屋なのだと兄に説明する必要はないだろう。どちらの部屋もたいしてちがいはないしケイドに何があったのか知りたくてたまらなかったので、彼をまた廊下に出して隣の部屋に運びこむまで待っていられなかった。

「何があったの？」男たちがケイドを横たえて離れると、アヴリルは夫の顔を見ようとベッドに近づきながら尋ねた。

「中庭の見まわりをしていたら、幕壁から石が落ちてきて、ケイドに当たったんだ」ウィルは暗い声で答え、ベッドの反対側に来てケイドを見おろした。「幸い、背を向けてそこから離れようとしていたから、側頭部と肩をやられただけですんだ。もし移動していなかったら……」

ウィルはそのあとを語らずに首を振っただけだったが、アヴリルは言われなくても何が起こっていたかわかった。幕壁と城に使われている石は大きくて重い。そのひとつがまともに当たっていたら、ケイドは死んでいただろう。その証拠に、彼の耳のうしろにはひどい裂傷があった。彼女はよく見ようと頭の向きを変え、肩の傷を確認するためにチュニックを脱がせた。

「水と薬がいるわ」アヴリルはつぶやいた。ベスが薬種袋を取りにいき、兵士のひとりが廊下に出て、階下にいる侍女のひとりに水を持ってこいとどなるのがぼんやりとわかったが、意識のほとんどはケイドに向けられていた。彼女は髪を払いのけて傷をよく見ようとした。

「ひどいのか?」ウィルが静かに尋ねた。

アヴリルは無言のまま、かがみこんで頭の傷をじっくり観察した。かなり出血しているものの、最初に思ったほどではないようだ。大きなこぶができて、石が当たったところの皮膚と髪の一部がえぐれているが、縫う必要はないだろう。だが、たいしたことないように見えても、すべて問題ないとは言いきれない。頭の傷はなかなかやっかいなのだ。

ため息をつき、体を起こしてベスが差し出す小さな袋を受け取った。「彼はすぐに気を失ったの?　それともしばらくしてから気絶したの?」

「気絶などしていない。それは女のずるい手だ」

ケイドのうなり声に気づいてアヴリルは驚いて見おろした。彼が目を開けているとわかって体じゅうに安堵が満ちる。目つきをやわらげて尋ねた。「気分はどう?」

「頭がクソみたいに……」ケイドは急いで口をつぐみ、ため息をついてつぶやいた。「その、痛む」

彼が自分のことばを訂正するのを聞いて、アヴリルはにやにやするまいと唇をかんだ。彼が目覚めて文句を言っていることにほっとするあまり、すり寄りたいほどだった。だが、そうはせず、しかつめらしくうなずいて、洗面器を持ったリリーがそばに来ると、そちらを向いて水に手を伸ばした。

「きれいな麻布ならここに、奥さま」ベスがまた現れた。アヴリルが失念していたことにちゃんと気がついていたのだ。

「ありがとう」アヴリルはつぶやき、急いで布を水で濡らしてケイドに向き直った。彼はベッドに起きあがって座り、足を床につけていた。思わずたしなめようとしたが、このほうが自分にとって都合がいいと思い、何も言わずに彼の膝のあいだにはいって作業に取りかかった。

「どういうことだ?」彼女が傷を清めはじめると、ケイドはうなるようにウィルに尋ねた。「みんなと歩いていたと思ったら、今はここにいるとは」

「城内に戻ろうとしたところで、幕壁から石が落ちてきたんだ」ウィルが説明した。「それがきみの側頭部に当たった」

「それから肩にも」そこがえぐれて傷になっているのに気づいて、アヴリルがつぶやく。

「石が落ちただと？」ケイドは驚いて尋ね、顔をしかめて首を振った。「幕壁はそれほど手入れが必要なようには見えなかったが。調べてみないといけないな。そして——」

「じっとしていて」アヴリルがきびしく口をはさんだ。「傷をきれいにしようとしているのに、あなたったら首を振ったり子供みたいにベッドの上でもぞもぞしたりして」

ケイドはしかめ面を彼女に向けた。「もぞもぞなどしていない」

それに対してアヴリルは鼻を鳴らしただけで、またがかみこんで作業に戻ったので、エイダンが咳払いをして言った。「幕壁の手入れを怠っていたわけではない。おれが週に二度調べている。問題はないはずだ」

アヴリルはまた顔をしかめた。ケイドが急にエイダンのほうを見ようとわずかに頭をめぐらし、ウィルが静かに指摘するのを聞くと、今度はそちらを向いたからだ。

「だが石が崩れ落ちてきたということは、問題があったというわけだ」ウィルは言った。

エイダンは顔をしかめ、ため息をついてうなずいた。「今すぐその部分を見にいってみる。たぶん何か見落としがあったのだろう」

「兄もいっしょに行かせるわ」アヴリルがきっぱりと宣言し、ケイドはまた頭をめぐらすことになった。

「おれも？」ウィルがおもしろがっている様子できき返す。

「そうしてもらえるかしら」彼女は感じよく言った。「わたしが傷の手当てをしているあいだ、あなたたちには部屋の外にいてもらいたいし、あなたたちはあなたたちで廊下でうろうろする以外にやることがあったほうがいいでしょ」

ウィルは片方の眉を上げてケイドを見たが、ためらいながらもうなずいたので、アヴリルは驚いた。エイダンを信用していないからなのか、気を散らされるとアヴリルが作業を進めづらいと気づいていたからなのかは定かでないが、どちらにしても彼女にとってはありがたかった。

ベスも含めてみんなが出ていくと、アヴリルはほっとして作業を再開した。ケイドがひっきりなしに動くのをやめてくれたので、ずっと早く頭と肩の傷を清めることができた。それが終わると、両方の傷に薬をたっぷり塗った。包帯を巻くべきだろうか？　どちらも包帯を巻くにはやっかいな場所だ。頭の傷に包帯を巻こうとすれば、顔をおおうようにしないと落ちてしまうし、もうひとつの傷は肩の上のほうにあるので、腕に包帯を巻きつけることができない。

「終わったのか？」少ししてケイドがきいた。

アヴリルはため息をついて首を振った。「包帯を巻きたいんだけど、あなたにはうっとうしいかもしれない」

「ああ、うっとうしいだろうな」

「それならやめましょう。これで終わりよ」彼女は不満そうに言ったあと、こう付け加えた。

「横になって。痛みをやわらげて眠れるようにする薬を作るわ」アヴリルはケイドから離れようとしたが、不意に彼の脚が閉じて、膝のあいだにとらえられた。互いの位置関係から、ケイドの目の高さに自分の乳房があることにアヴリルは気づいた。するといきなり彼はお尻に両腕をまわし、ドレスの上から胸に顔をうずめた。

「あなた、けがをしたばかりなんだから休まないと」と抗議しつつも、ぞくぞくする誘いに体が反応して、いくぶんあえぐような声になってしまった。

「おれは大丈夫だ」ケイドは彼女に顔をうずめたままうなり、布地の上から硬くなった乳首に歯を当てた。「頭はもう痛くない」

アヴリルはうそに決まっていると思ったが、そう言いたくても声を出せなかった。彼の両手がスカートのなかにはいってきて、腿の外側をのぼってきたからだ。お尻までくると、両手でつかんでさらに引き寄せた。顔は胸にうずめたままだ。

「ひもをほどけ」彼はうなるように言って、片方のお尻をつかんでいた手をまえにすべらせ、脚をもっと広げさせようとした。

「な、なんですって?」アヴリルは意味がわからず尋ねた。彼の指がじりじりと内腿をのぼってきて、思わず唇をかみ、つま先立ちになってしまう。

「ドレスを脱ぐんだ。胸を見せてくれ」彼は言った。

アヴリルは不安になってのどをごくりとさせたが、言われたとおり背中に手を回し、ドレスのひもを引いてほどいた。だが、つぎに進むのが恥ずかしくて、そこで止まってしまう。

「脱げ」ケイドは静かに命じると、それを強調するように腿の付け根に手を伸ばして軽く触れたあと、また下へとおろしていった。

アヴリルはつばを飲みこみ、ゆっくりと肩からドレスをおろした。ひもが完全にゆるんでいなかったらしく、ドレスの上半身は脱げたものの、腰で引っかかり、スカートはお尻をおおったままだった。

彼女の動きが止まると、ケイドはうなった。「シュミーズもだ」

ため息をついて、シュミーズから腕を抜き、多少苦労したものの、やはり腰まで落とした。シュミーズをつかんで胸を隠さずにはいられなかった。

ケイドはシュミーズを放せとは言わず、指でまた脚を上へとたどり、やわらかな濡れた芯をさぐりあてた。

アヴリルは息をのんだ。不意に脚の力が抜けて、バランスを取るために彼の肩をつかんだ。ドレスにつづいてシュミーズの生地も落ち、乳房があらわになる。ケイドはすかさず身をかがめて、乳首の片方を口に含んだ。

「あなた」体のなかで興奮が炸裂《さくれつ》し、彼女はうめいた。

ケイドは乳首から口を離して頭を上げながらうなった。「キスしてくれ」

アヴリルはすぐに言われたとおり頭をかがめ、激しくキスをした。そのあいだも、彼の愛撫はつづいていた。うめきながら舌をからませ合ううち、不意に体内に指を入れられ、アヴリルは口を離して声をあげながら頭をのけぞらした。

彼女の口が離れると、ケイドはすぐに乳房に注意を戻し、円を描くようになめたりしゃぶったりしながら、秘所を刺激しつづけた。アヴリルの体のなかで緊張感がどんどん高まっていき、脚が震えだして倒れてしまうのではないかと思ったとき、彼は指の動きを速め、反応を引き出そうとするかのように愛撫に力をこめた。

アヴリルはそれに応えた。体内で沸き立っていた興奮がいきなりあふれ、彼の頭と肩にしがみついて声をあげながら、絶頂に達した。ケイドはしばらくじっとしたまま彼女を抱いていたが、やがてスカートの下から両手を出すと、スカートを引っぱってお尻をおおい、向きを変えて彼女をベッドに横たえた。

ベッドの上に仰向けになったアヴリルが、閉じかけた目で見ていると、ケイドは立ちあがってブライズのひもに手を伸ばした。ひもをほどいてブライズを脱ぎ捨て、ベッドに上がって彼女の脚のあいだに身を沈めようとした。そのとき、ドアをノックする音が響いた。

ふたりとも凍りついてドアに頭を向けたあと、顔を見合わせた。

ケイドは迷ったが、結局大声できいた。「なんだ?」

「幕壁の状態について報告したいことがあって戻ってきた」エイダンが告げた。

ケイドの視線がドアに向かい、またアヴリルに戻った。彼はどなった。「すぐに階下《した》に行く。そこで報告を聞こう」

「いま聞いたほうがいいぞ」ウィルがまじめな声で言ったので、困ったことになっているのだとアヴリルはわかった。

ケイドも気づいたようだ。悪態をつくと、額に軽くキスをして彼女からおり、立って服を着ながらドアに向かって言った。「階下で待っていてくれ。すぐに行く」

「わかった」という返事のあと、重い足音がして、ふたりが去ったことがわかった。彼らがもうはいってこないとわかると、アヴリルはすぐにベッドから飛び起きて、脱ぎ捨てられた服をつかんで着ようとした。シュミーズはまだドレスのなかにあったので、両方いっしょに頭からかぶるだけでよかったが、ひもを結ぶのは少し骨が折れた。それもなんとか結んで身支度が調ったとき、ケイドはもう服を着おえてドアに向かっていた。

ドアを引き開けて足を踏み出してから振り返り、何か言おうと口を開けた彼は、アヴリルがついてこようとしているのに気づいた。彼は眉をひそめてきいた。「どこに行くつもりだ?」

「のどが渇いたの」彼女は言った。うそではなかった。たしかにのどが渇いていたが、幕壁の話を聞きたくもあった。

ケイドは目をすがめた。「ここにいろ。おれが侍女をよこして――」

廊下の反対側の奥の部屋から、突然激しく嘔吐する音が響いた。彼は固まったまま眉をひそめてそちらのほうを見た。

「あなたのお父さまは目を覚ましたようね」アヴリルは薬がよく効いていることに笑みを浮かべまいとしながら、もごもごと言った。ガウェインの部屋のあたりからも嘔吐する音が聞こえてくると、彼女は首をかしげた。「あなたの弟さんも。ふたりの様子を見にいくべきかもしれないわ。どちらもあまり気分がよくなさそうだから」

ケイドは悪態をついて彼女の手をつかみ、自分のすぐうしろを歩かせながら部屋を出た。

「おれがいないときは父や弟たちのそばに行くな」

「わかったわ」アヴリルは調子よく言った。何かたくらんでいるのではと疑っているように、彼が怖い顔で振り向いたので、彼女はさらに愛らしく微笑むにとどめた。

ケイドは首を振ると、妻を連れて階段をおり、まっすぐテーブルに行って椅子に座らせ、飲み物を持ってくるようにと侍女に命じた。

「話してくれ」ケイドは彼女の横に座るやいなや、かみつくように言った。夫が領主の椅子ではなく、ベンチに座ったことにアヴリルは気づいた。領主の任務を引き継ぐつもりではいても、父親に話すまでは実行に移さないつもりなのだろう。とてもいいことだと思った。

「幕壁は問題なかった」エイダンがすぐに報告した。

ケイドは眉をひそめた。「石が落ちてきたんだから問題ないわけがないだろう」

「おかしいのはそこなんだ」ウィルが暗い顔で言った。「きみが倒れたあたりの幕壁の石は崩れていない。完全な状態だ」

ケイドはそれを聞いて座り直した。衝撃を受けた顔つきをしている。これは彼にとって何か意味があるのだろう、とアヴリルは思ったが、首を振って言った。「どうしてそんなことがありうるの？　幕壁から落ちたわけじゃないなら、石はどこから落ちてきたの？」

「それが問題なんだ」ウィルがあっさりと言った。「どこか別の場所から運ばれてきたにちがいない」

アヴリルは信じられずに目をまるくした。「だれかがわざとこの人の頭に石を落としたってこと？」

「そのようだ」エイダンが暗い顔で言った。

「でも……」彼女はケイドを見た。「ここに来る途中、森のなかで矢を射られたあと、敵はいないと言ったわよね、あなた。だれがこんなことをするって言うの？」

「森のなかで矢を？」エイダンが興味を惹かれてきいた。

ケイドはため息をつき、森のなかの開けた場所での出来事を、矢が木に刺さったとき何をしていたかについてはぼかしながら、かいつまんで話した。

「つまり、身をかがめていたせいで、背中に矢を受けずにすんだというわけか」エイダンがつぶやいた。そして首を振った。「あんたは幸運なやつだと言うべきだろうな。矢で死にそこなって、今度はこれか？」彼はまた首を振った。「うん、あんたのそばには天使がついているにちがいない」

「ああ、まったくだ」ウィルも言った。「船旅でもそうだったし」

ケイドは上の空でうなった。どうして石が落ちてきたかについて考えているらしい。アヴリルは彼の手の上に自分の手を重ね、注意を促した。そして静かに尋ねた。「あなたに危害を加える人がいるとしたらだれ？」

彼は妻の手をにぎりしめて首を振った。

「そんな人間はいない。少なくとも今のところは」ケイドは皮肉っぽく付け加えた。自分の父親のことと、その父親に領主の座からおりてほしいとたのむつもりでいることを考えているのだろう。

「でも――」アヴリルは言いかけたが、ケイドにさえぎられた。

「おそらく事故だろう」彼はなだめるように言った。「だれかが何かの理由であそこまで石を運びあげ、うっかり石にもたれるか何かして、幕壁から落としたんだ」

アヴリルはとても信じられないという顔でケイドを見つめたが、彼はその顔つきを無視して、エールのはいったマグを持って彼らのまえに現れたモラグに注意を向けた。

「ありがとう」テーブルにマグを置いた侍女に、ケイドは言った。

侍女は明らかに驚いたらしく、彼を見て微笑みを浮かべそうになった。どうやらスチュアートの領主とほかの息子たちは、こういう礼儀を持ち合わせていないらしい。アヴリルは彼らの状態が気になって、階段のほうを見やった。だが、モラグが自分のそばに来て足を止めたので、侍女に目を向けた。

「なあに、モラグ？」

「夕食をどうすればいいかと思いまして」侍女はきまり悪そうに説明し、こう付け加えた。

「コックが逃げて一週間になるもんで」

アヴリルはそれを聞いてうろたえ、目をまるくした。「領主さまは食事をどうしていたの？」

モラグはさもいやそうに口をへの字にゆがめながらも、淡々とした声で言った。「領主さまと若さまたちは、お腹がすくと馬で村の宿屋に行くんです。でなきゃこのあたりで手にはいるもので間に合わせます」

アヴリルはためらってからきいた。「ここにはいくらか食べ物はあるの？」

モラグは首を振った。「もしあれば、こんな話をしているあいだにあたしが何か作りますよ。これでも料理の腕はいいんでね。リリーは菓子作りが得意ですし」

アヴリルはその情報を心に留め、会話に加わろうとこちらを向いた夫を見た。

「大丈夫だ、モラグ。おれたちは村の宿屋まで行って夕食をとるから」ケイドは静かに言ったあと、尋ねた。「おまえやほかの使用人たちは食事をどうしているんだ？」

モラグは彼に問われて驚いたようだったが、肩をすくめた。「城にはもうアニーと娘のリリーしかいませんから。夜はあたしの姉のところに行って食べます。姉の夫は腕のいい猟師で、気前よくあたしらにもふるまってくれるんです。メリーお嬢さまが城を出ていかれて、すべてが地獄と化してからは」

この辛辣なことばを夫がどう受け取るか心配で、アヴリルはケイドを見たが、彼はしかつめらしくうなずいて、こう言っただけだった。「話してくれてありがとう。おまえの家族がほかの者たちのように逃げないでいてくれてうれしいよ」

モラグはもじもじしていたが、エイダンのほうを見ると、どうせ彼が話すだろうと思ったのか、ケイドに向き直って言った。「母がそれほど年老いてなくて、移動に耐えられるようなら、あたしらも逃げていたでしょう。でも母はかなりの歳なので、いずれいろんなことがいいほうに向かうだろうと願って、ここに残ったんです」

「そうか、そうしてくれてよかった」ケイドはうなるように告げると、静かに「ありがとう」と言って侍女をさがらせた。

モラグがテーブルを離れ、声が聞こえないところに行ってしまうのを待ってから、ケイドはエイダンに向かって言った。「なんだってこんなにあっという間に、これほどひどい状態になったんだ?」

「あっという間ではない。メリーが嫁いでもう七カ月だ」エイダンは静かに指摘した。「それに、メリーがいなくなるずっとまえからその兆候はあった。ほとんどの者たちが、あんたの母上が亡くなったら城を出るつもりでいた。残ったのはひとえにメリーのためだ。だから彼女がいなくなると……」彼は肩をすくめた。

ケイドは暗い顔でうなずいて立ちあがり、アヴリルの腕をつかんで立たせた。「これから村に行って、腹ごしらえをしよう。きみも来てくれ、エイダン」彼がうなずくのを待って、アヴリルのうしろに立ってうろうろしていたベスに目を向け、付け加える。「おまえも来るといい、ベス。ここにはおまえが食べるものはないようだから」

侍女はうなずき、全員がドアに向かった。ケイドはドアを開けてアヴリルを通し、中庭にイングランド人兵士たちが詰めているのを見て、不意に足を止めた。

「彼らには数日ぶんの食料がある」アヴリルの腕を放して自分のほうを見たケイドに、ウィルが静かに言った。「狩りをすればもっと長くもつだろう。出かけるまえに、おれの副官にひとこと言っておくよ」

待っているあいだ、アヴリルは何も言わずに夫の手のなかに自分の手をすべりこませた。彼の顔は無表情だったが、エイダンからの知らせに気落ちしているのはわかっていた。彼女も同じ思いだったが、もっと心配なのは石が落ちてきたことだ。あれが事故だとは一瞬たりとも信じていなかった。大きな石を城壁の上に置いたりするだろうか？　それをうっかり城壁から落としたりするだろうか？　ケイドも信じてはいないはずだ。おそらく彼女に心配させまいとしているのだろうから、どう思っているのかきいても無駄なのはわかっていた。たぶん事故だと繰り返して、話題を変えるだけだろう。ひとりであれこれ考えてみるしかない。どうやらだれもが彼の帰還をよろこんでいるというわけではないようだ。よく注意してトラブルに目を光らせていなければ。せっかく幸せな結婚をしたのだから、夫を失うわけにはいかない。アヴリルが暗い顔で思いをめぐらしているうちに、ウィルは話を終えたらしく、彼女はケイドに促されて階段をおり、兄のところに向かった。

村の宿屋は粗末なしろものだった。せまくて薄暗く、見たところほとんど客も来ないようだ。はいっていったとき客はいなかったし、一行が食事を終えて出ていくまで、だれもはいってこなかった。ケイドたち一行が来たことで、宿屋はちょっとした騒ぎになり、宿屋の主人とその妻にやたらとまとわりつかれ、大歓迎を受けた。ケイドが戻ってきたのを見てよろこんでいるのは明らかだった。

いや、単にお客が来てうれしかったのだろう。城に戻り、ベスの手を借りて寝床を整えながらアヴリルは思った。ベッドにはいるにはまだ早い時間だったが、長旅のあとだし、これからしばらくは長く感じられる日がつづくだろう。新居をきちんと整えるにはやることがたくさんある。アヴリルはベスのほうを向いて言った。「階上《うえ》に来るときは静かだったわね。領主さまとご子息たちはよくなったのかしら？　あなたが戻ったあと、だれか階下《した》に来た？」

ケイドとウィルが宿屋の主人と話をしたがり、アヴリルもいっしょに残ったのだが、エイダンはとどまりたがらなかったので、旅で疲れていたベスは、彼といっしょにひと足先に城に戻っていた。

「それはわかりませんね」ベスはおもしろがっているように言った。「もどす音がそれぞれ部屋から聞こえてきたあとは、しばらく静かになって、またもどす音が聞こえるという具合で。もどす合間に眠っているんでしょう」

アヴリルはうなずいた。「助けを呼んだり、ウイスキーをほしがったりはしていない？」

「ええ、してますよ」ベスは冷淡に言った。「でも、わたしたちが宿屋に向かったあと、モラグとリリーとアニーはモラグの姉のところに出かけたみたいです。大声で呼ばれても、ここにいなかったんで応えられませんでした。もちろんわたしも応じるつもりはありませんでしたしね」

「ええ、もちろん応じることはないわ」アヴリルはしかつめらしく同意した。

「さあ、できましたよ」ベスはアヴリルをベッドに向かわせながら言った。「床にはいってください。長い一日でしたし、明日も忙しい日になりそうですからね」

「そうね」アヴリルもそう思い、ベッドにはいった。「ありがとう、ベス」

「どういたしまして、奥さま」ベスはドアに向かいながら言った。「ぐっすりお休みください」

「あなたもね」アヴリルはつぶやいた。ベスがたどり着くまえに、ドアが開いたのでそちらを見た。

ケイドだった。ベスに気づくと脇にどいて彼女を通し、部屋にはいった。あくびをしながらうしろ手にドアを閉め、ベッドにやってくる。

夫がチュニックをたくしあげて頭から脱ぐのを、アヴリルは黙って見守り、広くてたくましい胸に視線を這わせた。妻の視線に気づいたケイドが男らしい笑みを浮かべ、筋肉を見せびらかすようにその場で体を伸ばす。アヴリルは思わず微笑みそうになったが、自分に体を見せびらかそうとする彼を愛しく思った。ブライズの腰ひもをほどきはじめた彼をしげしげと眺めていると、難儀しているようなので驚いた。最初は彼がふざけているのだと思ったが、悪態をついていらいらとひもを引っぱりはじめたので、先ほど急いで着たときに変な結び方をしてしまったのだとわかった。アヴリルはシーツと毛皮をのけてベッドの上に起きあがり、膝立ちでベッドの端に移動した。

「そんなふうにしていたらひもがちぎれてしまうでしょう。わたしがほどいてあげるわ」彼女は静かに言った。

ケイドはためらったが、つかんでいたひもを放して、ほどいてもらおうと彼女のまえに移動した。結び目はかなり複雑にからんでいた。なかなかやっかいで、結び目がほどけるまでに数分かかった。安堵の息をつき、得意げな笑みを見せようと顔を上げたアヴリルは、彼の表情を見て凍りついた。熱く飢えた顔つきをしている。驚いて目をしばたたき、自分が今まで手をかけていた部分に目を戻したアヴリルは、作業をしていたあいだに彼の男性自身が大きくなり、ブライズのまえを押しあげていたことにようやく気づいた。

昼間自分が与えられた快感と、彼のほうはそれを得られるまえにじゃまがはいってしまったことを思い出し、アヴリルはちょっと考えてからベッドをおりた。彼をよけていこうとしたが腕をつかまれた。

「どこへ行く?」ケイドが尋ねた。先ほどの欲望がけげんそうな表情に取って代わる。

「ちょっとわたしの袋を取りに」アヴリルは彼の手を振りほどこうとしながら言った。

「薬種袋を?」ケイドは驚いてきいた。「なんのために?」

「それは見てのお楽しみ。ベッドにはいっていて、すぐに戻るから」

ため息をついて首を振ったものの、彼がベッドのほうに向かうと、アヴリルは袋をしまってある衣装箱のほうに向かった。袋はいちばん上にあった。取り出して、乏しい明かりのなかで目をすがめながら、すばやく中身をさぐった。火のともったろうそくは一本きりで、それはベッドの横のテーブルの上にあったので、アヴリルが衣装箱のまえでひざまずいている部屋の隅には、ほんのわずかな光しか届かない。さがしていた軟膏《なんこう》が見つかったので、急いでふたを開けて右手に塗り広げはじめた。

「何をしている?」ケイドがいくぶん疑わしそうな声で、ベッドから呼びかけた。「ベッドにおいで」

「いま行くわ。ちょっと待って」彼女はいらいらしながら言うと、軟膏を塗っていないほうの手で薬のふたを閉め、衣装箱のいちばん上に袋をしまった。そして、手をうしろに隠しながら、ベッドに戻った。


ケイドは戻ってくるアヴリルを疑わしそうに見た。たしかに何か驚くものを隠し持った目をしている。それが自分にとってよろこばしいことなのかどうかはわからないが。ベッドに上がる彼女をじっと見て、片手を背中に隠していることに気づいた。

「そこに何を持っている?」ケイドがそう尋ねたとき、体をおおっていたシーツと毛皮がいきなりはがされたので、反射的にそれをつかもうとした。だが遅かった。気づくと膝まで素っ裸のまま横たわっており、いきり立ったものが彼女にあいさつするように前後に揺れた。何をするつもりなのか教えてくれと言おうとしたとき、アヴリルが不意に背中に隠していた手をまえに出して、高まりをつかんだ。

ケイドは口を閉じ、食いしばった歯のあいだから息を吸いこみながら、目をまるくして彼女を見た。

「オールド・エリーに教わったの。今日の昼間、あなたがわたしを歓ばせてくれたみたいに、男の人を歓ばせる方法を」アヴリルは手を動かしはじめながら説明した。

「オールド・エリー？」彼はきき返し、自分の声がいつもより数オクターブ高くなっているのに気づいてぞっとした。

「モルターニュの侍女よ。とても高齢で、とても物知りなの。彼女が言うには、手に潤滑油を塗って、乳搾りの要領で上下させるといいんですって」アヴリルが明るく説明する一方、ケイドはベッドに力なく横たわり、彼女がやろうとしていることに愕然として目を閉じた。牛の乳搾りをするように、先端の下あたりを親指と人差し指でつかみ、指を一本ずつ動かしてにぎろうというのだ。

残念ながら、アヴリルのやり方はまちがっていた。ケイドの男性自身が牛の乳首だとすると、彼女は乳を体内から出すのではなく、戻そうとしていることになる。だが、彼は牛ではないし、つかまれているのも乳首ではなく、その行為のために体内から何かが噴き出すことはなさそうだった。それどころか、彼女が行為をつづけるうちに、いきり立っていたものがだんだん力を失っていくのを感じていた。そして、とうとうまったく何も感じなくなった。

眉をひそめて目を開け、頭を下に向けた。男性自身はからっぽになった酒袋のように彼女の手の先で悲しげにうなだれていたが、感覚はなかった。なんらかの理由で男性機能を失ってしまったのだと思い、ぞっとして目を見開くと、アヴリルはそれまでしていたことをやめて彼を放し、けげんそうに自分の手を見おろした。

「変ね、手の感覚がなくなってしまったみたい」彼女は当惑しながら言った。

ケイドは胸に希望がわくのを感じ、咳払いをしてから抑揚のない声で尋ねた。「潤滑油として何を手に塗ったんだ？」

アヴリルは驚いて彼を見た。「わたしの薬種で作ったただの軟膏よ」

「それは痛みを感じなくさせるものか？」彼は慎重に質問し、アヴリルが首を振ると不安そうに眉をひそめた。

「いいえ。これはただの……」突然口をつぐみ、手を顔に上げてにおいをかいだ。

ケイドは目をすがめて待った。

「まあ、た、たいへん」アヴリルは目をまるくしてささやいた。

「なんなんだ？」彼はどなりたいのをぐっとこらえてきいた。まったく、においもかがずに軟膏を夫の局部に塗りつけて、〝まあ、たいへん〟とは。

「わ、わたし、な、軟膏をま、まちがえてしまったみたい」アヴリルは憐れな様子で認めた。

「これは痛みを感じなくさせる軟膏だわ。害はないけど――」

ケイドはいらいらとため息をつき、彼女の腕をつかんで引き寄せ、自分の胸に上半身を預けさせた。

「もういいよ」彼はつぶやいた。

「で、でも、わたし、あなたをよ、歓ばせたかったのよ」アヴリルは起きあがろうとしながら叫んだ。

「いいんだ」ケイドは繰り返した。永久に男性機能を失ったわけではないと知ってうれし泣きをすればいいのか、初夜以来、三度にわたって夫婦の営みが不首尾に終わった欲求不満を嘆けばいいのかわからなかった。少なくとも、部屋にはいったときは夫婦の営みをするつもりでいたのに。ため息をついて、なぐさめるように妻の背中をなでながら言った。「きみはおれを歓ばせてくれたよ……とてもね」

「ほんとう？」アヴリルは洟《はな》をすすってきいた。

「ああ」ケイドはうなり、下を向いて、彼女の頬に流れる涙をぬぐった。落ちこんでいる妻を見て、思わずため息が出た。彼女はよくやった。妙なことを吹きこまれていたのは残念だったが。そして、暗かったせいで軟膏をまちがえてしまった。ケイドは感覚を失った憐れな男性自身を見おろして、顔をしかめた。悲しげなそれは、気絶したかのように脚の上に伸びていた。この状態はどれくらいつづくのだろうと思って情けなくなった。

「ありがとう、あなた」アヴリルはつぶやいた。「わたしもうれしいわ」

「よかった」とつぶやいたあと、彼は咳払いをして尋ねた。「それで、この軟膏の効き目はいつまでつづくんだ？」

アヴリルは一瞬黙りこみ、口元をかすかにゆがめて考えてから言った。「二時間ほどだと思うわ」

「そうか」ケイドはまたため息をついた。今回はみじめな様子で。長い旅のあとで、妻と交わるのを楽しみにしていたのに、もうひと晩待たなければならないようだ。

「ごめんなさい」アヴリルは悲しげに言った。「あなたがしてくれたみたいに、わたしもあなたを歓ばせたかっただけなの」

「そうしてくれたじゃないか」そう言ってもう一度安心させ、彼女を抱き寄せた。それはほんとうだった。彼女が眠りこむまで背中をなでてやりながら、ケイドはそれに気づいた。いろいろあるとはいえ、彼女には満足していた。アヴリルは賢くて、やさしくて、情熱的だし、彼から見ればとても美しかった。それに、未知のことにも果敢に挑戦する。これは今後のためにはいいことだ。いろいろなことが落ちつけば、ふたりで幸せになれるだろう。夫婦の営みについて、侍女たちから助言をもらうのをやめさせることができればだが、とケイドは皮肉っぽく思った。

12

「奥さま！」強い調子のささやきに、アヴリルははっとした。ゆっくりと閉じたドアから離れ、やましい気分で振り向くと、ベスが顔をしかめながら廊下を猛然と歩いてくるところだった。

「だんなさまは、ご自分といっしょでなければ、お父上と弟さまたちにけっして近づくなと命令されたんですよ。何をお考えになっているんです？　ひとりで部屋に行くなんて」

アヴリルは侍女の腕をつかんで、急いでドアから離れた。ベスはいぜんとしてささやきつづけている。アヴリルは低い声なら廊下の奥の部屋にいる人たちを起こすことはないと思ったが、ここにいるところをケイドに見つかりたくもなかった。

「それぞれの部屋にこっそりはいって、エールの水差しを置いてきただけよ」彼女は声を低くしたまま説明した。「ひと晩じゅう吐いていたあとで脱水症状を起こしているだろうから、目が覚めたら飲み物をほしがるはずでしょう」

「エールに例の薬を混ぜたんですね」ベスが暗い顔で推測した。アヴリルは顔をしかめたものの、否定しなかったので、ベスはため息をついて言った。「ブロディが起きていて、また奥さまを襲ったらどうするつもりだったんです？」

「つかまるほど近くには寄らなかったわ」アヴリルは急いで侍女を安心させた。「それに彼は起きなかったし、何もされなかったから、すべて問題なしよ。さてと」背筋を伸ばし、ベスを階段へと導いた。「階下《した》に行きましょう。ケイドは城で必要なハチミツ酒と食べ物を仕入れに出かけたがっているの。ぐずぐずしていたら機嫌をそこねてしまうわ」

ベスは目をすがめて女主人を見ながら、大広間につづく階段をおりはじめた。「どうやってだれにも気づかれずに水差しを三つも階上《うえ》まで運んだんですか？」

「夫はウィルといっしょにおもてで馬の準備をしていたし、ラディと侍女たちは、わたしたちが食べ物と飲み物を持ち帰るのを期待して、厨房の掃除で大忙しだったから、わたしが出入りしてもほとんど気づかれなかったわ」今日は夫に同行するため、ラディに守ってもらう必要はないので、少年は残って侍女の手伝いをしろと命じられていた。アヴリルが戻ったらまたラディがそばにつくのだろう。

「奥さまのお部屋は整えておきましたよ」ベスはそれだけ言うと、首を振った。ふたりは階段をおり、大広間を横切った。「こそこそするのがお上手なんですね」

「ありがとう、ベス」アヴリルが明るく言うと、侍女はまた首を振った。

「奥さまがお出かけのあいだに、わたしがやっておくことはありますか？」城の正面階段に出て、モルターニュの兵士たちが目的もなくうろついている中庭を見おろしながら、ベスがたずねた。

「あるわ」アヴリルは重々しく言った。「大広間のイグサとごみを運び出してちょうだい」

「召使いたちがいないのに、どうしてわたしにそんなことができると思われるんです？」ベスは皮肉っぽく尋ね、アヴリルがイングランド人兵士たちを見る目つきに気づいて、眉をひそめた。「まさか！　彼らがわたしの言うことを聞いて、掃除を手伝ってくれるなんて、お考えじゃありませんよね？」

「ウィルが命令すればやってくれるわ」アヴリルは答えた。そして、中庭を横切って城のほうにやってくる兄を見つけると、彼の名前を呼びながら階段をおりはじめた。


「おれの部下たちに奥さま付きの侍女みたいなまねをさせるなんて、信じられない」

ウィルのしつこい文句に、ケイドはおもしろそうに微笑んだ。左側で馬に乗るウィルを見たあと、右側にいる妻がうんざりしたように舌打ちしたので、そちらに目を向ける。

「奥さま付きの侍女みたいなまねなんてさせてないわ」アヴリルはきっぱりと言ってから、指摘した。「奥さま付きの侍女は、大広間から汚れた古いイグサを運び出したりしないもの」

「兵士だってしないぞ」ウィルが言い返す。

「そうかもね。でも、ほかにすることがなさそうなんだもの」彼女はむっとしながら言った。「これで忙しくしていられるし、暇もつぶせるでしょ」

ケイドは首を振り、ふたりに口論させておいた。いかにも兄妹らしい。兵士たちに大広間の掃除をさせるよう、アヴリルがウィルにたのんだことについて、スチュアートを出てからずっと言い争っている。だが、〝たのんだ〟というのは正確な表現ではないだろう、とケイドは思った。彼の妻は初めこそ実に愛らしくたのんだが、ウィルが断固として拒否すると、やはり愛らしく兄をおどして承諾させたのだ。彼女はこうと決めたらてこでも引かない。

「どっちにしろもう遅いわよ、ウィル」アヴリルは言った。「あなたは承諾したんだから。兵士たちは手伝ってくれて、わたしはとても感謝してる。今になってあれこれ言っても無駄よ」

「そうだな」ウィルは不機嫌に同意した。「やつらがもうおれと口をきいてくれなくなったら、全部おまえのせいだぞ。命令に不服そうだったからな」

アヴリルは無関心な様子で肩をすくめた。「きっと乗り越えるわよ。人生にはやりたくなくてもやらなきゃならないことがたくさん……それで思い出したけど」彼女はわずかに眉をひそめてケイドのほうを向き、付け加えた。「ほんとうにドノカイに食料を仕入れにいくの？　近隣にはほかにも領主がいるんでしょう？」

「ああ」ケイドは認めた。

「それならそのうちのひとつを訪ねるほうがいいんじゃない？」彼女は期待するようにきいた。

「どうして食料を求めてドノカイに行くのが気に入らないんだ？」ケイドが辛抱強く尋ねる。

「だって彼は悪魔なのよ」アヴリルはすかさず言った。

「会ったことがあるのか？」彼は興味深げにきいた。

「いいえ」彼女は白状した。

「それならどうして彼が悪魔だとわかる?」ケイドは尋ねた。そう思うのも無理はないという気がしたが。

「彼はドノカイの悪魔と呼ばれているのよ」アヴリルはいらいらと言い、さらに付け加えた。

「やさしいからついた名前じゃないわ」

「ああ、そうじゃない」彼は認めてから、さらに言った。「戦場での猛々《たけだけ》しさからついた名前だ」

「そうだけど――」

「そして」ケイドは彼女のことばをさえぎった。「おれたちが彼のところに行くのは、ドノカイまではそう遠くないし、彼の妻がおれの妹婿の妹だからだ。したがって、ほかの隣人たちよりも、おれたちが必要としているものを援助してくれる可能性が高い」

「そう」アヴリルはそれを聞いて気が楽になったらしく、もごもごと言った。「家族のつながりがあるとは知らなかったわ」

ケイドは肩をすくめるにとどめた。自分で説明しなければならないことにいささかいらだっていた。こういうことに慣れていなかったし、習慣にしたいとも思わなかった。だが、自分たちは結婚したばかりだし、アヴリルはまだ彼のことをよく知らない。いずれ彼女も夫の判断を信じ、決定に疑問を抱かなくなってくれるといいのだが。

山をのぼりきった一行は、緑深い谷を見おろしていた。谷の向こうにはまた山があり、そのいただきにどっしりと立っているのがドノカイの城だ。ケイドはしばらくその威嚇するような堂々とした建物を眺めたあと、鞍の上からうしろを見やり、荷車と、待望の食料を持ち帰るときの護衛用に連れてきた、十人ほどの兵士たちがついてきていることを確認した。彼らがあいだをあけずについてきているのがわかると、満足げにうなずいて、山をおりはじめた。

多くがイングランド人の身なりをしていたにもかかわらず、一行がドノカイに到着しても、城門は閉ざされず、跳ね橋が上げられることもなかった。馬に乗って山を半ばまでおりてきた三人の男たちに迎えられたからだ。先頭の男はタヴィスという名の金髪の美男子で、以前ケイドは戦場で出会ったことがあった。幸い、その戦闘ではドノカイの戦士たちと同じ側で戦っており、ケイドはこの男がドノカイの悪魔ことカリン・ダンカンのいとこだということを知っていた。

記憶にあるタヴィスはいつもにこにこしていて、女と見るやいつも易々と手に入れていた。状況を考えれば、それは驚くべき数だった。だが、今回はもの静かで、ほとんどいかめしくさえ見える。アヴリルを見ることさえほとんどない。タヴィスが赤毛に弱いことを知っているので、これはずいぶんと彼らしくないと思った。相手の変化について思いをめぐらせながら、ケイドは現状について説明し、彼のあとについてゆっくりしたペースで山をのぼると、中庭にはいった。残りのふたりの男たちは、領主と領主夫人に彼らの到着を伝えるため、ひと足先に城へ向かっていた。

玄関まえの階段の下で馬を止めるころには、カリン・ダンカンとその妻のイヴリンドはその階段をおりはじめていた。ケイドは微笑んでいる小柄なブロンド女性をしばし見つめてから、黒っぽい髪をした長身の男性に目を移し、うなずいてあいさつした。ひらりと鞍からおりて、アヴリルを馬から抱きおろしにかかる。彼女が地面におりて城に向き直ると、ウィルがケイドの横に立っており、ドノカイの悪魔とその妻が階段をおりてこちらに近づいてきた。

「スチュアート」カリンがうなずいてあいさつをした。

「ダンカン」ケイドがうなずき返す。

少しして、ケイドはカリンの脇腹を肘で小突いた小柄なブロンド女性に目を落とした。

「おれの妻だ」カリンがしかめ面で紹介し、女性のウェストに腕を回して抱き寄せた。

ケイドは女性にうなずき、アヴリルの手を取って自分のほうに引き寄せながら言った。

「おれの妻だ」そして、ウィルのほうにうなずきながら付け加える。「こっちは妻の兄」

レディ・ダンカンに向けての紹介だった。ここに来る話が出たとき、ウィルは何年かまえ宮廷でカリン・ダンカンに会ったことがあり、彼のことが気に入ったと話していた。

「もう、かんべんしてちょうだい。つぎは野蛮人みたいにお互い胸をたたきだすんじゃないの」イヴリンドはつぶやくと、アヴリルに微笑みかけて言った。「わたしはイヴリンドよ」

「イングランド人なのね」アヴリルは驚いて言った。

「そうよ。あなたと同じ」

ふたりは互いににっこりした。やがて、アヴリルはわれに返って言った。「アヴリルです」

「ようこそ、アヴリル」イヴリンドは礼儀正しく言うと、横にいる男性を指し示した。「こちらはわたしの夫、カリンよ」

アヴリルは男性を見あげ、唇をかんでうなずいてから言った。「マ、マイ・ロード」吃音が出てしまってひやりとしたが、イヴリンドに向き直って紹介をつづけた。「こ、これはわたしのあ、兄のウ、ウィルで――」

すると、くるりとケイドのほうを向かされたので、アヴリルは驚いて彼を見あげた。彼は頭をかがめてキスをした。短いけれどちゃんとしたキスで、しっかりと抱き寄せてすばやく一、二度舌を入れてから、頭を上げて彼女を放した。

アヴリルが目を閉じてやわらかな表情をしながらケイドのまえに立っていると、彼が「アヴリル」とつぶやいた。

「なあに、あなた?」彼女はゆっくりと目を開けながら、うっとりと尋ねた。

「紹介の途中だ」

「ああ、そうだったわね」彼女はささやき、いぜんとして彼を見あげたまま、ほぼ放心状態で言った。「イヴリンド、こちらはわたしの夫のケイドよ」

「彼があなたの夫と聞いて安心したわ」イヴリンドが言う。その声にはおもしろがっているような響きがあったが、ケイドは気にしなかった。キスが見事に妻の気をそらし、また吃音が収まったことに満足していたからだ。思ったとおりだ。

ケイドは身をかがめて妻の額にキスすると、イヴリンドのほうを向かせた。「レディ・ダンカンに城を見せていただきなさい。おれは彼女の夫君と話がある」

「はい、あなた」アヴリルはつぶやき、イヴリンドのそばに進み出た。

イヴリンドは満面の笑みを浮かべ、アヴリルの腕を引き寄せて自分の腕に組ませると、長年の友人同士のようにしゃべったり笑ったりしながら、城の階段をのぼっていった。

「妻のことがずいぶんと気に入っているようだな」妻たちがドアの向こうに消えるのを見守りながら、カリンが愉快そうに言った。

ケイドは肩をすくめたあと、説明した。「キスをすると妻の吃音がやむんだ」

「なるほど」カリンはゆっくりと言い、まじめな顔つきになって意見した。「つまり、治療目的でキスしているわけか」

「ああ。そう言うこともできる」おかしさに唇がゆがむのがわかった。

それを聞いてウィルが鼻を鳴らし、三人は笑いながら中庭を歩きだした。

「まさか！」

「うそじゃないわ。死んだ雌鳥みたいになんにも感じなくなってしまったの」アヴリルは顔をしかめながら女主人に説明した。赤くなるのがわかったが、昨夜の失態の話を、新しい友人がぎょっとしながらおもしろがっている様子を見て、笑みを浮かべてもいた。

「なんてこと！」イヴリンドは息をのんだ。「それで彼も？」

「ええ」アヴリルはみじめにため息をついた。「水風呂にはいったおじいさんみたいに縮みあがってたわ」

「まあ、いやだ！」イヴリンドは甲高い声で言い、いきなり笑いだした。

アヴリルもすぐにつられて笑った。一日たってみると、その状況のおかしさがわかった。どうしてこの話題になったのかはよくわからなかった。最初はドノカイの悪魔の異名を持つカリンの評判について話していた。イヴリンドはためらったあと、赤くなりながらも、初めて彼に会ったときのことを話してくれた。それはかなりきわどい話で、アヴリルは笑ってしまい、気づくと自分も昨夜の災難の話を口にしてしまったのだった。

会って間もないのに、夫婦生活についての秘めた話を打ち明け合うなんて、思いも寄らなかったが、アヴリルは最初からイヴリンドといると心が休まり、リンゴ酒を飲みながら数時間おしゃべりしたあとは、旧友同士のような気がしていた。

「何をそんなに長々としゃべっているんだ？　ふたり組のばあさんみたいに」

カリン・ダンカンに問いかけられて、アヴリルとイヴリンドはいきなり笑うのをやめ、目をみはりながら顔を見合わせた。そして、ふたりが座っている架台式テーブルに向かってこようとしている男たちに、そろってやましそうな目を向けた。

「あ、あなた」夫に話を聞かれたかもしれないと思って動揺したアヴリルは、息をのんで勢いよく立ちあがった。

カリンとウィルとともに、そのまま歩いてふたりのところにやってきたケイドは、片方の眉を上げ、好奇心もあらわな顔をしていた。どうやら話は聞かれていないようだ。それでもアヴリルはあたふたしていた。

「それで？」カリンがイヴリンドのうしろに立ち、かがみこんで小柄なブロンドの妻の額にキスをしてせかした。「何がそんなにおかしいんだ？」

アヴリルはあわててイヴリンドのほうをうかがったが、心配する必要はなかった。新しい友人はただかわいらしく微笑んで、こう言った。「あら、ただの妻同士の話よ」

その答えを聞いて、アヴリルは新しい友人に尊敬のまなざしを向けた。イヴリンドが言ったことはほんとうだ。たしかに彼女たちがしていたのは妻ならではの話だが、イヴリンドの言い方からはまったく別の話のように聞こえた。男たちは聞くほどのこともないと、すぐに興味を失った。

「何か問題でも？」男たちが早々と戻ってきたことが気になり、アヴリルは不安そうに尋ねた。

「いや」カリンが安心させた。「昼食のために戻っただけだ」

「いけない！」今度はイヴリンドがはっとして立ちあがる番だった。「わたしったらうっかり……あら」そのとき、厨房のドアが開き、食べ物と飲み物を持った侍女たちが現れたので、彼女は安堵の息をついた。「ビディのおかげで助かったわ。少なくとも彼女はちゃんと考えていてくれたのね」

アヴリルはかすかに微笑んだ。新しい友人がカリンのおばのエリザベスのことを言っているのはわかっていた。彼女はみんなにビディと呼ばれているのだ。イヴリンドに連れられて城のなかにはいったあと、アヴリルは彼女に会っていたが、ほんのわずかに顔を合わせただけで、ビディは厨房に消えてしまった。イヴリンドの説明によると、カリンのおばは料理が大好きで、かなりの時間を厨房ですごしているのだという。

侍女たちがテーブルに料理を運び、みんなが食事の席についた。男性陣はそそくさと食事をすませ、席を立って、物々交換の話し合いと荷造り作業に戻っていった。アヴリルとイヴリンドも席を立って、厨房の裏の庭を散歩してまわったが、またテーブルに戻っておしゃべりをしていると、早くも男性陣が戻ってきた。

アヴリルは近づいてくる夫に微笑みかけたが、彼が片方の眉を上げて「出発する準備はできたか？」ときくと、その笑みがくもった。

「もう？」彼女は悲しげに尋ねた。時間は飛ぶようにすぎ、まだ着いたばかりのような気がしていた。

妻の落胆に気づいてケイドは表情をやわらげ、彼女の腰に腕を回して低い声で言った。

「また日をあらためておじゃましよう……カリンと奥方さえよければ」

ケイドがダンカン夫妻のほうを見ると、イヴリンドが熱心にうなずきながら立ちあがった。

「もちろんかまわないわ。そうよね、あなた？」そして夫の返事を待たずに付け加えた。「スチュアートが落ちついたら、わたしたちのほうでもうかがいたいわ」

「ええ、もちろん」アヴリルはすぐに言った。「ぜひいらして」

「では一件落着だな」ケイドが唐突に言った。「行くぞ」

彼は腰に回した腕で妻の向きを変えさせ、大広間を横切りはじめた。

アヴリルは無礼なのではないかと思って眉をひそめ、首をまわしたが、すぐうしろにいるウィルをにらみつけることになった。

兄はおもしろそうに首を振ったが、すぐに脇にどき、彼らのあとについてドアに向かっているイヴリンドとカリンが見えるようにした。

「ほんとうにいろいろとありがとう」アヴリルは言った。「昼食はおいしかったし、楽しい訪問だったわ」

「わたしも楽しかったわ」イヴリンドも微笑みながら言った。「メリーに手紙を書いて、あなたがどんなにきれいか教えなきゃ。たぶん赤ちゃんが生まれたらメリーとアレクサンダーは遊びに来てくれるから、みんなで会えるわ」

「それはすてきね」アヴリルは言った。彼女にとっては義理の妹になるメリーはとてもかわいい人で、〝スチュアートのがみがみ女〟というあだ名にまったくふさわしくないのだと、イヴリンドから聞いていた。義妹がそんな名前で呼ばれていたとは知らなかったが、それを聞いてアヴリルはほっとしていた。そんな話を聞いたことや、〝ドノカイの悪魔〟と思われているカリンは、会ってみるとてもやさしくおだやかで思いやりのある人だとわかったこともあり、スコットランド人は人にふさわしくないあだ名をつけるのが好きなのかしらと思った。ということは、ケイドにもわたしの知らないあだ名があるのだろうか。別れのあいさつをして馬に乗りながら、アヴリルはそんなことを考えていた。一行が中庭を出発してから、ケイドがドノカイから買った品物が荷車に山と積まれていることにようやく気づいたが、それにもつかの間気を留めただけだった。

「何をそう考えこんでいるんだ？」ドノカイの領地を出てからふたりのあいだに落ちていた沈黙を破って、ケイドがきいた。それまでのアヴリルは子供のようにおしゃべりで、レディ・ダンカンがどんなにすてきだったか、どんなに彼女が気に入ったか、どんなにこの訪問を楽しんだかについてまくしたてていた。ドノカイの城を出てからしばらくは、ふた言目にはイヴリンドがこうした、イヴリンドがああしたという話がつづいた。

「なんでもないわ」とすぐに返したものの、アヴリルは好奇心を抑えられずに尋ねた。「ねえ、あなたにも特別な名前があるの？」

「特別な名前？」彼は驚いてきき返した。

「ええ。カリンが〝ドノカイの悪魔〟と呼ばれていたり、あなたの妹のメリーが〝スチュアートのがみがみ女〟と呼ばれていたみたいに」アヴリルは説明した。

ケイドは妹につけられたあだ名を聞いて顔をしかめた。その名がつけられたのはひとえに、父と弟たちが酒の飲みすぎで死なないように注意していたからだということはわかっていた。そして、おそらくメリーにその名前をつけたのは父と弟たちだろうということも。だが、妹にそんな名前はふさわしくない。

「ない」ようやく彼は言った。

「どうしてないの？」アヴリルはひどくがっかりしたらしく、しつこく言い返してきた。「ウィルから聞いた話だと、あなたはカリンと同じくらい勇猛な戦士なんでしょ。それならなぜだれもあなたに特別な名前をつけないの？」

ケイドはそれを聞いて愉快そうに首を振ったが、ウィルが口を開いたので驚いて頭をめぐらした。

「おれはつけてやったよ」

「ほんとう？」アヴリルは熱心にきき返し、ケイドの向こうにいる兄を見ようと、鞍の上で身を乗り出しながら尋ねた。「どんな名前？」

「スチュアートの聖人だ」ウィルはすかさず答えた。

「スチュアートの聖人？」アヴリルはピンとこなくて繰り返した。

「ああ、おまえと結婚したんだから、たしかに聖人だろ」ウィルは説明した。

彼のからかいにケイドはにやにやしたが、アヴリルは顔をしかめて鼻を鳴らすと、前を向いてかわいらしい小さな鼻をつんと上に向け、不満そうに口をゆがめた。ケイドは笑みを浮かべてそんな彼女をしばらく見ていた。イヴリンドに会ってから、血色がよくなっていた。頭の上に向かってなでつけた髪から炎のような細い巻き毛がいく筋かこぼれ、顔のまわりにたれている。きらきらした目はふたつのエメラルドのようだった。おれの妻は美しい、そう思うとうれしくなり、下半身に血が流れこんで硬くなるのがわかった。軟膏事件のあとで、また硬くなれるとわかってよかった、と皮肉っぽく思いながら頭をめぐらせると、スチュアートの領地の近くまで来ているのがわかった。

「ウィル？」ケイドは突然どなった。

「なんだ？」友人は片方の眉を上げた。

「おまえの妹とおれは、しばらくここにとどまる。すぐに追いつくから先に行ってくれ」

ウィルは片方の眉を吊りあげたが、うなずいてそのまま馬を進めた。ケイドは馬に脇を向かせ、アヴリルの雌馬にあとをついてこさせた。

「どうして止まるの？」荷車と兵士たちが通りすぎるのを見守りながら、彼女は興味を惹かれて尋ねた。

「子供のころ大好きだった場所をきみに見せたいと思って」ケイドは言った。「おれが里帰りすると、よく母がおれとメリーをそこへピクニックに連れていってくれたんだ」

「まあ」アヴリルはそれを聞いてうれしそうに微笑んだ。そして最後の兵士が行ってしまうと、雌馬をせかし、道をはずれて木々のなかにはいっていく彼の馬についていった。母に連れられてその場所に行ってからかなりのときが経過していたので、ケイドはそこを見つけるのに多少手間取った。川に沿って進んでいくと、ようやく目のまえに開けた場所が現れた。

「まあ、すてきなところね」アヴリルはささやいた。うっとりとした笑みを口元に浮かべながら、そこを取り囲む木々に目をやり、正面の川と小さな滝を眺める。「お母さまがあなたをここに連れてきた理由がわかるわ」

ケイドは同意のうなりを発しただけで、馬からおりた。そして向きを変え、妻を馬から抱きおろした。

「スチュアートはまだ遠いの?」馬の世話をする彼にきく。

「いいや」ケイドが振り返ると、アヴリルは草地を歩いて滝のそばまで行っていた。片手を太い木の幹に置いて体を支えながら身を乗り出し、もう片方の手で冷たい澄んだ水をすくって飲んでいる。ドノカイを出てからあれだけしゃべっていたのだから、のどが渇いているのも不思議はないと思いながら、ケイドはそばまで行った。彼女がのどの渇きを充分に癒すまで辛抱強く待ち、水を飲むのをやめてにっこりと振り返った瞬間、頭をかがめてそっとキスをした。触れた唇から小さなため息がもれて、思わず微笑む。腕がからみついてきて彼女の口が開くと、ケイドは舌を差し入れて口のなかをさぐった。口は水のせいで冷たかったが、すぐに温かくなった。両手でまさぐって体も温めた。

アヴリルがあえいで腕のなかで身をよじりはじめると、ケイドはドレスの襟を引きさげようとしたが、彼女は彼と木のあいだからするりと逃げた。

「どうした――」そのことばが口をついて出るか出ないかのうちに、アヴリルが急に彼のほうを向いたので、驚いて木に寄りかかった。バランスを取り戻して体を起こし、困惑しながら尋ねる。「きみは何を……」

問いかけはのどの奥に消えた。彼女が突然ひざまずき、ブライズを脱がせはじめたからだ。前回妻が男性自身に近づいたときのことを思い出し、ケイドはあわててやめさせようと手を伸ばしたが、彼女はその手を振り払ってつぶやいた。「あなたを歓ばせるの……わたしの口で」

　それを聞いてもまったくそそられなかった。前回口で歓ばせようとしたとき、彼女は猫が前肢をなめるようにいきり立ったものをなめて、終わりのない欲求不満を味わわせ……。

「うっ」ブライズを留めているひもをほどくのに手間取ったアヴリルが、彼のものを引っぱり出して口に含んだので、ケイドはぎょっとしてつま先立ちになり、思わず叫んだ。

「何を……」何をしているのかわかっているのかときこうとしたが、わかっていることは明白だった。だれかが正しい助言をしたのもたしかなようだ。妻は実に上手に彼を歓ばせていた……口で。ケイドは目を閉じて、木の幹に頭をつけた。彼女がすっぽり包みこんだり引いたりしながら、唇で彼を愛撫する動きに合わせて、自然に腰を突き出していた。だが、それと同時に舌が使われはじめると、ケイドはもう耐えられなくなった。愛し合うために彼女をここに連れてきたのだ。すぐにやめさせなければ、軟膏で無感覚になった昨夜のように使い物にならなくなってしまう……今度は別の理由で。

　小さくうなりながら、ケイドは彼女の頭を引いて自分のものから離すと、両腕をつかんで立たせた。

「わたし、まちがってた?」アヴリルは不安そうにきいた。「イヴリンドが言うには――」

　ケイドは、レディ・ダンカンとこんなことについて話していたなんて、いったいどういうつもりだと尋ねそうになったが、あそこにいたあいだにふたりが急速に仲よくなったことには気づいていた。そして、アヴリルが今回得た助言には事実感謝していたが、それはまた別の話だ。ケイドは場所を入れ替わり、彼女を木の幹に押しつけて、情熱的にキスをした。

アヴリルはキスに応えなかった。どうしたのかとケイドが顔を上げると、すぐに彼女は繰り返した。「わたし、まちがってた？」

不安と失望が入り交じった表情でかすかに眉根を寄せている。ケイドはあわてて首を振った。

「いや。きみのやり方は正しかったよ」ケイドはそう言って安心させた。「でもおれがきみを愛したいんだ」

「まあ」アヴリルはようやく笑みを浮かべ、緊張を解いた。ケイドはすばやく頭をかがめてもう一度唇を奪った。今度は彼女もキスに応え、首に腕をからめてきたので、ケイドは満足してうなった。熱く硬くなった彼は、自分が興奮しているのと同じくらい彼女を興奮させて、温かく湿った深みに自分を埋めたくてたまらなかったが、ドレスがじゃまをしていた。無意識のうちにドレスの襟を引きさげはじめると、アヴリルは首にまわしていた腕を解き、彼のためにドレスのひもをほどこうと自分の背中に回した。ドレスが下に落ち、シュミーズもそれにつづくと、ケイドは安堵のため息をついた。そこでキスをやめてむき出しの乳房を見おろし、すぐに両手で貪欲につかんだ。

乳房をもみしだかれると、アヴリルはうめき、彼のチュニックをやみくもにつかんで引っぱりあげはじめた。ケイドは名残惜しそうに乳房を放して、チュニックを頭から脱いだ。チュニックを脇に放り、あらわになった胸に手を這わす彼女を見おろす。驚いたことに、アヴリルに乳首をつままれると、彼はそれが気に入った。しばらくそうさせておきながら、自分は忙しくスカートを脚の上までたくしあげる。両手を差し入れられる程度にたくしあげると、彼女の両手を胸に置かせたまま、さらに密着してまたキスをした。

ケイドの片手がお尻をつかみ、もう片方の手が脚のあいだに差しこまれると、アヴリルはうめき、あえいだ。そこがすでに濡れていたので彼はほっとしたが、触れたりなでたりをつづけていると、またブライズに彼女の両手を感じた。今度はうまく脱がせることができたらしく、布が脚をすべって、足首に落ちるのがわかった。そこで唇を離し、頭をかがめて片方の乳首を口に含み、彼女の脚のあいだに入れた手の動きを速めた。

アヴリルがあえいでケイドの名前を呼ぶと、彼はようやく頭を上げ、両手を彼女のお尻に移して持ちあげ、木を背にしたまま自分のもので貫こうとした。

そのとき、ケイドが倒れかかってきてアヴリルはうめいた。彼がそのままずるずるとくずおれはじめたので、反射的につかんで引きあげようとした。倒れないようになんとか支えながら、心配そうにきく。「どうしたの?」

「背中が」ケイドはうなり、視界をはっきりさせようと首を振った。

アヴリルは眉をひそめて彼のうしろに首を伸ばし、何が問題なのか見ようとした。彼女は息をのみ、かなりあわててこう言った。「背中に矢が刺さってるわ!」

「どうりで」彼は暗い声でつぶやいた。痛みが背中じゅうで叫びをあげている。それは肩甲骨のあいだの一点から発していた。

「あなた？」アヴリルの声は心配のあまり甲高くなっていた。「気絶してるの？」

「おれは戦士だぞ。戦士は気絶などしない」ケイドは薄れゆく意識をつなぎとめようとしながらどなった。

「そう」彼女の声は疑わしそうだった。「目を閉じていただけなのね」

「目を休めていたんだ」彼は言い返した。

「わかったわ」彼女はつぶやいた。なぜかそれが彼の気に障った。

「おれはまだ自分の足で立っている。ちがうか？」ケイドはきいた。たしかに立っていたが、かなりあやうい状態だった。まるで、体の下から脚を持っていかれたかのようだ。彼はがくりと膝が折れて地面に倒れこむまいとふんばった。倒れてしまったら、きっとそのまま死んでしまう。残された妻はひとりで生きていくことになる。その思いだけが、彼の体を支えつづけていた。

妻のことに思い至ると、ケイドは口を引き結び、決意を固めた。アヴリルを雌馬に乗せて、開けた場所から離れさせなければ。今すぐ。自分がもう一度矢を射られるまえにそうしなければ、ふたりとも襲われることになる。

ひどく現実的なその可能性にあごをこわばらせ、ケイドは無理やり体を起こした。そんな小さな動作でも、背中の痛みは倍増した。一瞬息が止まりかけ、気を失いそうになったが耐えた。痛みに歯を食いしばりながら、アヴリルの腕をつかんで開けた場所を横切り、馬のいるところに向かった。

だが、彼女の足取りは重かった。「背中の手当てをしたほうがいいわ」と抗議されても、ケイドは驚かなかった。アヴリルはしきりに心配し、足をふんばって彼の手から腕を引き抜こうとしている。ケイドが足を止めてにらみおろすと、彼女は急いで付け加えた。「せめて矢を抜くべきよ」

ケイドは口を開けて応えようとしたが、すぐうしろでヒュッ、バシッという音を聞いて動きを止めた。ふたりして振り向くと、通りすぎたばかりの木で矢が揺れていた。彼は口元を引き締めた。

「だめだ」と強い口調で言い、ふたたび先を急がせた。今度はいやがる妻を引きずる必要はなかった。今やアヴリルの歩調は彼よりも速いほどだったからだ。状況の深刻さを理解したらしい。ふたりが移動していなかったら、おそらく彼は背中に第二の矢を受けていただろう。

そう思うと胃がよじれた。襲撃者は矢を放って逃げたわけではなく、仕事をやり遂げたと確認するまでつけまわすつもりなのだ。これはまずいことになったと思い、急いで馬に乗せなければとアヴリルをせかした。

馬たちのもとに着くとほっとした。だが、馬の陰に隠れることができるとはいえ、妙なしびれが手足の先まで広がっており、視界がせばまってきていたので、これ以上意識を保っていられないのではないかと思った。

「馬に乗るのに手を貸しましょうか？　わたしなら――」

ケイドは話しかけてくるアヴリルを無視し、最後の力を振り絞って彼女のウェストを抱えると、鞍の上に放りあげた。彼女はいきなりのことに驚いて声をあげたが、反対側に落ちることなく、なんとか鞍の上にとどまった。もう一度やれるとは思えなかったので、ケイドは胸をなでおろした。

「何を――」アヴリルが口を開いた。

「城に向かえ」ケイドはそう命じて雌馬の臀部《でんぶ》をたたいた。馬はすぐに勢いよく走りだし、女主人を運び去った。妻の馬が開けた場所から消えるのを確認したあと、彼は自分の馬に向かってよろよろと何歩か歩いた。馬の横に着き、鞍をつかもうと手を伸ばしたが、そこまで精一杯だった。力は妻とともに走り去ってしまったようだ。鞍に手を置くだけで、とてつもない労力を必要とした。そこまで体を引きあげるのは、今はとても無理だ。

馬にもたれて少し休むことにした。力を取り戻してから馬に乗ってここを離れよう。そう思いながらも、うまくいかないのはわかっていた。取り戻せる力はないし、休んだところでたいして得るものはないだろう。どんどん気が遠くなり、もはやなすすべはない。

だが、少なくとも妻を安全に逃がすことはできた。その思いが頭に浮かんだか浮かばないかのうちに、駆けてくる蹄《ひづめ》の音がして、脱力感が吹きとんだ。矢を放ったやつが仕事を終えるために戻ってきたのだと思い、反射的に剣の柄《つか》に手をやった。そうしたところで剣を鞘から抜く力があるかどうかわからなかったが。

「あなた、来ないつもりなの？」

ケイドは固まり、頭を上げてぼんやりとアヴリルを見た。彼女は彼の馬の隣に自分の馬をつけ、心配そうに彼を見おろしていた。

「あなた?」アヴリルは答えを求めた。

「なんでここに戻ってきた?」ケイドはかみつくように言った。怒りで背筋が伸びる。「安全な城に向かっているはずだろう」

アヴリルは驚いて目をまるくしたが、すぐに強情な顔つきになり、首を振った。「けがをした夫をひとり残して馬で走り去るなんて、どういう妻なの?」

「従順な妻だ」彼はうなるように言い、怒りにまかせて足を上げ、あぶみにかけた。ああ、おれはほんとうに、彼女がやさしくて素直すぎてスコットランドでは生きていけないと思っていたのか? ケイドは苦々しく思った。

「わかったわ、あなたが城に戻ってくれたら、お望みどおり従順になる。そして傷の手当をするわ」彼女はきっぱりと言った。「でも今はここから離れないと。あなたが馬に乗ってくれればそれができるわ。自分でできそう? わたしが降りて——?」

「その必要はない」ケイドはきつい声で言った。手を貸そうと言われたことで、怒りがさらにつのり、鞍の上に体を引きあげるのに必要な力がわいた。革の上に尻を落ちつけるやいなや、脇腹に鋭い衝撃を覚えた。

「あなた!」アヴリルのぎょっとした叫び声を遠くから聞こえているように感じながら、ケイドは馬に乗ったまままえに倒れ、暗闇が彼の視界に広がりはじめた。

13

「あなた！」驚いてうろたえながら叫んだ。ケイドの脇腹に突然第二の矢が出現したからだ。アヴリルにはそう見えた。背中に一本だけ矢が刺さっていたと思ったら、不意に脇腹にもう一本現れたのだ。

アヴリルは急いで雌馬を彼の馬に寄せ、最初の矢を受けて青くなっていた彼の顔色が、今や灰色に近いのを見て不安にかられた。まぶたは半ば閉じ、額に汗が吹き出ている。彼女は唇をかみながら、反対側の森に目をやり、矢を放った射手の姿を急いでさがしたが、だれも見えなかった。だからと言って、いないということにはならない。もう一度矢を射ようと、今もひそかに近づいているのかもしれない。そう思ったら、またもや焦燥感で胸がいっぱいになり、そんなことをさせてはなるものかと思った。夫を失うわけにはいかない。わたしはこの人に恋をしてしまったのだろうか。そう思うと怖くてたまらなかった。

実際、昏睡から覚めて目を開くまえから、半分ケイドに恋していたようなものだった。兄が話してくれたさまざまなエピソードのせいだ。彼がとても魅力的だったせいもある。だが、彼が与えてくれた歓びを経験し、そのやさしさと思いやりを知った今は、もう決定的だ。アヴリルは彼を愛していた。それはまちがいない。幸い、彼女は現実的なので、同じように彼からも愛されることなど期待していなかった。ケイドが自分に、あるいは自分の持参金に、結婚するだけの価値があると思ってくれただけでありがたいと思っていた。

もう一度森に視線を走らせた。鳥の鳴き声が大気に満ち、見えるものといえば木々とやぶと滝と川だけだ。アヴリルが抱えている恐怖や不安とはなんとも対照的な牧歌的な光景だが、だまされるわけにはいかない。急いでここから離れなければ。射手はすでに三本目の矢でケイドをねらっているかもしれないのだ。

その考えが頭に浮かぶと、アヴリルは夫に目を戻した。ケイドは目を閉じ、鞍の上で上体をまえに倒している。一瞬死んでいるのかと思ったが、胸が上下しているのを見て、小さな安堵のため息がもれた。どうするべきかしばし考えたが、選択肢はあまりなかった。彼が馬からずり落ちてしまうかもしれないので、自分の雌馬に乗ったまま彼の馬を引いていくことはできない。どこか安全なところに行くまでは、矢を抜くことも、手当てに時間をかけることもできない。

悪態をつきながら馬を降り、両手で二頭の馬の手綱をつかむと、夫をあまり押さないようにしながら、彼の馬の後部に乗りこもうとした。なかなかうまくいかずに、結局かなり彼にぶつかることになってしまったが、少なくとも背中と脇腹の矢をうっかり突いたりはしなかったと、ケイドのうしろにようやくまたがることができてからアヴリルは思った。鞍は彼に占領されているので、馬の臀部に乗るしかなかった。馬にまたがって乗ったことはなかったが、今はそうするのがいちばんだ。

馬を前進させようと舌を鳴らすと、馬が歩きだしたのでほっとした。そして、あらたな問題に気づいた。彼女は自分たちが今どこにいるのかも、スチュアートに戻る道も、ちゃんとわかっていなかったのだ。

「気がついたか」

ケイドが目を開けてまばたきをすると、ほっとしたような声が聞こえた。ベッドの足元のほうに目をやると、ウィルの顔があった。ベッドのそばの椅子に座ってこちらを見ている。一瞬、またモルターニュにいるのだと思った。船が難破したときに受けた頭のけがが、まだ回復していないのだと。だが、横向きに寝かされているし、痛むのは背中だ。ウィルの背後の部屋にさっと目をやって、スチュアートにいることがわかった。

「妻と交わろうとしていたら、どこかのまぬけに矢を射られた」記憶がどっと押し寄せ、信じられない思いでケイドは言った。

「荷車といっしょに先に行けと言われたときは、おそらくそのつもりなのだろうと思ったよ」ウィルがさりげなく言う。

話している相手が妻の兄だということを思い出し、ケイドは眉をひそめてつぶやいた。

「すまん」

ウィルは肩をすくめてやりすごし、「気分はどうだ？」ときいた。

「痛む。アヴリルはどこにいる?」

「きみの手当てがすんだあと、何か腹に入れるようにと階下《した》に行かせた」ウィルは静かに言った。「今度のことですっかり動揺している。食事をすれば少しは落ちつくと思ってね」

「彼女がひとりでおれを連れ帰ることができたとは驚いたな」ケイドはつぶやいた。馬に乗ろうと体を持ちあげたときに痛みが走ったのが最後の記憶で、そのあとのことは何も覚えていなかった。意識を失うまえに馬に乗れたのかどうかも定かではなかった。

「スチュアートの方角がわからなくて苦労したようだ」ウィルは静かに言った。「妹が中庭に馬を入れたのは、そろそろ夕食という頃で、雨が降っていた」おもしろがっているように口角を上げながら、彼は付け加えた。「大騒ぎになったよ」

「そうか。まあ、矢の突き出たおれを馬に乗せて戻ってきたんだから、当然だな」

「いや、最初はだれもきみに気づかなかった。すっかりアヴリルに目を奪われて、それどころじゃなかったんでね」ウィルはしれっと愉快そうに言ったあと、ケイドが驚いているのを見て説明した。「アヴリルはスチュアートに戻る道をさがしてしばらく馬を走らせたあと、これ以上待つことはできないと判断して、傷の手当てをするために馬を止めた。きみを馬に乗せたままでね。そしてなんとか矢を抜くと、ドレスを裂いて包帯の代わりにきみの脇腹と背中に巻き、スチュアートへの道さがしを再開した。山の頂上からスチュアートが見えたときは、こんなにうれしい眺めは初めてだと思ったそうだ」

「つまり、みんな妻のシュミーズ姿に目を奪われて、おれに気づかなかったというわけか?」ケイドが尋ねる。

「そうだ」ウィルは顔をしかめ、さらに言った。「それに、さっきも言ったが、妹が中庭にはいってくるころには、雨が降っていた」

「雨が?」とききき返す。雨でアヴリルのシュミーズの薄い生地がどうなるかに思い至り、目を見開いた。

「奥方は裸同然だった」背後からエイダンがさらりと言った。ケイドが反射的に向きを変えて彼のほうを見ようとすると、腰に手が置かれて止められた。「そんなことはしちゃいけない。ある程度よくなるまで、一日か二日は横向きになっていたほうがいい」

ケイドが動きを止めると、手が引っこめられた。エイダンは座っていた椅子を引きずって、ベッドの向こう側からこちら側に来た。そしてウィルの隣に椅子を置いて座り、ケイドを見てこう告げた。「奥方の姿は実に見事だったよ」

ケイドはそれを聞いて顔をしかめたが、戦士はにやりとして付け加えた。「あんたは幸運な男だ」

「なんだかやたらときれいに見えたよ」ウィルが意外そうに言った。「髪が濡れて頭になでつけたようになって、シュミーズが体に貼りついて」眉をひそめてつぶやく。「いつの間にか、すっかり大人になっていた」

痛みに悩まされていたにもかかわらず、友人の言ったことがおかしくて、ケイドは思わず微笑んだ。兄にとって、そんな妹を見るのは落ちつかないものなのだろう。ずっと小さなアヴィーだと思ってきたのに、今日はその思いこみが取り去られ、美しい女性として妹を見ることになったのだから。

「だが、あんたがだれにやられたかは奥方にもわからなかった」エイダンが肝心なことに話題を移した。「あんたにもわからないようだったと彼女は言っていた」

「ああ、わからない」ケイドはため息をつき、わずかなあいだ目を閉じた。「背後の森にひそんでいたにちがいない。おれは何も見なかった。気配は感じたが」彼は顔をしかめて言った。

「つまり」エイダンは暗い声で言った。「ここに来る途中で矢を射られ、頭に石を落とされ、今度は二本の矢を受けた……。何者かに命をねらわれているようだな」

「そのようだ」ケイドも暗い声で言った。「問題はだれかだな」

「きみは三年半近く領地を離れていた」ウィルが指摘した。「こんなに長いこと恨みを持ちつづけるほどきみに腹を立てている相手だぞ。思い当たるやつがいるんじゃないか？」

「そう思うのか？」ケイドは冷静にきいたあと、思い当たる節をさがしてみた。知るかぎり、敵はひとりもいなかった。

とうとうケイドが当惑気味に首を振ると、ウィルが咳払いをしてこう尋ねた。「襲撃の裏に、きみの父親か弟のどちらかがいるとは思わないか？」

「いったいどうして父や弟たちがおれを殺したがるんだ？」彼はびっくりして尋ねた。たしかに領主の座を引き継ごうと計画してはいるが、彼らはまだそのことを知らない。その話を聞けるほどしらふにならないかぎり、知ることはないだろう。

「きみが帰還して領主の座を引き継ぐ計画のことを、どこかで聞いたのかもしれない」ウィルが指摘した。「イアンとアンガスとドムナルがその話をしていて、小耳にはさんだのかも」

ケイドが眉根を寄せて考えていると、エイダンが首を振って言った。「彼らはもう何カ月も城から遠くには行っていない。ここに来る旅の途中にしろ、今日にしろ、矢を射ったということはありえない」

「ふむ」ウィルは眉をひそめた。ケイドの父と弟たちのせいにできなくて、がっかりしているようだ。やがて彼は気を取り直してきいた。「ここにはモルターニュのような秘密の通路はないのか？」

「ない」とエイダンが言うのと同時に、ケイドが「ある」と言った。

「どっちなんだ？」ウィルがおもしろがってきく。

「あるんだ」ケイドが言った。エイダンは驚いているようだ。家族だけの秘密だと母から聞いていたとはいえ、エイダンは知っていると思っていたのだが。

「それなら、三人のうちのひとりがその秘密の通路を使ってこっそり外に出て、きみの上に石を落としたのかもしれないな」ウィルが明らかに満足げに言った。

「だが、ケイドに矢を射るためにイングランドまで行って戻ってきたなら、おれが気づかないはずがない」エイダンがきっぱりと言った。「それには何日もかかるし、数時間以上おれのまえから姿をくらました者はいない。眠っている夜のあいだをのぞけば」

「だれかを雇ったのかもしれない」ウィルが指摘した。

やはりケイドの家族が彼の死を望んでいるのだろうかと全員が思案するあいだ、室内に沈黙が流れた。


モラグが用意してくれたすばらしい食事をとったあと、アヴリルがおいしいシチューを盆にのせて、階上にいるケイドに運ぼうとしていると、廊下から足を引きずる音が聞こえてきた。階段の上で足を止めて、ケイドの父と弟たちの部屋のほうをうかがうと、スチュアートの領主が自分の部屋の戸口に立ち、ドアと枠につかまって体を支えていたので、驚いて目をまるくした。

アヴリルはためらい、持っていた盆に目を落としたが、向きを変えてその男のほうに歩きだした。

「こんばんは、領主さま」アヴリルは彼のまえで足を止めると静かに言った。「起きて歩けるようになられたんですね。よかったわ。ご気分はいかがですか?」

スチュアートの領主はゆっくりと頭を上げた。あまり速く動かすと頭が落ちてしまうとでもいうように。エイキン・スチュアートがひどい顔をしていることに、アヴリルは気づいた。目は赤く血走って、白髪まじりの赤毛はさか立ち、肌は灰色だ。あごひげと口ひげも、髪と同じくらいくしゃくしゃだった。

「おまえはどこのどいつだ?」彼はうなるように尋ねた。機嫌の悪いときのケイドの口調によく似ている、と彼女は思った。

アヴリルはまぶしいほどの笑顔で答えた。「ケイドの妻のアヴリルです」

「ケイドに妻がいるのか？」エイキン・スチュアートは明らかに驚いた様子でき返し、やがて眉根を寄せた。「よそに出かけていって、おれのいないところで勝手に結婚したのか？」

彼女は「ええ」とだけ言った。

「そうか」彼は頭を落とし、彼女の持っている盆に気づいた。食べ物を見てたちまち青ざめたが、マグを見つけると、ひったくってごくごく飲み、さもいやそうに噴き出した。「これはウイスキーじゃない」

「ええ、ちがいます」彼がマグを盆に戻すと、アヴリルはあっさりと言った。「ハチミツ酒です。あなたのではなく、あなたの息子さんのための」

「そうか」エイキン・スチュアートはみじめそうで、いささか途方に暮れてさえいるようだった。おまけに戸口で危なっかしく体を揺らしている。

「お加減がよくないようですね」彼女は静かに言った。「横になっていたほうがいいですよ」

「おれはのどが渇いているんだ」彼は憐れっぽく言った。

「ハチミツ酒と食べ物をお持ちします」アヴリルはそう約束し、廊下の床に盆を置くと、彼の腕を取って部屋のなかに連れ戻した。

「ハチミツ酒はいらん。ウイスキーがいい」エイキンはベッドに入れられながら、暗い声で言った。「ウイスキーと食べ物を持ってこい」

アヴリルはため息をついて体を起こしたが、こう尋ねるにとどめた。「ほんとうにハチミツ酒じゃなくていいんですか？　ウイスキーはお体に合わないようなのに。また気分が悪くなりますよ」

「いや、これはウイスキーのせいじゃない。病気のせいだ。ウイスキーを飲ませろ。そうすればすぐに治る」

「わかりました、ウイスキーをお持ちします。でも、気分が悪くなってもわたしを責めないでくださいよ。ちゃんと警告しましたからね」彼女はそう言うと、ドアのほうに向かった。

「はっ！　ウイスキーで気分が悪くなるだと」アヴリルが部屋を出ていくとき、彼はつぶやいた。「ウイスキーは命の水なんだぞ」

アヴリルは何も言わずにドアを閉め、かがんでまた盆を手にすると、ケイドと自分の部屋に向かって足早に廊下を進んだ。ドアを開けようと盆を持ち替えたとき、いきなりドアが開いた。驚いて顔を上げると、ウィルがいたので目をぱちくりさせた。

「ケイドのために飲み物を取りにいこうと思ったんだ。目を覚まして何か飲みたがっているから」彼女の持っている盆を気にしながら、ほとんど上の空でウィルは説明した。からっぽのマグに気づいて眉をひそめたが、シチューに目を落とすと「うまそうなにおいだ」と言った。

「モラグが作ったの。とてもおいしいわよ。でもこれはケイドのぶん」アヴリルはぴしゃりと言うと、こう付け加えた。「でも、ほしければお兄さまにも持ってきてあげる。どうせもう一杯ハチミツ酒を取りにいかなくちゃならないし」

「もう一杯？」ウィルがおもしろがってきいた。「最初の一杯はどうなったんだ？」

アヴリルはためらったが、ケイドの父親のことは言わないほうがいいだろうと判断し、こう言うだけにした。「マグを取ってきたはいいけど、ハチミツ酒を入れるのを忘れて階段をあがってきちゃったのよ」

ウィルはくすっと笑って盆を受け取った。「ついでにおれにもシチューを持ってきてくれるとうれしいな。そのあいだにおれがケイドにシチューを食べさせて、話をすませておくよ」

アヴリルはうなずき、エイダンのぶんも持ってくることにした。盆から空のマグを取り、兄に手を振る。「さあ、行って。わたしがドアを開けておいてあげるから」

ウィルはうなずくと、ベッドのほうに戻ろうと向きを変え、アヴリルはその隙に部屋にはいって、ドアのすぐそばにある衣装箱から薬種袋をつかみ取った。それから廊下に出て、ドアを引いて閉め、階段に急いだ。

厨房にはいっていくと、侍女たちとラディは、みんな忙しく動きまわって、まだドノカイから買い入れてきた食料を仕分けしたりしまったりしていた。みんながうれしそうに顔を紅潮させ、笑みを浮かべてせかせかと働く様子は、クリスマスかと思うほどだった。だが、ベスはちがった。手伝うのがいやなわけではないようだが、ほかの者たちのように長いあいだ食べ物に不自由していたわけではないので、それほど熱がはいらないらしい。ほかの者たちが包みを解きながら歓声をあげても、ベスはそれを微笑ましく眺めるだけだった。

幸い、彼らは自分たちの作業で手一杯で、ケイドのためのハチミツ酒のお代わりと、エイダンとウィルのためのシチューとハチミツ酒を取りにきたとアヴリルが説明しても、手を貸そうとはしなかったので、だれにも気づかれずにウイスキーのマグを三つ、盆に加えることができた。アヴリルは架台式テーブルまで行って盆を置き、薬を取り出して、急いでウイスキーのマグに少量ずつ入れた。

満足して小さくため息をつき、盆を持って階段に向かった。まずは男性たちが待っている自分の部屋に食べ物とハチミツ酒を届けることにした。ドアを開けようとしたとき、ウイスキーを持って部屋にはいったら、何かきかれるにちがいないことに気づいた。顔をしかめながら盆をおろし、ウイスキーのマグをひとつずつ盆から床に置こうとしたが、途中でやめ、マグを置かずに体を起こした。部屋にはいってしまったら、出てくるのはむずかしくなるかもしれないし、ケイドの父は自分で階下に行って、薬のはいっていないウイスキーを飲んでしまうかもしれない。まずエイキンのところにウイスキーのマグを届け、残りはそれぞれ弟たちの部屋のベッドサイドテーブルに、今朝薬入りのエールを置いたようにして置いておこう。それから盆を持ってウィルとエイダンのところに行き、夫の様子を確認すればいい。

アヴリルがブロディの部屋を通りすぎようとしたとき、いきなりかたわらでドアが開いた。驚いて頭を向けたが、ブロディは彼女を見てもいなかった。彼の目は、それが自分の名前を呼んでいるかのように、アヴリルが持っているマグを凝視していた。彼女が用心深く「こんばんは」と言うより早くマグをひったくると、バタンとドアを閉めた。

「楽しんで」アヴリルは冷たくつぶやくと、残りのふたつのマグを片手に持ったまま、領主の部屋に向かった。

マグをふたつとも持ったまま部屋にはいろうとしたが、思い直してひとつを部屋の外の床に置いてから、部屋にはいった。

「ああ、あんたか」彼女がはいっていくと、ケイドの父はほっとした様子でベッドの上に起きあがった。

「はい、ウイスキーをお持ちしましたよ。でも、やっぱりこれを飲むのはお勧めできませんね」アヴリルはベッドに近づきながら言った。「こういうのはまえにも見たことがあるんです。飲んでもよくはならないと思いますわ」

「何を見たんだ?」彼は舌なめずりをし、手を伸ばしながら尋ねた。アヴリルはベッドのそばで足を止め、マグを手の届かないところに掲げた。

「お酒に対するこういう反応です」彼女は冷静に説明した。「毎日一日じゅう飲んでもなんの影響も出ない人もいます。でも長いこと飲んでいると、だんだん体がお酒を拒否するようになって、体内にとどめておけなくなる人もごく少数ですがいるんです。今のご様子からすると、あなたはそういう状態なのではないかと」

「ばかなことを言うな」彼はあざ笑った。「いいからウイスキーをよこせ」

「わかりました。でも注意はしましたからね」アヴリルはそう言って、マグをわたした。すぐに向きを変え、ドアへと引き返す。冷めないうちに早くウィルとエイダンに食べ物を届けたかった。それでも、ドアに着くと立ち止まって振り向いた。「ほんとうにシチューは食べたくないんですか?」

スチュアートの領主は口に運んだマグをおろしもせずに、首を振って応えた。

アヴリルは自分も首を振りながら、部屋を出てドアを閉めた。そして最後のウイスキーのマグを取りあげ、つぎの部屋に向かった。

ガウェインは眠っているだろうと、少なくともそうあってほしいとアヴリルは思っていた。だが、ゆっくりとドアを開けてこっそり部屋にはいると、彼はぱっちりと目を開けてベッドに仰向けに横たわり、天井を見つめていた。無防備な顔つきにはみじめさが表れていたが、アヴリルの存在に気づくと頭を上げて彼女のほうを見た。

「だれだ?」かすかに眉をひそめて尋ねる。

アヴリルはブロディとの格闘を思い出してためらったが、用心深く進み出た。「ケイドの妻です」

「ケイドが戻ったのか?」男性が起きあがると、裸の胸があらわになった。アヴリルはベッドからたっぷり二メートル離れたところで足を止め、用心深く彼を見ながらうなずいた。

「ええ」

「で、あなたは彼の妻?」ガウェインは興味を示しながら彼女を見てきいた。

「は、はい」アヴリルは答えた。見つめられて、急に居心地が悪くなる。

彼はかすかに微笑んだ。「兄は運がいい。あなたはきれいだ」

アヴリルは褒められてびっくりし、目をぱちくりさせたあと、彼の目が手にしているマグに動いたのに気づいた。

「それはおれに？」

「ええ」彼女は体を少しこわばらせながら、ゆっくりと進み出た。「あなたのお父さまがウイスキーを所望されたから、あなたもほしいかもしれないと思って持ってきたの」

「いらない」ガウェインはいやそうに顔をしかめ、見るのも耐えられないというように顔をそむけたが、礼儀を思い出して付け加えた。「ありがとう」

アヴリルは首をかしげて彼をしげしげと見た。魅力的な男性だ。少なくとも、もう少し身ぎれいにすれば。父親と同じで、長い髪はもつれてくしゃくしゃだし、何日もひげを剃っていないようだが、髪はブロディよりもわずかに暗い色で、ケイドと同じくらいきれいな目をしている。身ぎれいにすれば、まちがいなく魅力的な男性になるだろう。それに、彼の父や兄が起きたばかりのときとちがって、ウイスキーをほしがっていない。

「ほんとうにウイスキーがほしくないの？」彼を試そうときいてみた。

ガウェインは暗い顔で首を振った。「ウイスキーのせいで死ぬほど気分が悪いんだ」

アヴリルはうなずいたが、ためらったあと、マグをテーブルに置いた。二日間嘔吐してほんとうに飲酒を克服したのなら、それでいい。もしそうでないなら、これは一時のことで、また酒をほしがるようになるだろうから、もう一日様子を見なければならない。

「気が変わったときのために」見られていることに気づいて、彼女は説明した。

ガウェインはまた顔をしかめただけで、こう尋ねた。「ケイドはどこに?」

「今日の午後、ドノカイから戻る途中で二度矢を射られたの」アヴリルは悲しげに言った。

「今はそれを治すためにベッドで休んでいるわ」

「矢を射られた?」ガウェインは驚いてきき返すと、立ちあがろうとシーツをのけた。「よくなるのか? どこの部屋にいるんだ?」

彼がブライズをつけていたことに安堵しながら、アヴリルはまえに出ると、立ちあがってよろよろしている彼の腕をつかんで支えた。

「おれはどうしてこんなに弱っているんだ?」いらだたしげな声できく。

「何日もウイスキーしか口にしていないうえ、この二日間はずっとそれをもどしていたからでしょうね」彼女は同情しながら言った。

「そうか」ガウェインは自己嫌悪を覚えて言った。「食べ物が必要だが、情けないことにこの見捨てられた場所には何もない」

「見捨てられた場所じゃないわ」アヴリルが静かに言った。「食べ物もあるわよ。今日ドノカイから仕入れてきたの。もしほしいなら、何か持ってきましょうか?」

「ああ。ありがとう」

アヴリルはうなずいた。腕を引いて彼女の手から離れ、震える脚で衣装箱のまえまで行き、ひざまずいて箱を開けるガウェインを、興味深く見守った。三人ともあまりよくは知らないが、ガウェインは父親やブロディとはちがうようだった。それに、やさしい目をしている。これまで飲んできた酒のうち、ほんとうに飲みたくて飲んだのはどれくらいで、兄と父につきあうために飲んだのはどれくらいなのだろう。

「どうしてお酒を飲むの？」アヴリルは唐突に尋ねた。

ガウェインは驚いて彼女を見てから、苦笑いをした。「スチュアートの男はみんな飲むのさ」

「ケイドは飲まないわ」アヴリルは指摘した。

「ああ。ケイドは運がよかった」ガウェインは衣装箱のなかを物色するのに気をとられながらつぶやいた。「子供のころよそにやられたから……。おれもそうだったらなあとよく思ったよ」顔に一瞬羨望の色が浮かび、すぐに彼は首を振った。「だがおれはよそにやられなかった。ケイドだけだった」

アヴリルは黙っていた。ガウェインはそのせいでケイドに腹を立てているのだろうか？もしそうなら、彼を殺そうとするだけの理由になるかしら？　そうは思えなかった。ガウェインは単に道を踏みはずしただけのいい人に思える。彼が残忍だという話も聞いてはいない。

その一方で、ブロディからは目を離さないようにしなければ、と思った。ブロディの冷淡さと残忍さには、用心するに越したことはない。彼についていろいろと話を聞いていなくても、それは変わらなかっただろう。

「よし」ガウェインはチュニックを選んで身につけると、ほっとため息をつき、アヴリルのほうを見た。「ケイドのところに連れていってくれるかい?」

「ええ」アヴリルは彼を連れてドアに向かった。並んで廊下を歩くガウェインの足取りは、先ほどより少しはしっかりしているものの、よろけたときに体を支えられるように、壁に片手をついている。見た目ほど気分はよくないらしい。

ガウェインにしげしげと見られているのを意識しながら、アヴリルはケイドと自分の部屋のまえで立ち止まり、ドアのそばに残していった盆を取ろうとかがんだ。そして盆を持って立ちあがると、ガウェインが何も言わずにドアを開けてくれた。

アヴリルがありがとうとつぶやきながら、彼の横をすり抜けて部屋にはいり、そのままベッドに向かうと、男たちは話をやめて戸口に注意を向けた。

ウィルとエイダンのふたりは、彼女のそばにガウェインがいるのに気づいて目をすがめたが、ケイドは思いきり顔をしかめ、弟がどう思うかなどおかまいなしにどなった。「おれがいないときは、親父と弟たちに近づくなと言っただろう!」

「ええ、でも彼があなたに会いたがったものだから」アヴリルはそれだけ言うと、食事を受け取ろうと立ちあがったウィルに盆をわたした。そして、今まで兄が座っていた椅子をガウェインに勧めた。立ったままでは倒れてしまうかもしれないと心配だったからだ。

ウィルは彼女をにらんだが、盆を持ったままベッドの横に落ちついて、飢えたように食べ物を眺めまわした。

「ひとつはエイダンのよ。ハチミツ酒もふたりにあるわ」そう言うと、アヴリルはガウェインが座った椅子をまわりこんで、夫のベッドの頭のほうに近づいた。かがんで額にキスをして言う。「顔をしかめていようと、あなたの意識が戻ってうれしいわ。気分はどう?」

熱を調べようと手の甲が額に押し当てられると、ケイドは顔をしかめ、不機嫌そうに言った。「気がつくとベッドにいるというのはもうかんべんしてくれ、という気分だ」

アヴリルはかすかに微笑んで、体を起こした。熱はないようだし、文句が言えるほど元気なら、すぐに起きて歩きまわれるようになるだろう。見たところ、どちらの矢も筋肉に刺さっており、内臓や骨からはそれていた。ほんとうに運がよかった。彼女は空のボウルに目をやってたずねた。「もう充分食べた? お代わりを持ってきましょうか?」

「きみに面倒をかけたくない」ケイドはもごもごと言った。

「面倒なんかじゃないわ」アヴリルは安心させようとして言った。「ガウェインのぶんを取りにいくつもりだから、ふたつ持ってくるのはたいして手間じゃないし」

それを聞いてケイドの目つきが険しくなった。「きみは召使いじゃない。だれかに運ばせればいいだろう」

「みんな忙しいのよ」アヴリルはいらいらと言った。「それで、お代わりはいるの? いらないの?」

ケイドが顔をしかめながらもうなずいたので、彼女は微笑んで言った。「じゃあ、すぐに持ってくるわね」

部屋を出た瞬間、廊下の先から嘔吐する声が聞こえてきた。アヴリルは急いでドアを閉め、眉をひそめながら声のしたほうをうかがった。ブロディとその父親の部屋のほうから聞こえているが、薬に反応するのが思っていたよりずいぶん早い。だれかに気づかれるまえにウイスキーに薬を入れようと急いだので、多く入れすぎてしまったのだろうか。その可能性もあると思って一瞬唇をかんだが、すぐに肩をすくめて階段に向かった。飲酒をやめないのなら、あの男たちにはこれから毎日室内便器にしがみついてすごしてもらうしかない。いやがる侍女に庶子を産ませたり、その子供を殴ったりするよりはましだ。ラディの母親がいやがっていたのかどうかは知らないが、リリーはいやがっていたようだし。アヴリルはため息をつき、三度《みたび》厨房に向かうために階段をおりた。

14

「アヴリル」

静かに声をかけられ、アヴリルはベッドの上で目を開けた。目のまえは暗闇だった。横になって少しでも眠ろうとしていたのだが、なかなかむずかしい。頭のなかでは心配事が渦を巻いていた。スチュアート城はひどい状態なのに、修繕するにも召使いがいない。夫とウィルとともに捕虜生活を生きのびた三人の男たちは姿を消し、夫は何か気になることがあるらしく、それが彼女をも悩ませていた。そのうえだれかが夫を殺そうとしているのだ。

隣で布がこすれる音とため息が聞こえ、あらたな心配事を思い出させた。夫と同じベッドにいて、彼を押しのけたり痛い思いをさせたりしてはいけないので、動くに動けないのだ。アヴリルは別の部屋で寝ると言ったのだが、ケイドはいっしょに寝るべきだと言い張った。それが〝妻の務め〟だと。そのため、眠っているあいだに動いてしまうのが不安でたまらず、うとうとすることも、わずかのあいだ悩みから解放されることもできずにいたのだった。

「なあに？」アヴリルはようやくため息をついて言った。

「眠っているのかと思ったよ」

アヴリルはベッドのなかで慎重に寝返りを打ち、彼のほうを向いた。といっても、彼が見えるわけではないのだが。「眠れないの？」

「ああ」ケイドはため息をついた。

「話がしたいの？」

「話？」彼はそのことばが理解できないかのようにきき返した。

あまり話したくないのだろう、とアヴリルは思った。彼は会話をするというより、うなったり、一語ですましたりするほうが多い。だが、彼女は気にしていなかった。父や兄も、気分が乗らないときは似たようなものだからだ。

「そう」彼女はようやく言った。「弟さんのガウェインが来てくれて、楽しかった？」

「ああ」

アヴリルはその先を待った。だが、それで終わってしまったので、さらに言った。「ガウェインはお父さまやブロディよりも、ずっとあなたに似ているみたいね」

「ああ」

アヴリルはぐるりと目を回し、なおもきいた。「お父さまの代わりに領主になるつもりだと、彼に話したの？」

「ああ」

〝ああ〟か〝いや〟で答えられる質問はやめたほうがいいようだ。アヴリルは咳払いをしてきいた。「彼はなんて言っていた？」

すると沈黙が流れた。夫は話をする気もないのに、どうしてわたしが起きているか知りたがったのだろう、とアヴリルがいらだちまぎれに考えていると、ケイドは言った。「親父は肩の荷がおろせてよろこぶだろうと、ガウェインは思っている」

〝ああ〟以上のことを言わせることができてアヴリルがよろこんでいると、彼はさらに言った。「エイダンもだ」

「それはよかったわね」

「ああ」

アヴリルは唇をかみ、さらにきいた。「あなたに死んでほしがっているのはだれだと思う?」

くすくす笑う声が聞こえ、ケイドがさらりと言った。「ハチミツ酒とリンゴ酒ではどちらがいいか、みたいな調子できくんだな」

アヴリルがそう言われて顔をしかめていると、彼は付け加えた。「いいや、思いつかない。わからないことだらけだ」

いらだっている夫の様子に眉をひそめ、彼女は尋ねた。「ほかには何がわからないの?」

短い沈黙のあと、彼は一気に言った。「おれの部下たちはいったいどこにいるんだ? ここに来る途中で出会えると思っていたんだが。もし行きちがいになったのだとしても、モルターニュに着けば、おれたちがここに向かったと知らされたはずだ。今ごろはもうここに着いていてもよさそうなのに」

「きっともうすぐ姿を見せるわよ」アヴリルはなぐさめるように言ったが、ケイドの疑問ももっともだと思った。彼が言うように、たしかにもう着いていてもいいはずだ。馬に乗った三人の男は、兵士や荷車を連れた大集団でモルターニュからスチュアートに向かった自分たちとちがって、ずっと速く旅ができるのだから。

「早く姿を見せてくれないと困る」ケイドが暗い声で言った。「おれは彼らをあてにしているんだ」

「なんのために？」彼女は興味を惹かれてきいた。

彼は黙りこんだあと、つぶやいた。「きみは気にしなくていい。そろそろ眠ったほうがいいぞ。もう遅い」

アヴリルはそれを聞いて眉をひそめた。好奇心が刺激される。夫が彼らに何をさせるつもりなのか、なんとしてでも話してもらいたかったが、話してくれるとは思えなかった。ため息をつき、またベッドに仰向けになって目を閉じたが、一睡もできないだろうということはわかっていた。

「おはようございます、領主さま」アヴリルは明るく言いながらケイドの父の部屋にはいった。ケイドが矢を受けて倒れてから三日がたっていた。そのあいだも彼女は毎日彼の父とブロディの部屋に薬入りのウイスキーを届け、彼らが飲むかどうか様子を見た。彼らはそれを毎日飲み、そのあとは一日じゅう嘔吐していた。

早く音《ね》を上げて飲むのをやめてくれないと、嘔吐のせいで体を壊すのではないかと心配になってきたが、もうここまできてしまったら、つづけるよりほかに選択肢はなかった。ひとつだけよかったのは、ガウェインが酒をやめたことだ。彼はエールにさえ手をつけず、食事のときやのどが渇いたときは、ハチミツ酒かリンゴ酒を飲むようになっていた。身なりも清潔にするようになって、きちんと食事もとりはじめたので、日に日にハンサムになっている。彼ならきっといい夫になるだろう、とアヴリルは思いはじめていた。ケイドも弟の変化に気づき、ふたりは絆《きずな》を深めつつあった。ケイドが傷を治しているあいだ、ガウェインはよく彼女とケイドの部屋に来て、兄とチェスをしたり話をしたりした。

「またウイスキーをお持ちしましたよ、領主さま」アヴリルはベッドに近づくと、そう言ってマグを掲げた。

スチュアートの領主は彼女が持っているマグを目にすると、室内便器をつかんで激しく嘔吐しはじめた。

アヴリルは唇をかみ、ベッドのそばのテーブルにマグを置いた。

「何か食べれば胃が落ちつきますよ」彼女は静かに言った。「ウイスキーは胃に合わないようですから」

「いや、食べ物はいらん」彼はうなった。「おれは死にかけているんだよ。もう先は長くない。すぐに神さまに会うことになるんだ」

「あら」アヴリルは冷たく言った。「あなたは死にかけてなんていないと思いますよ。もうウイスキーはたくさんだと体が言っているだけです」

「いや、おれはもうすぐ死ぬんだ」エイキン・スチュアートは憐れっぽく訴えた。

アヴリルはぐるりと目を回した。「死ぬわけにはいきませんよ、領主さま。だれがあなたの領民の面倒を見るんです？」

「ふん」エイキンはさもいやそうに手を振った。「もううんざりだ。召使いたちも兵士たちも、あれがほしいこれをよこせと要求ばかりしやがる。残り少ない日々をやつらに振りまわされるのはごめんだ」彼は首を振った。「ケイドがやればいい。あいつは次期領主だ。責務を引き継がせる」

「それをうかがってうれしいですよ」いきなりケイドの声がした。「無理にでも退位していただくつもりでしたから」

アヴリルがくるりと振り向くと、戸口に夫が立っていた。ウィルとエイダンとガウェインを従えている。いくぶん青い顔をして、戸枠にもたれてはいるが、床を離れてプレードなど一式を身につけていた。アヴリルはむき出しの膝とふくらはぎに思わず見とれた。

「本気ですね？」とききながら、ケイドはゆっくりと部屋にはいってきた。「領主の座を譲る心づもりはできているんですね？」

アヴリルは彼が肩をこわばらせているのに気づいた。背中と脇腹がまだ痛むのだろう。少なくともまだ数日はベッドのなかにいてほしかったが、結婚後のケイドは非常に手のかかる患者で、なかなか言うことを聞いてくれなかった。今朝は起きて服を着るという彼に手を焼いて、しかたなく好きにさせたのだった。

「ああ。領主の座と責務はおまえに譲る。まあがんばれよ」エイキン・スチュアートは陰気に言った。「おれはもうたくさんだ」

ケイドはしばし父を見たあと、肩越しにガウェインとウィルとエイダンを見た。「聞いたな。父は退位した。今からおれが領主だ」

彼らがおごそかにうなずくと、ケイドは父に向き直ってきびしく言った。「もう取り消しはできませんよ」

「わかっている」彼の父は弱々しく言うと、室内便器を置いて、ため息をつきながらまたベッドに横たわった。「おれが死ぬまえに、おまえがここを離れていたあいだのことを話しにきてくれ」

アヴリルは彼の芝居がかった態度をおもしろがって首を振り、戸口にいる三人の脇をすり抜けた。そして、ケイドが父と兄には近づくなと命令したのに、父の部屋で彼女を見つけたことを思い出されるまえに、こっそり部屋から出た。

ドアを閉めていると、死人のように暗い顔でマグを持ったモラグが、廊下を歩いてきた。

アヴリルは眉をひそめ、彼女の行く手をさえぎった。「ブロディのところに持っていくの？」

「はい」侍女は暗い声で答えた。「あいつは廊下をうろうろしていたラディをつかまえて打ち、リリーにウイスキーを持ってこさせろと言ったんです。それであたしが持っていくことにしたんです」

アヴリルはその知らせにため息をついた。ラディがうろうろしていたのは、アヴリルが現れるのを待っていたからだろう。食料をしまいおえて厨房が片づくと、ラディは奥方さまを守るという自分の仕事を、ひどく真剣に考えるようになった。アヴリルはエイキンとブロディに朝のウイスキーを作り、夜明けに彼らの部屋にしのびこんでベッドのそばのテーブルに置くために、毎朝早く起きなければならなかった。ラディがさがしにくるころには、アヴリルはたいてい起きていて、階下の架台式テーブルについていた。だが、今朝はベッドから出ることをめぐってケイドと言い合いをしていて遅くなってしまったため、少年はそのとばっちりを受けたのだ。

「ウイスキーはわたしが持っていくわ」アヴリルは静かに言った。

「だめです、奥さま。あいつは――」

「いいから」彼女はきっぱりと言った。薬を入れていないウイスキーをあの男に与えたくなかった。薬入りの酒を飲むことで現れていた効果が台なしになるかもしれない。今朝ケイドの父が酒から顔をそむけたことで、ブロディもうすぐ酒をやめてくれるだろうとアヴリルは期待していた。

モラグは顔をしかめたものの、ウイスキーをよこした。女主人からの直接の命令にはそむけないのだ。

場をなごませようとして、アヴリルは言った。「スチュアートの領主さまがわたしの夫に地位を譲ったと、みんなに伝えていいわよ。これからはここも変わるわ」

「神さま、ありがとうございます」モラグはつぶやき、いつもはいかめしい唇にほんの一瞬笑みが浮かんだ。「では、すぐにリリーとほかの者たちに知らせにいかないと」

アヴリルは侍女が階段をおりて見えなくなるまで待ってから、スカートに吊るした小袋から薬液の小びんを取り出した。こういうときのために、いつも身につけるようにしているのだ。しかし、ウイスキーに薬液を入れるとびんは空になり、アヴリルは顔をしかめた。モルターニュを出るときにこの小びんは三つ持ってきた。それだけあれば充分だと思ったのだ。だが、この薬入りウイスキーが効かなかったら、今日にも追加分を作らなければならない。ほかにもやることがたくさんあるのに、また仕事が増えてしまったことに首を振りながら、アヴリルは空になった小びんを袋に戻し、ブロディの部屋に向かった。

ブロディはベッドサイドに座ってみじめに頭をたれていたが、アヴリルが部屋にはいってくると頭を上げた。彼を見て、一瞬罪悪感を覚えた。五日間薬入りのウイスキーを飲んでいるブロディは、父親よりももっとひどい状態に見えた。体重が落ちて震えているのに、飢えた人が食べ物を求めるように、まだ手を出してウイスキーを求めた。

アヴリルは彼につかまれるほど近づきすぎないように注意しながら、黙ってそれをわたした。背を向けてドアに戻ろうとしたとたん、前方の戸口に夫がいるのを見て立ち止まる。

「あ、あなた」彼女はおどおどと言った。「わ、わたしは、た、ただ――」

「こっちに来い」ケイドはぶっきらぼうに口をはさんだ。

アヴリルはためらったが、急いで夫のもとに行った。彼のまえで足を止めた瞬間、腕をつかまれて部屋から引きずり出された。ドアを閉めもせずに廊下を歩かされ、自分たちの部屋に入れられる。

アヴリルは不安な気持ちで唇をかみながら、夫と向き合った。彼の父と弟に近づくなという命令にそむいたせいでしかられるのだと覚悟していた。だが、驚いたことにケイドは「あれに何を入れた？」ときいてきた。

廊下でのことを見られていたにちがいないと気づき、アヴリルはぎょっとして目をみはった。

唇をなめて、つかえながら答える。「わ、わた、わたしは――」

「そんな話し方をしたっておれを懐柔することはできないぞ」ケイドのきびしい口調に、アヴリルはびっくりしてぽかんと彼を見た。

「わ、わ、わたしは、べ、別に――」

「アヴリル」彼はぴしゃりと言った。

彼女はため息をつき、不安そうに白状した。「気分がわ、悪くなって、お、お酒が飲みたくな、なくなる薬を入れたの」

ケイドは信じられないというように目をまるくした。「父たちの気分を悪くさせたのはきみなのか？　ウイスキーではなく？」

「そうよ」アヴリルは恥じ入りながら認め、夫の怒りが爆発するのを待った。たしかに爆発はしたが、それは怒りによるものではなく、笑いの爆発だった。

「なんて賢い小悪魔だ」笑いが治まると、ケイドは賞賛をこめて言った。

アヴリルはけげんそうに彼を見た。「怒ってないの？」

「ああ。とても感謝しているよ。ガウェインはもう何日も飲んでいないし、本来の姿を取り戻しつつある。それに、親父についてはずっとことが運びやすくなった。もうすぐ死ぬと思いこんで、酔って議論をふっかけることもなく、あっさり領主の座を譲ってくれた」ケイドはそう指摘し、さらに言った。「親父はきみの置いていったウイスキーをまだ飲んでいなかったよ。おれが部屋にいるあいだはね。命令を無視したきみにおしおきをしようと部屋を出たら、きみがブロディのウイスキーに薬を入れていた」

アヴリルは顔をしかめながらも警告した。「ガウェインはあなたが帰ってきたことを知っていたら、ひとりでもお酒をやめていたでしょうね。彼は大量に飲んでいたわけでも、お父さまやブロディと同じ理由で飲んでいたわけでもないみたい。お父さまとブロディについて言えば、お父さまはまた足を踏みはずして、わたしが置いていったウイスキーを飲むかもしれないし、ブロディはウイスキーから離れられずにまだほしがっている」

ケイドは肩をすくめた。「飲みたければ飲むだろう。だが飲むたびに気分が悪くなれば、そのうちにやめるはずだ」

「ええ、でも、薬液を使いきってしまって、作るのに必要な薬草がこのあたりで見つかるかどうかわからないの」アヴリルは残念そうに打ち明けた。

ケイドはそれを聞いて眉をひそめた。「薬草はどういうところに生えるんだ?」

「湿気のあるところよ」

彼はその問題について考え、やがてうなずいた。「川のそばならあるかもしれない。今日の午後馬で行ってみよう」

「だめよ」アヴリルはすぐにそう言うと、反論されるだろうと身がまえた。今朝は床を離れることをめぐる口論で彼に負けたが、今度は負けるわけにはいかなかった。「あなたは中庭から出てはいけないわ。ウィルと兄の兵士をふたりばかり連れていきます。あなたにまたけがをさせるわけにはいかないもの。ようやくけががよくなってきたばかりなのよ」

ケイドは肩をすくめて心配をやりすごした。「大丈夫だよ。おれたちも兵士を連れていけば」

「それなら兵士を連れてあなたが行けば」彼女はむっとして言った。「わたしはまたあんな目にあうのはごめんだわ。どうしても行くと言うなら、自分で薬草を見つけるのね」

彼は眉をひそめた。「でもおれはどれが薬草だかわからない」

「それならあなたはここにいて。わたしが男衆たちとさがしにいくから」アヴリルは交換条件をつきつけた。

むっとして彼女をにらむ顔には賞賛の色も浮かんでいた。「きみは狡猾《こうかつ》になったな」

「そうよ」アヴリルは自分の勝ちだと知って微笑んだ。

ケイドは首を振ったが、やがて言った。「いいだろう。おれはここに残る。いずれにせよ、正式に領主となった今は、やるべきことがたくさんあるからな。だが、ウィルのそばを離れないようにして、警備の目の届かないところには行くなよ」

「はい、あなた」アヴリルはすかさず言って、従順でかわいらしい笑みを向けた。

ケイドは口元をゆがめ、首を振った。「ウィルからきみの話は山ほど聞いたのに、きみがこんなに賢かったとは初耳だ」

「賢くなんかないわ」彼女はすぐに言い返し、母にいつも言われていた忠告を繰り返した。「賢い女は魅力的じゃないもの」

「炎のような髪も魅力的じゃないらしいが、おれにとってはどちらも魅力的だ」ケイドはそう言ってなだめ、ウェストに腕を回して妻を自分の胸に引き寄せようとしたが、負傷した背中の筋肉が苦痛を訴えてひるんだ。

「気をつけなくちゃだめよ」アヴリルはまじめに言い、手を上げて彼の頬をなでた。

「そうだな」ケイドはため息をつき、いらずらっぽく妻に微笑みかけた。「ベッドでの営みはしばらくお預けだな」

「待ちどおしいわ」アヴリルはささやき、つま先立って彼にキスをした。すばやく唇をかすめるだけのキスを。今は最後までできないことをはじめるつもりはなかった。

ドアをノックする音がして、かかとを床におろした。ケイドの腕がウェストから離れる。そっと彼のもとをすり抜けてドアを開けると、ウィルがいた。彼は妹に微笑みかけたあと、彼女の肩越しにケイドを見た。

「きみは戻ってくるのかと、お父上が気にしているぞ」

「わかった」ケイドはそう言って、アヴリルのうしろに立った。「だがそのまえに、きみにたのみがある」

「なんなりと、友よ」ウィルが言った。

「アヴリルの治療用の薬草が底をついたので、川のそばまで出かけなければならない」

「おれがついていくよ」ウィルはすぐに言い、こう付け加えた。「きみはここでやることがいろいろあるだろうから」

「そうなんだ。助かるよ」ケイドはもごもごと言った。その表情を見たアヴリルは、彼が兄のことばを真に受けていないのがわかった。ウィルの顔をよぎった不安と、すかさず同行を申し出たことに気づき、友も自分を外に出すまい、命をねらわれるようなことはさせまいとしているのだと結論づけたのだろう。「念のため、十人は兵士を連れていくべきだな。二十人ならなおいいが――」

「三十人連れていくよ」ウィルはにやりとして言った。「何かやることができれば、やつらもよろこぶだろう」

「さあ」アヴリルは明るく言った。「お父さまのところに話をしにいったほうがいいわ、あなた。わたしたちはすぐに出発して、急いで戻ってくるから」

「そうだな」ケイドはうなるように言い、彼女にキスするためにかがもうとしたが、背中の痛みに襲われ、顔をしかめた。

アヴリルはすばやく背伸びをしてまた彼と唇を触れ合わせ、ささやいた。「今日は無理をしちゃだめよ。命令するだけにして、力仕事はほかの人たちにやってもらって。疲れたら休んでね。恥なんかじゃないわ、まだひどい傷が治っていないんだから」

「ああ、わかったよ」ケイドはつぶやき、彼女をそっとウィルのほうに押し出した。「さあ、行ってくれ。そうすればおれも城の立て直しに取りかかれる」

アヴリルはうなずき、兄の脇をすり抜けて廊下に出ると、階段に向かった。ウィルがそれにつづく。

「十人は兵士を連れていくんだぞ、ウィル」ケイドが声をかけた。「いや、二十人だ。彼女から目を離すなよ。狡猾な女だからな」

「わかった」とウィルが応え、兄妹は階段をおりはじめた。「狡猾だって？　どこからそんなことばが出てきたんだ？」

「さあ」アヴリルは兄にかわいらしく微笑みかけた。

ウィルは首を振った。階下に着くと、彼は言った。「おまえが朝食をとっているあいだに、兵士たちの手配をしてくる」

「もう朝食をすませたの？」アヴリルはぼんやり尋ねながら、厨房のドアからラディの頭がのぞいていることに気づいた。見つかったとわかると、彼は厨房のなかに向かって女たちに何か言い、ドアをすり抜けて彼女に近づいてきた。わたしの小さな番犬さんね、とアヴリルは愉快な気分で思った。おそらくラディは、廊下をうろついて不機嫌なブロディのえじきになるより、ここから主人を見張るほうが安全だと思ったのだろう。

「ああ。ずいぶんまえから起きていたんでね」ウィルが言って、彼女の注意を引き戻した。

「おまえとケイドは遅くまで起きてこなかったな。傷のせいで苦しんでいたのかい？」

「いいえ。少なくとも、彼は文句を言わなかったけど、ふたりともなかなか眠れなかったの。わたしは寝返りを打って彼に当たってしまったらと思うと気が気じゃなかったし、彼はおそらくそれ以外のあらゆることを思い悩んでいて」

「ああ。彼には悩むことがたくさんあるからな」ウィルはまじめな顔で言うと、彼女をテーブルにつかせた。「だが、彼の父親が領主の座からおりてくれて、悩み事がひとつ減った」

「おかげで考えることが百も増えたわ」アヴリルは皮肉った。

「心配事が百増えても、スチュアートを治める権利をめぐって実の父親と戦うことに比べたら、たいした重荷ではないよ」ウィルがさとした。

アヴリルはうなずいた。ケイドが心配していたのは父との戦いに敗れることではなく、父と戦わなければならないことだとわかっていた。ときには必要なことだとしても、近親者に武器を向けるのはつらいことだ。幸い、ここではその必要はなかったが。

「おはよう、坊主」テーブルにやってきたラディに、ウィルが声をかけた。「レディ・アヴリルが朝食をとるあいだ、そばにいてくれるか？」

「はい。奥方さまがおりてこられたと女たちに言っときました」ラディはもったいぶって言った。「リリーが何か持ってきます」

「いい子だ」ウィルは少年を褒め、席についたアヴリルのほうを見て言った。「急がなくていいぞ。こっちの準備にはしばらくかかるから」

ウィルが出ていき、ラディがベンチのアヴリルの横によじのぼった。明るく微笑みかけて朝のあいさつをする少年は、目に新しいあざを作っているにもかかわらずうれしそうだった。ブロディはこの子をひどく殴ったのだわ、と思ってアヴリルは悲しくなったが、無理に笑みを浮かべて言った。「今朝はとても元気そうね、ラディ。どうしてそんなににこにこしているの？」

「そのうちわかるよ」彼は自信たっぷりに言ったあと、説明した。「驚くことがあるんだ」

「驚くこと？」彼女は興味を惹かれてきき返した。厨房のほうを見ると、ドアが開いて、リリーを先頭にモラグとアニーとベスが出てきた。リリーは唇をかんで、なにやら興奮に顔を赤くしながら進んできたが、ほかの三人ははっきりと期待の笑みを浮かべている。いつもは気むずかしい顔をしたモラグまでが。

「朝食をお持ちしました、奥さま」リリーはうれしそうに頰を染めながら、アヴリルのまえに盆を置いた。

アヴリルは出されたものを見おろし、いつも朝に出るリンゴ酒のほかに、薄い層になったパスティがあるのを見て目をまるくした。リリーに目を戻す。「あなたがこれを作ったの？」

リリーは興奮を抑えきれない様子でうなずいた。

「食べてみてよ」ラディがせかした。「口のなかでとろけるから。あんまりおいしくて、アニーなんか泣いてたよ。ぼくたちに全部食べられないように、リリーが苦労してとっておいたんだ」

「そうなの？」アヴリルはおもしろがってきき返し、まだ温かい菓子をひとつ取った。

「うん。食べればわかるよ。男たちがこれを知ったらすぐにガツガツ全部食べちゃうだろうな。だからまだあるうちに食べておいたほうがいいよ」

アヴリルはその訴えに微笑み、繊細な焼き菓子をひと口食べた。すると、驚きに目がまるくなるのがわかった。パスティはまさに口のなかでとけ、閉じこめられていた果物の風味が広がる。そのおいしさにため息をつきながらゆっくりと食べ、のみこむと、リリーに尊敬のまなざしを向けた。

「ほんとうに上手にパスティを作るのね、リリー。文句なしに、これまで食べたなかでいちばんおいしいわ。きっとお母さまから料理の才能を受け継いだのね、だってこんなにおいしいんだもの。ドノカイの悪魔のおばさまでも、こんなにおいしく作れないわ。彼女はパスティ作りの名人として有名なのよ」

「ほんとですか？」リリーは叫ぶようにして言った。その顔は褒められたことによる畏《おそ》れとよろこびに輝いている。悲しげで陰気で顔色の悪いリリーしか見たことがなかったアヴリルは、彼女がとてもきれいなことを初めて知った。

「ええ、ほんとうよ」アヴリルは保証した。

「ありがとうございます、奥さま」リリーは安堵とよろこびににっこりしたあと、尋ねた。

「もっと作ったほうがいいですか？」

「ええ、もちろんよ」アヴリルは請け合った。「ラディの言うとおりだと思うもの。男性たちにこれを出したら一気になくなっちゃうわ」

リリーは晴れやかに微笑んでうなずくと、膝を曲げておじぎをし、急いで厨房に戻っていった。すぐに作業をはじめたくてうずうずしているようだ。

「ありがとうございます、奥さま」ばたばたと去っていく娘をやさしい笑顔で見送りながら、モラグが言った。娘が厨房に消えてしまうと、アヴリルに向き直って付け加えた。「あなたに褒めていただいて、あの子はどれだけ幸せか」

「ほんとうのことを言っただけよ」アヴリルは言った。「あなたたち親子はとても料理が上手ね、モラグ。厨房はあなたたちにまかせたいわ。エイダンにまえのコックをさがしてもらって連れ戻してもらうよりも。あなたたちがそれでよければだけど？」

「ほんとうですか？」モラグはびっくりしてきき返した。

「ええ」アヴリルはまじめに言った。

モラグはにっこりとしかけたが、真顔になって大広間を見わたした。まえの日にウィルの兵士たちがイグサを運び出したので、悪臭はましになっているものの、床にこびりついた汚れがよけいに目立つ。

「もちろんそうさせてもらいたいですよ」モラグは小さなため息をついて言った。「リリーもそうに決まってます。でも今はコックより侍女のほうが必要なんじゃないですか、奥さま」

ベスが進み出てアヴリルの横に座り、提案した。「村まで行って、今はだんなさまがここの領主さまだと知らせれば、使用人たちはよろこんで戻ってくるかもしれませんよ」

アヴリルはその提案に眉を上げ、驚いて尋ねた。「みんな村にいるってこと？」

「いいえ。でもアニーの話だと、宿屋の主人のところには、スチュアートを出ていった人たちの情報が集まるそうです。宿屋の息子が知らせを広めてくれますよ」

「でも、みんな戻ってくるかしら？」アヴリルは真剣にきいた。

「戻ってきますとも」ラディの横にそろそろと腰をおろしながら、アニーがすかさず言った。「みんなスチュアートの人間ですからね。スチュアートにいるほうがいいに決まってます。でもあのコックはちがう」彼女は顔をしかめて言った。「あの男はフランス人で、とにかく鼻持ちならないやつだった。メリーさまやお母上がおられるところでは、にこやかにため息なんかついてるくせに、いなくなったとたん、ご家族への嫌みや悪口ばかりでさ」

「わかったわ。ウィルといっしょに出かけるとき、村に寄ることにしましょう」アヴリルは決めた。

「奥方さまの兄さんはぼくたちをどこに連れていくの？」ラディがさっそくきいた。アヴリルは少年の意を決した表情を見て微笑んだ。

「ある薬草を切らしてしまったから、それが生えている場所にわたしを連れていくために、兵士を集めてくれているの」ラディが顔をしかめたので、アヴリルは急いで言い直した。

「つまり、ウィルも薬草さがしにつきあってくれるってこと」

するとで彼は表情をやわらげ、まじめくさってうなずいた。「薬草をためておくのはいいことだね。領主さまがあんなふうにしょっちゅうけがしてたんじゃ」

「そうね」アヴリルはそっけなく言った。

「男衆は何人連れていくんですか？」考えこんでいる様子のアニーが尋ねた。

「三十人連れていくと言っていたと思うけど」アヴリルはそう答えたあと、尋ねた。「どうしてそんなことをきくの、アニー？」

「いやね、奥さま、三十人っていやかなりの人数ですよ。それだけいれば、あっという間に新しいイグサを刈り集めて、持って帰れるんじゃないかと思いましてね」アニーは指摘した。

「ああ、男たちにそうさせることが奥さまにできればね」モラグが皮肉っぽく言った。「汚れたイグサを集めるにもあれだけ文句をたれたんだから、取り替え用の新しいイグサをよろこんで集めるとは思えませんけどねえ」

「それに、新しいイグサを入れるまえに、床をきれいにしないといけないし」ベスが言った。

「あたしら三人でできるだろ」とアニーが言うと、ほかのふたりはぎょっとして声をあげた。アニーは肩をすくめた。「ちょっとばかり重労働したってどうってことないだろ。あたしらだけで仕事をはじめておくんだ。奥さまが宿屋に寄って主人に話せば、話が広まって、昼までには手伝いが来てるさ」

ほかのふたりは文句を言いながらも同意した。

「で？」アニーがきいた。「そのへんに突っ立ってえらそうにしてるあいだ、男衆はイグサを集めてくれますかね？」

「ええ」アヴリルは請け合ったが、それ以上のことをするつもりだった。連れていく兵士が三十人だけなら、残りの多くが午後じゅう何もせずに中庭にひしめいていることになる。乾いて床にこびりついた汚れを、彼らにかき取らせても悪いことはないだろう。そうすれば女たちはそのあと石の床にモップをかけるだけですむ。ウィルに話そうと決めた。やがて、女たちは立ちあがって厨房に戻っていき、アヴリルとラディだけが残された。

少年のほうをうかがうと、彼女のまえにあるパスティをじっと見ていた。アヴリルは微笑んで自分のためにひとつ取り、盆を少年のほうに押しやった。「ほら、食べなさい。歩きまわってイグサを刈ったり集めたりするんだから、力が必要になるわよ」

「ぼくが？」彼は驚いてきいた。

「ええ、そうよ。わたしたちが進んでやらないかぎり、男たちにやらせることはできないでしょ？」アヴリルはもっともらしく言った。

少年はそれについて考えてから尋ねた。「じゃあ、戻ってきたら、大広間の泥落としも手伝わなきゃいけないの？」

アヴリルは顔をしかめた。大仕事なので、自分たちが戻っても、兵士と侍女たちはまだ作業中だろう。つまり、当然手伝うことになる。でもまあ、一度はじめてしまえば、すぐに終わるだろう。これから気の進まない仕事をしなければならないとき、母がよく言っていたように。

ウィルはすばやく連れていく兵士の手配をした。アヴリルがラディを連れて階段の上で待っているのを見ると、彼は微笑んで中庭を歩いてきた。馬二頭とポニー一頭、それに三十人の騎馬兵を従えている。だが、大広間の床掃除に兵士たちの手伝いがいると言われると、笑みは消えた。

「アヴィー」彼はうめいた。

「わかってるわよ」アヴリルは同情するように言った。「でもやらなきゃならないことなの。今は使用人の数が全然足りないのよ。もし手伝ってくれるなら――」

「わかった」ウィルは話をさえぎって、アヴリルを鞍の上に投げあげると、暗い声で言った。「隊長と話してみるよ」

「ありがとう」とつぶやいて、アヴリルは兄を見送った。

ラディはと見ると、不安そうに雌馬の横に立って、ウィルが彼のために連れてきたポニーを、あこがれと恐怖の入り交じった目つきで見つめていた。その表情を見て、馬に乗ったことがないのかもしれないと思い、アヴリルは唇をかんだ。中庭を歩きまわる以外、城の外にも出たことがないのだろう。ブロディの息子――認知されているにしろいないにしろ――でありながら、アヴリルたちが到着するまでは、侍女の息子のように扱われていたのだから。

ウィルが何を考えていたのかはわからないが、この川への短い旅は、少年に乗馬を教えるいい機会だと思ったのかもしれない。あるいは、自分はラディの年齢のころには馬に乗れていたので、何も考えずにこの子も乗れるだろうと思ったのか。だが、こんなに怖がっているのだから、ひとりで馬に乗せないほうがいいだろう。

「いらっしゃい」アヴリルは彼に向かってさっと手を差し伸べた。

ラディはまんまるな目で彼女を見あげた。「奥方さまといっしょに乗るの?」

「そうよ、わたしのそばにいるようにと言われたでしょ」彼女は落ちつき払って答えた。

「うん」彼はほっとしたようだが、ポニーのほうをもう一度見てから彼女の手を取った。

ラディは見かけより重かった。アヴリルが彼を持ちあげるのに少し手こずると、何人かの兵士たちが馬からおりて、すぐに手伝いに寄ってきた。

「ありがとう」彼らの手でラディが鞍のアヴリルのまえに収まると、彼女は笑って言った。

「どういたしまして、奥方さま」

「いつでもどうぞ、奥方さま」

「お力になれて幸いです、奥方さま」

兵士たちがみんなアヴリルににっこりと微笑みかけ、おじぎをして去っていくと、彼女は目をぱちくりさせた。アヴリルとともに育った彼らは、これまで自分たちの領主の娘である彼女に、とくに関心を示すわけでもなかった。目を輝かせて彼女を見ることも、さっきのように満面の笑みを見せることも、手を貸すためにいそいそと駆けつけることもなかった。妙なこともあるものだ。アヴリルは彼らの態度にとまどって小さく首を振りながら、ラディが安全に鞍に収まっていることを確認しようと注意を向けた。

「ちゃんと乗れた？」と尋ねると、手伝ってくれた男たちを少年がにらんでいたので驚いた。

「どうかしたの？」

「あいつら、あんなふうに奥方さまを見ちゃいけないんだ」ラディは怖い声で言った。「あなたは領主さまの奥方なんだから」

「あんなふうにって、どんなふうに？」彼女は驚いてきいた。

「あなたとまぐわいたがってるみたいに」

アヴリルはその言い方にびっくりし、息が止まりそうになったが、すぐに噴き出した。

「そんなことないわよ」彼女は否定した。そして少年のほうに身をかがめて、眉をひそめながら尋ねた。「だれがあなたにそんなことばを教えたの？」

「〝まぐわう〟なんてことば、みんな使ってるよ」ラディは肩をすくめたあと、白状した。

「まぐわうっていうのがどういうことか詳しくは知らないけど、男が好きな女の人にすることでしょ」

「そうだけど……」アヴリルは咳払いをして言った。「女性のまえでそういうことばを使うのは騎士道に反するわ」

「そっか」彼は顔をしかめた。「でも、女の人が使うぶんにはかまわないんだよね？」

「女性がそんなことばを使ってたの？」アヴリルはびっくりしてきいた。わたしがそんなことばを使ったら、母に水風呂に入れられていただろう。

「アニーとモラグは使ってるよ。ついこのあいだ、アニーが言ってた。テーブルにエールを持っていったら、ウィルさまとエイダンが笑いながら話してたんだって。奥方とまぐわおうとするたびに、だれかに矢を射られたりなんだりしてたら、ケイドさまもたまらないなって」

もう、なんて男たちなのかしら！　アヴリルは目を閉じてため息をついた。

「それに、兵士たちはしょっちゅう〝まぐわう〟ってことばを使ってるよ。あなたとまぐわうことのできるケイドさまはなんて幸運なんだろうって、いつも言ってる」少年は眉をひそめてからつづけた。「ケイドさまがあなたとまぐわえずにいるってこと、あいつらは知らないんだね」

「兵士たちはわたしの夫が幸運だと思ってるの？」アヴリルは驚いてきいた。自分と結婚したケイドを、兵士たちは気の毒がっているのではないかと思っていた。これまで何人もの男に拒絶されてきたことを、彼らは知っているのだから。それに、目が見えない者はいないので、わたしがいかに地味で魅力がないかは、みんなちゃんとわかっているはずだ。

「そうだよ」ラディはまじめくさってうなずいた。「矢を受けたケイドさまをあなたが連れて帰ってからね。びしょ濡れになって、裸同然で、敵を征服した女王みたいに、馬のケイドさまのうしろに乗ってきたあなたは、それは見事だったって」少年はため息をついた。「ぼくも見たかったなあ」

「あなたが見てなくてよかったわ」アヴリルは問題の日のことを思い出して赤くなった。あのときは、ケイドを寝かせて手当てすることのほうが、自分の見てくれよりも大事だったのだ。ケイドを部屋に運びこむ男たちのあとを追っていると、ベスが走り寄ってきて、体に毛皮をかけてくれた。そのときまで、濡れて透けたシュミーズが体に貼りついていることには気づきもしなかった。

そのときは深く考えなかった。経験上、男たちは自分をウィルの小さな妹、あるいはモルターニュ卿の醜い娘としか見ていないと思っていたからだ。そのため、ラディの話はひどく驚かされるものだった。これまで彼女に魅力を感じる人などひとりもいなかった。ケイドだって、好意を寄せているようにふるまっているが、本心ではないと思っていた。彼が親切にしてくれるのは、看病をしてもらううちに親しみを覚えるようになったからであり、友だちの妹だからだ。きっとそれがわたしと結婚した理由なのよね？　それと持参金のためよ。ずっとそう思っていたが、こうなると、よく考えてみる必要がありそうだ。

15

「あらあら」アヴリルは驚いて言った。彼女ににこやかに微笑みかけながら、兵士たちが元気いっぱいにイグサを刈りはじめたからだ。「見て。全然いやがってないわ」

ウィルはそれを聞いて鼻を鳴らした。「おれが仕事の内容を伝えていたら、あんなふうに笑顔で仕事に精を出しはしないだろうな」

「あら、するわよ」アヴリルはつぶやくと、向きを変えてやわらかい地面を進みながら、必要な植物をさがしはじめた。ウィルは村に寄って宿屋の主人とその妻に話をすることを承諾してくれたし、もし兵士たちがいやだと言わなければ、イグサをさがして集める作業をさせてもいいと言ってくれた。だが、自分で命じることは拒否し、それは彼女の役目だと言い張ったのだった。

ウィルが兵士たちを呼び寄せると、アヴリルはいささか緊張し、モルターニュの兵士たちが相手だと出ない吃音が何度か出たが、彼らがそろって手伝うことに同意すると、ほっとすると同時に驚いた。これが自分ではなくウィルで、命令ではなくお願いだったとしても、兵士たちがいやと言うはずはないという気がした。それどころか、彼らはみんな死ぬほど退屈していたので、退屈をまぎらわすためならほとんどなんでもしたのではないかと思ったほどだ。ありがたいことだった。スチュアート再建のためにしなければならないことが、これでまたひとつリストから消せたからだ。この調子なら城はすぐに見栄えよくなるだろう。召使いたちが戻ってきても、こなくても。

見覚えのある葉が目にはいり、アヴリルは立ち止まって腰をかがめた。目当ての葉をよく見ようと、ほかの植物の枝をかき分ける。そこに背後を歩いていた兵士が止まりきれずにぶつかってきて、まえに押し出され、バランスをくずしかけた。アヴリルは濡れた草地に片手をついたが、彼女を支えようとした兵士にお尻をつかまれ、ぎょっとして体をこわばらせた。相手がなかなか手を離してくれないので、目をまるくして頭をめぐらせ、背後にいる護衛の兵士を見た。自分たちの体勢に気づくと、彼自身もいくぶんぎょっとして目をまるくし、やけどをしたかのように手を離してあとずさった。

「申し訳ありません、奥方さま」彼はもごもごと言ったが、空中に突き出されたアヴリルのお尻から目を離せずにいるのはいやでもわかった。

一連の出来事にすっかりまごついたアヴリルは、急いで体を起こすと、あわててそばにやってきたラディになんとか微笑みかけた。彼は小さくて凶暴な犬のように、不運な兵士をにらんでいた。

「そんなにぴったりとそばについている必要はないぞ、ダギー」用を足すために姿を消していたウィルが、木立から戻ってきて、冷ややかに言った。

「はい、閣下」兵士は急いでそう言うと、何歩かさがった。

ウィルはうなずき、アヴリルを見て尋ねた。「何も問題はないか?」

「ええ」彼女はうなずき、背を向けてよく見ようとしていた植物のそばにしゃがんだ。

「それが目当ての草?」ウィルもそばにしゃがんできいた。

「ええ」アヴリルは答え、急いでナイフを出して植物を茎から切った。

「それで足りるのか?」彼女が体を起こすと、ウィルがきいた。

アヴリルは苦笑いをして首を振った。「薬液を小びん一本ぶん作るのに、これが何束か必要なの」

「小びん何本ぶんの薬を作るつもりなんだ?」彼は眉をひそめて尋ねた。

アヴリルは少し考えてから言った。「少なくとも二本は」

あとほんの数滴で、ブロディも酒をやめた父親と弟のあとにつづいてくれればいいのだが、あとで悔やむよりは安全策を取っておくべきだろう。

ウィルはうなずき、その植物を受け取って、背後に集まった兵士たちにもさがさせようと、向きを変えてそれを見せた。アヴリルたちを危険から守るために、六人の兵士たちがいた。アヴリルはばかばかしいと思った。だが、三十人についてまわられるより六人のほうがましだ。

それで思い出し、暗い顔つきでイグサを刈っている残りの兵士たちのほうに目をやった。何人かはすでに大量のイグサの茎を集めていた。彼らは刈ったイグサを脇に抱え、動きにくい状態でさらに草を刈りつづけようとしている。それを見たアヴリルは眉をひそめ、荷車を持ってくるべきだったと気づいた。

「ウィル？」

「なんだ？」彼は振り向いて尋ねた。

「イグサを持ち帰るための荷車がないわ」

ウィルはいらいらと舌打ちをし、作業をする男たちのほうに向き直って言った。「ひとり戻って荷車を持ってこい」

アヴリルは目当ての植物をもっとさがそうと、地面に目を戻した。やがて、体を起こして言った。「ラディ、兄のあとを追いかけていって、ほかの人たちにも例の植物に目を光らせておくように言ってもらってちょうだい。大勢でさがせば、早く終わらせて城に帰れるわ」

少年はうなずき、ウィルのあとを追って駆けだした。アヴリルは歩きつづけたが、二歩ほど進んだところで、自分も用を足す必要があることに気づいた。城に戻るまでがまんしようと思ったが、ウィルとラディが戻ってくるころには、待てそうにないということがわかってきた。

ウィルがアヴリルの護衛たちと話をしようと足を止めたので、彼女はため息をつきながら体を起こして兄を手招きした。

「どうした？」ウィルが近づいてきてきいた。

アヴリルはためらったが、赤くなりながらつま先立ちになって兄に身を寄せ、状況を説明した。

「そうか」彼はうなずき、あたりを見まわして兵士たちに合図をすると、彼女の腕を取って木立にはいっていった。すぐにラディがついてこようとしたが、ウィルは肩越しに少年を見て首を振った。「今は護衛につく必要はない。妹はドラゴンを空にする必要があるんだ」

ラディは信じられないというように目をまるくした。「奥方さまはドラゴンを飼ってるの？」

ウィルは笑いだし、あっちに行っていろと手を振った。「すぐに戻るから、そうしたら説明してやろう」

ラディはスピードを落としたものの歩みを止めないので、アヴリルは肩越しに振り返って、少年を安心させるように微笑んだ。「女性の用事よ」

「ふうん」彼は眉をひそめたが、やはり止まらずに言った。「それならどうしてウィルさまもついていくの？」

アヴリルはぐるりと目をまわしてため息をついた。「いいわ。あなたもついてきて」

ふと目を向けると、兵士たちも近づいてこようとしていたので、彼女はぴしゃりと言った。

「あなたたちはいいわ」

彼らはすぐに足を止めたが、従うべきか迷っているかのように、互いに顔を見合わせた。

「護衛はここにふたりいるから充分よ。あなたたちはわたしのためにもっと草をさがしてちょうだい」

兵士たちは顔をしかめたが、それでもうなずいて、地面に目を向けはじめた。だが、アヴリルたちのほうをちらちらと見ながら、じりじりと距離を詰めてきているのは明らかだった。彼女は首を振ってつぶやいた。「戻ったらこのことをケイドに感謝しなくちゃ」

ウィルはくすっと笑っただけで、妹を木立のなかに導き、小道をしばらく進んだ。やがて立ち止まってきいた。「ここならどうだ？」

アヴリルはあたりを見まわしてうなずいた。「いいわ」

「行くぞ、ラディ」ウィルはアヴリルを放して向きを変え、代わりに少年の腕をつかんだ。「アヴィーが落ちついて茂みに水をやれるように、おれたちは離れていよう」

「茂みに水をやる？」ラディは尋ねたあと、うんざりして舌打ちした。「もう、なんでそんな言い方をするの？」

「ご婦人は人前でそういう話をしないんだよ」ウィルはさらりと言った。

「待ってよ！」ラディは不意にかかとに力を入れ、無理やり足を止めた。「ぼくは奥方さまから目を離しちゃいけないことになってるんだ」

「ほう。だがそばにいて見ているわけにはいかないだろう？」ウィルはさりげなく言うと、少年の襟首をつかんで引っぱりながら歩かせた。

少年は「うん」と応じたものの、木の幹につかまってふたたび足を止めた。「でも、奥方さまに助けが必要なとき、どうすればわかる？」

ラディったらしつこい子ね、とアヴリルはいらだたしく思った。ウィルが彼を抱きあげてせまい草地から連れ去り、用が足せるようにしてくれればいいのに。こっちはさしせまっているのだから。

「じゃあ、彼女に歌ってもらおう。いいよな、アヴィー?」ウィルが言った。

「いやよ、歌うなんて」彼女はきっぱりと言った。安全を保つために歌うなんてごめんだ……たとえ彼らを追い払うためであっても。「でもしゃべるならいいわ。それであなたたちが快くここから離れてくれるなら」

「そういうことだ」ウィルはラディを見おろした。「彼女がしゃべっていれば、無事だとわかる」

アヴリルがじりじりと待つなか、ラディはしばらく考えてから、まじめな顔でうなずき、木から手を離した。「うん、それならいいよ」

「よかった」アヴリルは彼らが背の高い木々のあいだを抜けて見えなくなるのを待つのももどかしく、スカートをたくしあげた。実際、これは女にとってなかなか難題なのだ。男だったら、彼らに背を向けてひょいと出すだけでいいのに。だが、女はそうはいかない。スカートとシュミーズをたくしあげて、バランスをくずさないようにしながらしゃがまなければならない。それからやっと――。

「彼女、しゃべってないよ」ラディが茂みの向こうから不安そうに言った。やがて、今にも彼が出てきそうに、茂みが揺れはじめた。

「しゃべるわよ」アヴリルはあわてて声をあげた。小声でぶつぶつ言っていたのは聞こえていなかったのだろう。ため息をつき、今いちばん気にかかっていることを尋ねる。「姿を消したままなかなか戻ってこない部下たちのことだけど、ケイドは何かするつもりなのかしら？」

ケイドがそのことで悩んでいるのをアヴリルは知っていた。その悩みは古い外套《がいとう》のように彼を包んでいた。父親が領主の地位からおりたことで、今ではほかにも目を向けなければならない心配事ができた。だが、いちばん気になっているのはドムナルとイアンとアンガスのことだとアヴリルは知っていた。

「日暮れまでに彼らが現れなかったら、明日の朝、捜索のために騎馬隊を出すそうだ」ウィルが答えた。

「なんですって？」アヴリルは甲高い声をあげた。

「だから――」ウィルはまた説明しようとしたが、彼女に止められた。

「聞こえてるわよ」彼女は暗い声でつぶやき、どうして夫はそのことを話してくれなかったのだろうと思った。どうして男は男同士だとなんの問題もなく話せるくせに、妻が相手だとそれができないのだろう？　モルターニュでも、いろいろなことを最後に知らされるのはいつも母だった。

「またしゃべるのをやめてるよ」

「もう、かんべんしてちょうだい」アヴリルはいらいらと言い返した。こんなふうに騒がれたりじゃまされたりしていては、出るものも出なくなってしまう。体がこの状況を受け入れたくないらしい。頭にきて舌打ちしながら言った。「わたしはほんの一瞬の時間ももらえないの？　落ちついて……」

「茂みに水をやるための？」ウィルが先をつづけた。その言いまわしを使うのは彼女の美意識に反するから、ことばを切ったのだろうと察したらしい。だがアヴリルが口をつぐんだのは、横のほうから衣擦れの音が聞こえたからだった。少し離れた場所だが、ウサギなどの森の生き物が跳ねる音にしては大きすぎる。

「ドラゴンを空にする必要があるって言ったけど、それってどういう意味？　奥方さまはドラゴンなんて飼ってないでしょ？」ラディが藪《やぶ》から棒にきいた。

「ああ、もちろん飼ってないよ。茂みに水をやるという意味の、別の言い方さ」ウィルが答えた。

「そっか」ラディは言った。そして、少ししてから指摘した。「彼女、またしゃべってないよ」

「アヴィー？」ウィルが声をかけた。

「なあに？」アヴリルは生返事をした。神経質に森に目を配りながら。うめき声が聞こえたような気がして、衣擦れの音が近づいているのを確信した。用を足すのは城に戻るまでがまんしなければならないだろうと判断し、たくしあげたスカートとシュミーズをおろして、立ちあがりかけた。「ウィル、ちょっと気になるんだけど、だれかが――」

プレードをまとった男が横の茂みから不意に出てきて、アヴリルのことばは悲鳴に変わった。男は頭をめぐらせて彼女を見つけると、片手を差し伸べたあと、彼女の足元にくずおれた。そのときウィルとラディが草地に走りこんできた。

兄と少年は驚いて足を止め、地面に倒れて気を失っている男を見た。先に口を開いたのはラディだった。

「こいつに何をしたの?」ラディはきいた。その質問に、アヴリルはびっくりして彼を見た。

「何も」彼女は言った。ウィルが男のそばにひざまずいて仰向けにする。

「どうしたの?」悪態をついた兄に、アヴリルは尋ねた。「だれだか知ってるの……」男の顔をよく見て、不意にことばがとぎれた。「ドムナル?」

「そうだ」ウィルはつぶやき、プレードを開いてその下に着ている血まみれのシャツを持ちあげ、脇腹の傷をあらわにした。

「ちょっと見せて」アヴリルはすぐにウィルをどかし、傷を調べた。彼女の悲鳴を聞いたモルターニュの兵士たちが、せまい草地になだれこんできたときも、顔を上げなかった。剣を抜いてアヴリルたちを取り囲んだ兵士たちは、状況を理解すると、剣を鞘におさめてつぶやきを交わした。ドムナルとイアンとアンガスは、ケイドが長い昏睡から目覚めるまで、モルターニュに二週間滞在していた。全員ではないにしろ、三人のスコットランド人兵士はイングランド兵士たちによく知られていた。アヴリルはドムナルの名前が何度もつぶやかれるのを耳にしながら傷を調べ、シャツについた古い血のしみと新しい血のしみに目を落とした。

「少しまえに負った傷が開いたのね」彼女は暗い声で告げた。「城に運ばないと」

ウィルはうなずき、彼女の反対側にまわって男を子供のように抱きあげた。アヴリルは心配そうにそれを見守り、森を出て馬をつないだ場所に彼を運ぶ兄についていった。ウィルは自分が馬に乗るあいだドムナルを兵士のひとりに託し、馬上からけが人を受け取った。アヴリルとラディが急いで馬に乗るのを待って、すでに馬に乗っている兵士たちを見わたす。アヴ

「ダギー、ほかの者たちに伝えろ。イグサを集めるのはやめて、イアンとアンガスがいないか、あるいは何か異状はないか森を捜索しろと。おまえも残って彼らを手伝え」

兵士がうなずいて馬からおり、仲間のほうに走りはじめた瞬間、ウィルは馬の向きを変えて襲歩《ギャロップ》で城へと戻りはじめた。アヴリルもすぐにあとを追うべく雌馬を急がせ、鞍から跳ね落ちそうになったラディにあわてて腕を回した。反射的な、ほとんど無意識の行動だった。頭のなかはドムナルのことと、彼を城に連れ帰ったあとでしてやらなければならないことでいっぱいだった……さらにはイアンとアンガスがどこにいるのかということで。

「みんな兄さんに忠誠を誓うよ」ケイドのあとから階段をおりながら、ガウェインが言った。

「そうか」ケイドはつぶやいたが、不意に立ち止まって、大広間でおこなわれていることに目を奪われた。「いったい何事だ？」

「奥方が兵士たちにまた掃除をさせているようだな」エイダンがおもしろがっているように言う。ケイドは部屋にいる大勢の人びとを見わたした。モルターニュの兵士ばかりではなかった。農民のような服装の男女も何人かいっしょに働いていた。

「また？」ガウェインが片方の眉を上げてきき返した。

「ああ、このあいだは汚れたイグサを運び出させたんだ」そう説明したあと、エイダンは満足げにつづけた。「でもうちの兵士たちには仕事をさせていない。奥方は賢明な女性だ。イングランド人兵士にふさわしいことが何かちゃんとわかっていて、スコットランドの戦士に同じことをさせるようなまちがいは犯さない」

ケイドはその意見ににやりとしたが、その笑みを消して言った。「ウィルはおれの友人にして立派な戦士だし、彼の兵士たちは有能だ。侮辱するようなことを彼らの耳に入れるな。おれを守ってここまではるばる来てくれたんだぞ」

「はい、領主殿。おっしゃるとおりで」エイダンはまじめに言い、ため息交じりに付け加えた。「ついからかいたくなってしまうものでね」

「そうだな」とケイドは言い、笑みが浮かんでしまうのを隠さずに、また階段をおりはじめた。アヴリルとウィルが出発して、父親と話をしたあと、ケイドはガウェインとエイダンとともに架台式テーブルで酒を飲みながら、彼が領主になった今まず何をするべきか話し合うつもりだった。だが、大広間の騒がしさとせわしなさから、それもあまりいい考えには思えなかったので、計画を変更して玄関に向かった。「働いている者たちをわずらわせるより、宿屋に酒を飲みにいこう」

エイダンとガウェインが同意のことばをつぶやき、三人が玄関まで来ると、ドアが勢いよく開いて、ひとりのスコットランド人戦士が走りこんできた。だが、ケイドを見ると彼はいきなり立ち止まり、報告した。「レディ・アヴリルとその兄上、それに兵士五名が猛スピードで丘を駆けのぼっていることをお伝えにまいりました。モルターニュ卿はご自分の馬にけが人を乗せている模様です」

彼らが五人しか兵士を連れずに猛スピードでこちらに向かっているという部分を聞くと、ケイドはすぐに行動を開始した。彼らが三十人の兵士を連れて出かけるのを、彼は父の部屋の窓から見ていた。いったいほかの者たちはどうしたのだろう?

ケイドが階段を駆けおりていると、一行が中庭にはいってきた。駆け寄りたかったが、彼らがけが人を連れているなら、早く城にはいって手当てをしようと、彼を素通りするのはわかっていた。そこで、アヴリルが無事か確認しようと目をすがめながら、階段の下で待った。彼女は元気で無事なようなのでほっとした。自分のまえにラディを乗せ、頬は血色がよく、苦しんでいるようには見えない。つぎにウィルを見ると、彼が膝の上に乗せているだらりとした体に目が引き寄せられた。男がプレードをつけているのを見て眉をひそめ、だれだろうと思った。

興味を惹かれながらも、アヴリルとウィルが階段の下にいる彼のまえで止まると、やはりアヴリルの雌馬のところに向かった。手を伸ばして鞍からラディを抱きあげ、下におろしてやる。振り向くとアヴリルが脚を振りあげて馬からおりようとしているところで、あやういところで抱きとめた。

ケイドはもう安全だと彼女の額にすばやくキスした。ウィルのほうを見ると、エイダンとガウェインがすでに対処していて、ふたりで男を抱えて階段をのぼっていた。

「だれだ――」彼は言いかけた。

「ドムナルよ」アヴリルが静かに口をはさみ、一瞬彼の手をにぎって無言の同情を示してから、夫のそばをすり抜けて男たちを追った。

「ドムナルだと？」ケイドは彼女の背中を見つめながら、驚いて繰り返した。

「そうだ」ウィルが彼のそばの地面に飛びおりた。「脇腹に刀傷を負っている。数日前の傷だが、それが開いたらしい。チュニックに古い血と新しい血がついていた」

ケイドは悪態をつきながら歩きはじめた。ウィルも彼にならび、アヴリルがドアを抜けて消えるなか、ふたりは階段を駆けあがった。「彼は何があったのか話したか？」

「いいや。何も話すことはできなかった。アヴィーの足元に倒れて意識を失ったのだと思う」

「思う？　きみはどこにいたんだ？」ケイドは追及した。「彼女から目を離さないはずだったじゃないか」

「おれは茂みの向こう側にいて、妹が用を足すのを待っていたんだ。用を足すあいだもおれに彼女の手をにぎっていてほしくはないだろう？」ウィルは皮肉っぽくきいた。

「奥方さまの無事をたしかめるために、ぼくたち、彼女にしゃべりつづけてもらったんです、領主さま」ラディが急いで説明し、彼らを追って階段を駆けあがりながら、自分がいることを示した。「でも、しゃべっていたと思ったら、悲鳴をあげた。ぼくたちが急いで茂みを回っていったら、この人が倒れてて、奥方さまはびっくりしてました」

ケイドは少年の説明にうなずき、階段をのぼりきったところでドアを引き開けた。急いでなかにはいり、大広間を横切って階上に向かう者たちにつづく。階段をのぼってすぐの広い空き部屋に着くと、男たちがドムナルを寝かせ、アヴリルがさっそくせかせかと動きはじめて、水と包帯に使う麻布と薬種袋を持ってくるよう命じるのを黙って見守った。エイダンとガウェインはてきぱきと彼女の要求に応え、エイダンは廊下に出て、水と麻布を持ってこいとどなった。ガウェインは薬種袋の場所を尋ね、それを取りに衣装箱に走った。ケイドは彼らが出ていくにまかせ、ベッドのそばまで行ってドムナルをのぞきこんだ。

「悪いのか?」ベッドのなかの青い顔をした男を見おろして尋ねる。

「かなりね」アヴリルは傷口を押さえながら慎重に言った。

「助かりそうか?」

アヴリルは作業をしながら唇をかみ、ため息をついて首を振った。「わからないわ。できるだけのことをするつもりだけど……あとは熱が出ないことと、あまり血を失っていないことを祈るしかないわ」

彼女にそれ以上のことができないのはわかっていたので、ケイドはうなずいて黙りこんだ。そこへ薬種袋を持ったガウェインが走りこんできた。ほどなくしてエイダンが水と麻布を持ったベスとリリーを呼び入れた。どちらの女性もベッドの上のけが人をひと目見ると、男たちを部屋から追い出しはじめた。

ケイドは女たちをはねつけることもできたが、そうはしなかった。女たちは自分たちのできることをしているわけだし、男たちがいては彼女たちの気が散るだけだ。彼は「意識が戻ったら呼んでくれ」とだけ言って、ドアに向かった。

部屋を出ると、ウィルとエイダンとガウェインがすでに廊下で待っていた。彼らの顔つきは暗かった。

「何やらきなくさいな」エイダンが重々しく言った。

ケイドはウィルを見た。「あたりは捜索したのか?」

「ここに戻るまえに、兵士たちを捜索にあたらせた。アンガスとイアンがあのあたりにいれば、彼らが見つけるだろう」

ケイドはうなずき、脇におろした両手をにぎりしめた。自分も出かけていってさがしたかった。

「そんなことは考えちゃだめだ」彼の考えていることがわかったらしく、ガウェインがきびしい声で言った。「このまえ遠出したときに負った傷がまだ治っていないんだぞ。モルターニュ卿の兵士たちにまかせておけよ。アンガスとイアンがどこかにいるなら、彼らが見つけてくれるさ」

「そうだよ」ウィルも同調した。「それに、きみが出かけたと聞いたらアヴリルは追いかけるだろう。それをまたおれが追いかけることになるのはごめんだ」

ケイドはそれを聞いてかすかに微笑み、しぶしぶうなずいた。「彼らが森の捜索を終えるまで待つが、見つからなかったら、朝まで待たずに、計画どおり調べる捜索隊をイングランドに向かわせる。出発は今夜だ」

男たちはうなずき、階下に頭を向けた。


ドアの開く音がして、ドムナルのベッドのそばの椅子でうたた寝していたアヴリルは、ふと目を覚ました。しょぼしょぼする目をこすり、体を起こしてベッドからいちばん近いドアを見る。だが閉まったままだったので、眉をひそめた。

視界の端に動きを感じ、廊下に通じる二番目のドアに目をやると、ケイドがそれを閉めたところだった。そのドアは部屋の反対側の奥にあった。この部屋はもともとごくせまいふたつの寝室だったのだが、何年かまえにガウェインとブロディが酔って取っ組み合いをしたため、仕切りの壁が壊されたのだとアヴリルは聞いていた。壁を修繕するのではなく、壁の残りを取り払ってひとつの大きな客用寝室にするよう、メリーは命じたらしい。そのため家のなかでこの部屋にだけ入口がふたつあるのだ。おかげで先ほどはとても便利だった。意識のないドムナルを慎重に部屋に運びこむ男たちで、ひとつのドアがふさがっているあいだ、アヴリルはもうひとつのドアに急いで先に部屋にはいり、ベッドの準備に取りかかることができた。

「アヴリル」ケイドはアヴリルのそばで立ち止まり、かがんで額にキスをしたあと、体を起こしてベッドの上の青白い男を見た。

「まだ目覚めないか?」

アヴリルは首を振ってから言った。「さっき廊下でひと騒動あったみたいね。いったい何があったの?」

「ブロディだ」ケイドは暗い声で答えた。「もっとウイスキーを飲みたがってね。体が受け付けるようになってしまったらしい。あのばかが」彼は冷たく付け加えた。

ウイスキーに入れる薬液がもうないことを思い出して、アヴリルは眉をひそめた。「彼になんて言ったの?」

「ウイスキーは切らしていると言い、エイダンに食べ物の盆を運ばせて、明日おれがウイスキーを手に入れる方法を考えると伝えさせた」

「食事はしてた?」アヴリルは興味を惹かれてきいた。

「ああ。エイダンが下げにいったとき、盆は空だった。食べたおかげでずっと具合がよくなったようだとも言っていた。起きて服を着て、どこかにつかまることもなく歩きまわっている。階下《した》には来ないがな」ケイドは付け加えた。「きみがさがしていると言っていた草を、兵士たちが持ち帰ってくれた。朝になったら薬液を少し作ってくれるか? やつに薬を入れない酒を飲ませるわけにはいかないからな」

「ええ。作るわ」アヴリルは請け合った。

すると、ケイドはきびしい声で言った。「薬液でも飲酒をやめさせることができないようなら、おれはあいつに罰を与えなければならない。召使いや兵士たちに暴力をふるうのは許せないからな。あいつは酒を飲むと、自分を抑えられなくなる」

アヴリルは静かにうなずいただけで、こうきいた。「お父さまの様子は？」

「一日酒には手をつけていない……だがまだ一日だ」ケイドは念を押した。「明日にはまた酒をほしがるかもしれない」

「そうね」彼女はため息をつき、彼らは酒の何にそれほど強く惹かれるのだろうと思った。彼らの人生は、まともに立ち向かうより意識を失うまで酒を飲むほうがいいと思うほど、うんざりするものなのだろうか？　人生はつらいものだが、貴族である彼らの人生はたいていの人よりはましだ。一瞬でもいいから彼らと代わりたいと思っている人びとも多いだろう——わずかな報酬のため、あるいは報酬がなくても、文字どおり骨身を削って働いている男女たちなどは。おかしなことに、そういう人びとは、あらゆる点で恵まれているブロディやケイドの父親よりもおそらく幸せなのだ。アヴリルにはまったく理解できなかった。

かたわらでケイドが急に体をこわばらせ、アヴリルは考え事から引き戻された。どうしたのだろうと彼を見て、その視線の先をたどると、ドムナルが目を開けてけげんそうにあたりを見まわしていた。アヴリルはすぐに立ちあがり、ベッドのサイドテーブルからハチミツ酒のはいったマグを取った。何時間もまえに持ってきたもので、もうぬるくなってしまっているだろうが、ドムナルが気にするとは思わなかった。

ハチミツ酒を持ってベッドに向き直ると、ケイドがすぐにベッドを回ってきた。ハチミツ酒を飲ませるのに手を貸そうと、ドムナルの下に腕を差し入れて上体を起こさせる。

アヴリルはありがとうとつぶやき、ドムナルの唇にマグを押し当てた。「飲んで」

男性は抗議したそうな顔をしたが、素直に口を開けて、飲み物が流しこまれるにまかせた。

「ありがとう、お嬢さん」四回飲みこんだあと、スコットランド人はささやき声で言った。

アヴリルは体を起こしてマグをまたテーブルに置き、かがんで彼の額に手を当てた。熱はないようだ。また体を起こして夫にうなずいてみせた。

「話せるか？」すぐにケイドが彼にきいた。

「ああ」ドムナルはため息をついて言った。

「イアンとアンガスはどこだ？」

「死んだ」暗い返事が返ってきた。

アヴリルが夫に目をやると、彼はドムナルから腹にこぶしを食らったように見えた。血の気の引いた顔で、ベッドのかたわらに座りこむ。絶望と喪失感が顔に表れたが、すぐに気を取り直し、暗い声で尋ねた。「なぜだ？」

「きみのおじ上のところを出たあとのことだった。おれたちは言われたとおりきみの衣装箱を取りに寄って……」ドムナルはそこまで言うと、眉をひそめてからつづけた。「衣装箱の中身を知っている者がいたらしい。野宿をしているときに襲われた。目が覚めると脇腹に剣が刺さっていて、目のまえに男が立っていた」

「知っている男か？」ケイドが険しい声で尋ねた。もしドムナルの知っている男だったら、ひどいめにあうことになるだろう。冷酷で恐ろしげな夫を見れば、復讐《ふくしゅう》を果たそうとするのはまちがいないと思われた。ドムナルの答えを聞いて、彼女はほっとしたほどだった。

「いや。だがスコットランド人だった。少なくとも、ブレードを身につけていた」

彼はことばを切り、唇をなめてからつづけた。「イアンとアンガスの叫び声が聞こえ、そのあとおれは気を失った。気づいたのがどれくらいあとだったのかはわからない。明るかったが、翌日だったのかもしれないし、そのつぎの日だったのかもしれない。わかったのは、衣装箱が消えていることと、イアンとアンガスが死んでいること、そしておれもいずれ死ぬだろうということだけだった。だが、できるだけのことはしようと、ふたりを埋葬し、馬でここを目指した」

「馬は残されていたのか？」ケイドが驚いて尋ねた。

「二頭は盗まれたようだが、イアンの馬は残っていた」ドムナルは顔をしかめた。「あいつはへそ曲がりな馬だから、乗ろうとしたやつを振り落として、主人のところに戻ってきたんだ。イアンがそう仕込んだから。おれが目を覚ますと、馬はそばに立って草を食べていた。おれはなんとかやつに乗ってここを目指したが、左の脇腹を痛めていたので、馬を歩かせることしかできなかった」彼はため息をついた。「それでも徒歩で進むよりはましだったが、今朝スチュアートの領地に着いて、おれは落馬した。それで傷が開いてまた血が流れ……これで死ぬんだと思ったとき、話し声が聞こえた。イングランド人の声のようだったから、最初は方角をまちがえてイングランドに戻ってしまったのかと思ったが、レディ・アヴリルの声だと気づいて……」彼は肩をすくめ、その先は話さなかった。

ケイドはため息をついて、ベッドの上でわずかに緊張を解いた。

アヴリルは夫をなぐさめたいと思ったが、なぐさめようがなかった。ケイドがいとこのイアンととても仲がよかったことを彼女は知っていた。ウィルもそうだ。三人は捕虜だったあいだ同じ監房にいたのだと、兄から聞いていた。兄のことを思い出してため息をついた。彼もこのニュースを知りたがるだろう。

「ウィルとエイダンを呼んできましょうか？」彼女は静かに尋ねた。

ケイドがうなずくと、彼女はドムナルのほうを見た。「お腹はすいてます？　何か食べられそうですか？」

「ありがたい」ドムナルはため息をついて言った。「何日も木の実やそのへんで見つけたものしか食べていなくて」

「では食事を持ってきます」アヴリルは静かにそう言って、部屋をあとにした。

大広間に着くと、エイダンとウィルは架台式テーブルで静かに話していた。ドムナルの意識が戻ったことを伝えたところ、ありがたいことに彼らは何もきかずに、自分たちでたしかめようと急いで階上に向かった。情けないことかもしれないが、イアンとアンガスについては知らせたくなかったので、そのことを伝えるのはケイドかドムナルにまかせることにした。

気が動転していたので、厨房に向かうときになって初めて、足元に清潔な新しいイグサがあることに気づいた。立ち止まって大広間を見わたすと、イグサは床全体に敷かれていた。ドムナルが見つかってイグサを集める作業は中断してしまったが、そのまえに必要なだけのイグサを集めてくれていたらしい。驚くべきではないのだろう。大勢の兵士たちが、ことさら精を出して作業したのだから。

これで部屋はずっと見栄えがよくなったが、壁にきちんとしっくいを塗る必要があるだろう。家具も必要だ。タペストリーもきれいにしなければならないし……。

アヴリルの考えはそこではたと止まった。悪臭は消えたし、床はきれいになった。あとのことはもう一日待ってもいいだろう。

向きを変えてまた厨房に向かう。ドアを押し開けると、男女が集まってがやがやと話しているのを目にして、立ち止まった。

「まあ、奥さま！」戸口にアヴリルを見つけたとたん、モラグが走り寄ってきた。「何かご入り用ですか？　夕食をおあがりになります？　夕食の時間はもうとっくにすぎてしまいましたよ。みなさんもう食事をされましたから、奥さまにお盆をお持ちしましょうかと、あたしは領主さまにきいたんですよ。そしたら、階上に持っていく必要はない、奥さまが食事をしたくなったらドムナルのそばには自分がいるから、階下《した》に行かせると仰せでしたけど、奥さまがいらっしゃらないんで、もしかしたらもうお休みになって、領主さまは起こすのがしのびないんだろうと思ってました」

アヴリルはたたみかけるように言われて目をしばたたかせ、なんとか笑みを浮かべた。

「そのことなんだけど、わたしがここに来たのは……」彼女は首を振り、言い直そうとした。

「この人たちはだれなの？」

「さっそく戻ってきた召使いたちです」モラグは笑顔で言い、しゃべっている者たちを見まわした。ベスもそのなかにいたが、だれひとり、ベスでさえもアヴリルの存在に気づいていなかった。

「そう」アヴリルは興味深く彼らを眺めてからきいた。「どうしてみんなここにいるの?」

「それはその、みんな奥さまと領主さまのことを聞きたがってたんで、いい人たちだと話してやって、ここに残るべきだと説得しているんですよ」

「リリーのパスティをわいろに使っているようね」アヴリルはおもしろがって言った。リリーのおいしいお菓子の盆がカウンターに置かれ、それを取ろうと人びとが群がっている。

「奥さまとドムナルさまのために少し取ってありますよ」モラグはそう言ってアヴリルを安心させると、ため息をついてつづけた。「意識が戻って食べられればですけど」

「あら」アヴリルはここにいる理由を思い出し、侍女に伝えた。「意識は戻ったわ。わたしは彼のために食べ物を取りにきたの」

「まあ!」モラグは見るからに笑顔になった。「意識が戻って食欲がある。そりゃいい兆候だ」

「そうね」アヴリルは同意した。たしかにとてもいい兆候だ。すぐに起きて動きまわれるようになるだろう。

「盆に彼の食事を用意しましょう。奥さまのぶんはテーブルに用意しておきます」侍女はそう言うと、忙しく動きまわってドムナルのために肉とチーズとパンを集めた。だが、不意に動きを止めてアヴリルのほうを向き、こう尋ねた。「それともお部屋であがられますか？ドムナルさまの看病でお疲れなら、あたしが階上《うえ》にお持ちしてもかまいませんけど」

その申し出に心を惹かれながらもアヴリルがためらっていると、モラグはうなずいて作業に戻りながら言った。「では階上にお持ちしますね」

「ありがとう、モラグ」アヴリルは心から感謝して言った。「面倒をかけるわね」

「とんでもありません」モラグはそう言って、ドムナルのために用意した食べ物を盆にのせた。「奥さまのぶんもすぐにお持ちしますからね」

「ありがとう」アヴリルは繰り返し、ドアに向かったが、侍女がそばに来てドアを開けてくれたので、また礼を言うことになった。

騒がしい厨房をあとにすると、大広間は悲しいほど静かに感じられた。どうしてみんなここでおしゃべりをしないのだろうと思いながら部屋を見わたしたが、架台式テーブルのまえにまともなベンチがふたつしかないことが目に留まり、座るところがないのだと気づいた。それに、戻ってきた者たちは、酔って階下におりてきて騒ぎを起こすブロディとその父親を避けているのだろう。みんながまた安心して大広間でくつろげるまでには、しばらくかかりそうだ。おそらくブロディがまともになるか、追い出されるかするまでは無理だろう、とアヴリルは階段をのぼりながら思った。

静かに話していた男たちは、アヴリルが部屋にはいっていくと話をやめた。彼女が出ていくのを待って話を再開するのだろうと思い、ドムナルのそばのテーブルに盆を置くと、すぐに向きを変えて静かに部屋を出た。

アヴリルは廊下の反対側の奥にある部屋のほうに目をやり、しばし耳を澄ましたあと、何も聞こえないことをたしかめた。ケイドの父親と弟が眠っていて、今夜はもう騒ぎを起こさず、せっかく今日戻ってきた召使いたちを怖がらせないでくれることを願いながら、ケイドとともに使っている部屋に向かい、そっとなかにはいった。

疲れていたので、ろうそくに火をつけるためのたいまつを廊下から取ってくるのを忘れてしまったが、ドアのそばの衣装箱の上に火のついたろうそくがあった。驚いてそれを見おろしたとき、背後で衣擦れの音がしたのでくるりと振り向いた。

アヴリルは固まり、こちらに向かってくる男性を見て目を見開いた。

16

「ブ、ブロディ！」アヴリルは驚いて声をあげ、彼が向かってくると、本能的にあとずさりしはじめた。「あ、あの……こ、ここで何をしているの？」

「兄貴の新妻に会いにきたのさ」ブロディは追いかけながら言った。「なんでおれに毒を盛ったのかきくためにね」

ぎょっとして目をまるくしながら、アヴリルはさっとドアのほうを見たが、すでにかなり遠ざかってしまい、逃げ道には使えなかった。つぎに考えたのは、ケイドに聞こえるように叫ぶことだったが、そうしようと口を開けたところ、ろくに声も出さないうちにブロディの手で口をふさがれてしまった。たちまち引き寄せられ、そのままベッドのほうに後退させられる。

「飲むたびにもどしちまうから、だれかがウイスキーに何か混ぜているのかもしれないと思ったのさ」ブロディは動きながら暗い声で言った。「だが、今夜までは確信がなかった。今夜は食べたあともずっと気分がよかったから、秘密の通路でこっそり城を出て、宿屋まで行ってウイスキーを一杯飲んだ。それで、どうなったかわかるか？」

アヴリルが目をまるくして見返すばかりなので、ブロディは彼女を軽く揺すった。「どうなったかわかるかってきいてるんだ」

アヴリルは急いで首を振った。

「何も起こらなかった」彼はすらすらと言った。「宿屋じゅうに食べたものを吐きちらしたりしなかった。むかつくことすらなかった。すっかり回復していた。そこで、もう一杯飲み、座って考えた。このスチュアートでおれたち三人を病気にしたがっているのはだれだ、とね。で、何を思いついたかわかるか?」

また揺すられたくなかったので、アヴリルはすばやく首を振った。

「ウイスキーを持ってくるのがいつもあんただってことを思い出したんだよ。感じよくにこにこして、天から遣わされた天使みたいにウイスキーを勧めながら、おれの体はもう酒を受けつけることができないとか、気分が悪くなるのは酒のせいだとか、ずっと言っていた」ブロディは激しく首を振った。「ところがそれはあんたのせいだった。そうだな?」

アヴリルはどう答えていいかわからず、ごくりとつばを飲みこんだ。首を振れば、あとでうそがばれて彼を激怒させるかもしれないし、うなずけばまちがいなく激怒させることになる。どちらにしてもいい結果にはならないので、ただ見つめるしかなかった。部屋にブロディがいるとわかった瞬間に、悲鳴をあげてケイドを呼んでいればよかったと思った。

「そうだな?」彼は怒り心頭で繰り返した。ブロディがあまりに激しく揺さぶるので、アヴリルは目がちかちかし、自分は殺されるのだとようやく気づいた。

彼女は目を閉じてうなずいた。

「やっぱりな、人殺しの雌犬め」ブロディは吐き捨てるように言い、ひどく汚いもののように彼女を投げ飛ばした。

アヴリルは体が落ちていくのを感じて息をのみ、ベッドの上にたたきつけられると、驚きにうめいた。とっさにケイドを呼ぼうとしたが、すぐにブロディがのしかかってきて、たくましいこぶしで頭を殴られ、息ができなくなった。

アヴリルはうめき声をあげながら目を閉じて首を振り、痛みをやりすごして、迫りくる暗闇を追い払おうとした。いま意識を失ったら、死ぬことになるのはわかっていた。

「あんたを殺してやる」ブロディは耳元でうなりながら、スカートをたくしあげた。「だがそのまえに、ちょいと楽しませてもらうぜ」

恐怖が体を貫き、アヴリルは膝をぐいと持ちあげた。膝が彼の股間を直撃する。ブロディはたちまち息を詰まらせて体を起こした。今度は彼のほうが目をくらませているのだろうとアヴリルが思ったとき、いきなり彼の背後にモラグが現れて、空の盆を頭上に振りあげた。侍女は怒りをみなぎらせた顔で盆を振りおろし、毎日重労働をしてきた女の力と、娘を傷物にされた母親の怒りのありったけをこめて、彼の頭をたたいた。

今回は二度たたく必要はなかった。ブロディは白目をむき、意識を失ってアヴリルの上に倒れこんだ。

モラグがすぐに盆を落として、下敷きになったアヴリルを助けようと、伸びている男を引っぱりはじめた。

「奥さま?」ブロディを引きおろすのに苦労しながら、侍女はあえぎ声で言った。「大丈夫ですか?」

「ええ」アヴリルは弱々しく言い、自分の上から男をどけるのを手伝おうと両手を上げた。ようやく彼をベッドのまんなかに転がすと、アヴリルはすぐにベッドをおりた。急いだためにちょっとふらついたが、モラグが肘をつかんで支えた。モラグは心配そうにアヴリルを見てから、ブロディに目を落とした。

「この男はいつだってワルでしたよ」侍女は暗い声で言った。「子供のころからね。このあたりを走りまわっては、だれかれかまわずいじめたり、女の子をなぐさみものにしたり」

アヴリルはため息をついた。「そう。でも明日からはその問題もなくなると思うわ。ケイドは彼と話をするつもりだし、もし彼が飲むのをやめないようなら、スチュアートから追い出すつもりだって言ってたから。ブロディは追放されるのを選ぶような気がするわ」

「あなたの顔を見たら、ケイドさまは彼に選択肢なんて与えませんよ」モラグは苦々しげに言った。「追放ですめば幸運ってもんです。でもこの男が奥さまを凌辱して殺そうとしていたとケイドさまが知ったら……」彼女は首を振った。「ブロディはもうこの世にいられないでしょうね」

アヴリルは顔をしかめた。ブロディのことは好きではないが、自分のために実の弟を殺すようなことをケイドにさせたくはなかった。

「このことはわたしたちの胸にしまっておいたほうがよさそうね」アヴリルは静かに提案した。

「なんですって?」モラグは驚いてきき返し、すぐに首を振った。「いけません、奥さま。彼は――」

「酔っていた。それに怒る理由があった。わたしは彼のウイスキーに薬を混ぜていたのよ」とアヴリルは教えた。

「ああ、奥さま。そんなふうに考えてはいけません」モラグは落胆して悲しげに言った。

「どういうこと?」アヴリルは驚いてきいた。

「あなたは彼のお母上がしたように、彼に言い訳を与えています。ブロディが子供のころ、マレードさまは言ってました。あの子は悪い子じゃない、父親が悪い影響を与えているんだ、ケイドがいなくて寂しいんだ、と。大きくなってからは、あの子は悪人じゃない、酒に囚《とら》われているんだとね」モラグは首を振った。「今度はあなたがそういう理由を与えるんですか?」彼女はがっかりしたように尋ねた。「あんなことをされそうになったというのに?」

「わたし……」と言いかけて、アヴリルはどうつづければいいのかわからずに口をつぐみ、ブロディを見おろした。

「奥さまはもうだんなさまに怒られたことがおありですか?」モラグが静かに尋ねた。

「ええ」アヴリルはウイスキーに薬を入れているのが見つかったときの、彼の反応を思い出して答えた。彼女が父親と弟に近づいたせいで彼は激怒した。あのときはほんとうに怖かった。

「怒って奥さまに手をあげましたか？」モラグがきく。

アヴリルは首を振った。彼は髪の毛一本たりとも彼女を傷つけなかった。

「そういうことです。ケイドさまは善人で、善人は自分の怒りを他人にぶつけたりしません」モラグはきっぱりと言い、ブロディに向かって顔をしかめながらつづけた。「でもこの男は善人じゃない。言い訳を与えることはありません。この男がしたことをだんなさまに話すんです。いやならあたしが話します」侍女はきびしく言い放つと、向きを変えて部屋を出ていった。

アヴリルは彼女を見送りながら、ドアのそばの床に飲み物と食べ物が散らばっているのに気づいた。モラグは部屋にはいってブロディがアヴリルを襲っているのを見ると、盆にのっていたものをすべて落として、盆を武器に使ったらしい。

ベッドからうめき声がして、こわごわとそちらをうかがったが、ブロディはまだ気を失ったままだった。だが、いつ意識を取り戻すかわかったものではない。アヴリルは散らかったものを無視してドアに向かい、ろうそくをつかんで部屋の外に出るとドアを閉めた。

ケイドと話さなければと思ったとき、ベスが突進してくるのが見えた。

「何があったんです？　階段で恐ろしい形相のモラグと行き会いました。彼女が何か……」

アヴリルのところに来て、ちゃんと顔を見ると、侍女は息をのんだ。「奥さま！　お顔が！」

「シーッ」アヴリルはつぶやき、侍女の腕をつかんで廊下を進ませた。ウィルの部屋を通りすぎ、そことドムナルの寝室のあいだにある空き部屋に彼女を連れこむ。そして静かにドアを閉め、あたりを見まわしてため息をついたあと、ようやく言った。「この部屋で寝られるように支度をする必要があるの」

「だれがここで寝るんです?」ベスは眉をひそめてきいた。「それに、その顔はどうしたんです? だれかに殴られたみたいに見えますけど」

「きっとだれかに殴られたからでしょうね」アヴリルは冷ややかに言った。

「なんですって?」ベスはぎょっとして目をまるくした。「まさかだんなさまにじゃないでしょうね?」

「まさか。もちろんちがうわよ」アヴリルはそう言って、ろうそくを置き、ベッドをおおっている古いシーツをはがしはじめた。少し掃除してほこりを払えば、ひと晩くらいはこの部屋で寝られるだろう。そしてこう白状した。「ブロディよ。わたしの部屋にひそんでいたの。わたしがウイスキーに薬を混ぜていたことを見抜いたわ」

「そんなことになるんじゃないかと思っていましたよ」手伝おうとベッドを回ってきながら、ベスは暗い声で言った。

「そうね、でもガウェインと彼のお父さまのほうはうまくいったわ」アヴリルは指摘した。

「ふたりが飲まなくなったんだから、三人ともこの先ずっとウイスキーの樽《たる》から離れないでいるよりはましよ」

ベスは首を振っただけだった。「その目のあざを見たら、だんなさまはブロディさまをこっぴどく痛めつけますよ。召使いを殴るだけでもひどいことなのに、今度は奥さまにまで手を上げるなんて。冗談じゃない！」

「そうね、でも……」アヴリルはため息をついて首を振った。

「だれのためにベッドの用意をしてるのか、教えていただいていませんね」シーツをはがしおえると、ベスがきいた。

「ケイドとわたしのためよ」

ベスは驚いて体を起こした。「今までのお部屋でいったい何があったんですか？」

「ブロディが気を失って寝ているの」

侍女は目をまるくしたが、肩をいからせて言った。「なら、その悪党をどかしましょう。男衆に運ばせて、彼の部屋に放りこんでやるんです。でなきゃお濠《ほり》にでも。奥さまが部屋を移る必要は――」

「あそこにブロディがいることはケイドに知られたくないの。彼がブロディと話し合う機会を朝まで延ばしたいのよ。怒りにわれを忘れるような状態が治まるまで」何があったかを話したら、ケイドがどんなに怒るかを思って、ため息をつきながらアヴリルは説明した。

「なるほど」ベスは冷ややかに言った。「今夜おふたりがご自分たちのベッドで休まれないことについては、どう説明するおつもりなんですか？」

「モラグがわたしのために持ってきた食べ物のお盆をひっくり返したから、少なくとも今夜はもうベッドで眠れる状態じゃないと話すわ」

ベスはうなずいた。「うそをつくってわけですね」

「うそじゃないわ」アヴリルはすぐに言った。「モラグはほんとうにお盆の上のものをぶちまけたのよ……床の上にだけど」と認める。「でもこぼしたのはたしかだし、ブロディがいるからベッドはわたしたちが眠れる状態じゃないわ」

ベスは鼻を鳴らした。「言い逃れがお上手だこと。モルターニュではそんなところはちっともお見せにならなかったのに」

「モルターニュにいたころは結婚していなかったもの」アヴリルはつぶやくと、背筋を伸ばした。「清潔なシーツと毛皮が必要だわ。それと……」彼女は不意に動きを止めた。

「どうしました？」ベスが目をすがめて尋ねる。

「わたしのシーツは全部わたしたちの部屋だわ。それに毛皮もあそこから持ってこないと」

彼女は悲しげに言った。どこだろうともう二度とブロディの近くには行きたくなかった。

ベスはため息をついた。「だんなさまに話すほうが簡単なんじゃないですか――」

「だめよ」アヴリルはきっぱりとさえぎり、やがてため息をついた。「わたしが取ってくるわ。あなたはここで待ってて」

「そんなことができますか」ベスはつぶやき、女主人のすぐあとにつづいた。

ふたりが部屋にしのびこむと、ブロディはまだ意識を失っている状態だった。ほっとしたベスとアヴリルは、シーツ類と夫婦が明日着るための衣類を手早く集めて、今夜使うことになる部屋に運んだ。そしてブロディの部屋に行き、彼のベッドから毛皮を持ってきた。アヴリルは自分たちがそれを使って、今ブロディの体の下にある毛皮は放っておきたいと思ったが、ブロディの毛皮のにおいをかいでみてそれは無理だとわかった。こんなくさいものの下で寝かせようとしたら、ケイドはすぐに何かよからぬことが起こったと気づくだろう。

ブロディを起こさずにやりとげられますようにと心のなかで祈りながら、アヴリルは先に立って部屋に戻った。ふたりでブロディの毛皮を持って、ベッドのそばの床に置き、すばやく慎重にブロディを転がして、彼の下から毛皮を抜き取る。ほっとしたことに、彼は目を覚まさなかった。つぎにアヴリルはブロディの部屋から持ってきた毛皮を彼の上にかけ、いいほうの毛皮を持って急いで部屋をあとにした。

作業が終わるまえにケイドがベッドに向かうといけないので、記録的な速さでベッドを整え、きれいな毛皮をかけた。ベスはアヴリルの寝支度を手伝ったあと、急いでケイドを呼びにいった。

ケイドを待つあいだ、アヴリルは少しのあいだ部屋を行ったり来たりしながら、言うべきことを練習した。くるりとドアのほうを向いたとき、ドアが開いた。

「話があるとベスから聞いたが……」ケイドは話しはじめたが、彼女が薄いナイトドレスしか着ていないのに気づくと、不意に口をつぐんでドアを閉めた。

彼は薄いドレスを目でたどりながら、少しのあいだ彼女を見つめた。アヴリルは手を上げて顔をおおいたかったが、必死でこらえた。部屋にひとつしかないろうそくからはかなり離れているので、自分の立っているところがほとんど真っ暗なのはわかっていた。彼に顔のあざを見分けることはできないだろう。それはあえてしたことだった。アヴリルはブロディにされたことを知られるまえに、何があったかを話したかった。そうすれば衝撃がやわらぐだろう。少なくともそうなってほしいとアヴリルは願っていた。

「どうしてそんな恰好でここにいるんだ？」ケイドはようやくうなるような低い声で尋ね、近づいてきた。

「もう、ね、寝ようと思って」アヴリルはそこまで言うと、軽い吃音に気づいて唇をかみ、またつづけた。「わ、わたしたち、こ、今夜はここで、ね、眠るのよ」

ケイドは彼女の吃音に目をすがめ、歩調をゆるめて、けげんそうにきいた。「おれたちの部屋はどうしたんだ？」

「モ、モラグがわたしのために、も、持ってきたお盆の食べ物を、こ、こぼして、ベッドは寝られる状態では――」

ケイドが突然距離を詰め、アヴリルを抱き寄せてキスをしたので、ことばはそこでとぎれた。濃厚で甘いキスに、ため息が出た。

「気にしなくていい」ケイドは唇を離して耳元に顔を寄せ、つぶやいた。「失敗はだれにでもある。おれは怒っていないよ……だから心配するな」

「はい、あなた」アヴリルはほっとして言い、彼が楽に触れられるように頭を傾けた。

「今夜はここで寝よう。明日にはベッドも乾くだろう」ケイドは彼女の背中をなでながらつづけた。

「そうね」彼の片手の指が乳房をさぐりあて、薄い布地の上からもみはじめると、アヴリルはうめいた。やがて、まだ話さなければならないことがあるのを思い出し、首を振って頭をはっきりさせると、乳房をまさぐる手を押さえつけて一気に言った。「ブ、ブロディに、わたしがウイスキーに、く、薬を盛っていたことを見破られたわ」

ケイドはすぐに動きを止め、ゆっくりと頭を上げて、影の落ちた彼女の顔を見おろした。

「彼は村まで飲みにいったの。そこのウイスキーは飲んでもなんともなかったから、冷静に考えてみたのよ。わたしが彼を殺そうとしていると、お、思って、すごく怒ってた」アヴリルは静かに言った。

ケイドはすぐに彼女を放し、ドアのほうを向いた。「やつに話しにいこう。いずれにせよもっとまえにそうしておくべきだったんだ」

「それはできないわ」アヴリルは急いで言いながら、彼を止めようと追いかけていって腕をつかんだ。「彼は意識を失ってるの。モラグにお盆で頭を殴られて」

彼は足を止めてくるりと振り返ったが、そこで凍りつき、わきあがる怒りに目をすがめて彼女の顔を見た。彼を追ってろうそくの光のなかにはいっていたことにアヴリルが気づいたのは、そのときだった。すぐに頭をそむけて陰のなかに戻ろうとしたが、遅すぎた。ケイドは彼女の腕をつかんで光のなかに引き戻し、険しい表情で顔を調べた。口を開いた彼の声は冷たく落ちついていて、恐ろしくなるほどの怒りがこめられていた。

「あいつにやられたのか?」目のそばの皮膚を指でそっとたどりながら、ケイドが尋ねた。

軽く触れられただけなのに痛み、アヴリルは顔をしかめて、しかたなくうなずいた。

ケイドはすぐに彼女の腕を放し、またドアへと向きを変えた。

「彼は意識を失っているのよ」彼女は不安そうに思い出させた。

「それなら殴って起こしてやる」ケイドはうなるように言うと、大股で部屋から出ていった。

アヴリルはドアまでついていき、心配そうに様子をうかがっていたが、ケイドがブロディの部屋に向かったのがわかると少し気が楽になった。

何も知らないブロディが気を失って伸びている自分たちの部屋は反対側だ。アヴリルはそちらを見やってから、その晩夫婦が眠ることになっている部屋に引っこんだ。ゆっくりとドアを閉め、ベッドに駆け寄ってのぼった。

ベッドに収まり、横になって待っていると、ケイドが戻ってきた。部屋を横切り、武器とプレードをはずす。その動作は、怒りのせいでぎくしゃくしていた。

「もうすんだの？」アヴリルは彼を見ながら静かにきいた。

「ああ。あいつは部屋にも階下《した》にもいなかった。意識を取り戻してまた宿屋に行ったんだろう。自分にとって何が得かわかっているなら、一週間はそこから離れないさ。戻ってきたらぶちのめされることになるんだからな」ケイドは怒りにまかせて言うと、プレードの下に着ていたシャツをぐいと引っぱって脱いだ。傷ついた背中と脇腹の筋肉を使ったせいで痛みにひるむ。悲しげにため息をついて、慎重に体を動かしてベッドの妻の横にもぐりこみ、彼女のほうを向いて横たわった。

アヴリルが仰向けに寝て翌朝のことを思い悩んでいると、ケイドが急に身を寄せてきた。そして、彼女の腰に腕を回して、脇を自分の胸に引き寄せた。

しかたなく彼の目を見ると、ろうそくの光で彼も目を開けているのがわかった。黙って彼女を見つめる瞳は、目のそばのあざを見つめるうちにどんどん険しくなっていく。

「手当てはしたのか?」低くうなるような声でケイドはきいた。「冷やすとか?」

何もしていなかった。心配事が多すぎて、けがのことなど考えていられなかったのだ。だが、それを明かすのは気が進まなかった。ケイドは手当てをしなければと言って、冷やすものを取りに階下に行くだろうから。そんなことをすれば目を覚まして部屋からよろよろと出てくるブロディと鉢合わせしてしまうかもしれない。それこそ一大事だ。手当てをしないほうが安全だろうとアヴリルは判断し、あえて質問に答えずにこう言った。「大丈夫よ」

彼がそれ以上何か言うまえに、片肘をついて体を起こし、ベッドのサイドテーブルに置かれたろうそくを吹き消して、部屋を闇に沈めた。ベッドに体を預けた瞬間、ケイドがアヴリルの背中を胸にぎゅっと引き寄せて、彼女の髪のなかにため息をついた。

「朝になったらおれがやつの面倒を見る。必要なら追いかけてでもそうしてやる。もう二度ときみを傷つけさせたりしない。誓って」

「ええ、あなた」アヴリルはささやいたが、そう言ってもらっても不安は消えなかった。今はモラグのことと、彼女が何か言うかもしれないことが心配だった。ブロディに殴られたことは話したが、彼が自分を凌辱して殺すつもりだったこと、モラグが現れなかったらそうしていただろうということは話していない。自分がおどされていたことをもしモラグがケイドに話したら……。

アヴリルは暗闇のなかで唇をかみ、心のなかで祈った。ケイドが弟を殺しませんように、そしてその記憶とともに生きていくはめになりませんように、と。

ケイドはそっとベッドを出て、すばやく静かに服を身につけると、泥棒のようにこっそりと部屋をあとにした……すべてはかわいい妻を起こさないようにするためだ。アヴリルは夜の半分をまんじりともせずにすごし、ようやく今はぐっすりと眠っていた。それを知っているのは彼も眠れずにいたからだった。妻が眠れずにいたのは、夫がブロディに何をするつもりなのか気に病んでいたからだろう、とケイドは思った。彼が眠れなかったのはそのこともあるが、イアンを失った悲しみのせいでもあった。いとこのイアンとはずっと親しかったが、ウィルとともにひとつの監房ですごしたこの三年で、さらに親しくなっていた。あの監房のなかでは、男がふだん話さないようなことをいろいろと話した。彼らを苦しめる絶望や欲求不満、もしいつかここから出られたら、どんな未来が待っているかといったことについて。故国に帰って何週間もたっていないのに彼が死ぬことになるとは、ほかのどんな出来事よりも受け入れがたかった。自由になった瞬間に死んでしまうなら、なぜあれだけの苦しみに耐えなければならなかったのだろう？

神の計画はときに意味をなさないように思えた。ケイドはそのことや、朝になったら自分が弟を八つ裂きにすることになるのを思って、まんじりともできずにいたのだった。自分たちがあの地獄のような場所にいたあいだ、あいつはここに尻を落ちつけて、考えもなしに飲んだくれ、スチュアートの人びとを虐待し、城と領地がひどい状態になるのを防ごうともしなかった。それでも父とガウェインはさまざまな任務を放棄していただけだ。だがブロディは残忍な性格と下劣なふるまいで、状況をさらに悪化させていた。

スチュアートに着いて以来、ケイドはブロディの行状に激怒していた。怒りが治まるのを待ってから、相手をするほうがいいと思うほどに。もちろん、話をするまえにはしらふになっていてもらわなければならないが、今回のブロディはやりすぎだ。何者もアヴリルに暴力をふるうことは許されない。だれひとりとして。

朝日が昇ってから自分が目にしたものを思って、ケイドは口元をこわばらせた。アヴリルの目のまわりは黒と青に染まってひどく腫れており、目が覚めても開けられないのではないかと思った。

ブロディにその報いを受けさせてやる……十倍にして。弟にはもう二度と、どんな形にしろアヴリルに触れさせない……アヴリルだけでなく、使用人にも。ケイドはそれをはっきりさせたあと、弟に選択肢を与えるつもりだった。酒をやめるか、ただちにスチュアートから出ていって、二度と戻ってこないか……。それをアヴリルが起きるまえにすませてしまおう。そうすれば妻は、もうブロディにわずらわされることはないという知らせとともに一日をはじめられる。

「やあ、おはよう」

ケイドはまばたきをして考え事を頭から追いやり、横を見た。ウィルの部屋のドアが開いており、友人が戸口に立っていた。ちょうど部屋から出ようとしていたらしい。

「おはよう」ケイドは低い声で応えた。

「思ったんだが――」

「あとにしてくれ」だれかを起こしてしまうといけないので、静かにケイドは言った。「弟に用事があるんだ」

ウィルの眉が上がるのがわかったが、ケイドは彼のまえを通りすぎ、廊下を進んだ。

「どっちの弟に？」ウィルは急いであとを追いながら、声をひそめて尋ねた。「ガウェイン、それともブロディ？」

「ブロディだ」

「彼が何をした？」ウィルが暗い声できいた。

「アヴリルを殴った」ケイドは冷たく告げた。

「なんだと？」

ケイドがじろりとにらんでささやく。「声が大きい。城じゅうの者が目を覚ますぞ」

ウィルは眉をひそめたが、声を落としてなおも尋ねた。「どうして？　いつ？」

「昨夜だ」ケイドはため息をついて言った。「彼女が気分の悪くなる薬をウイスキーに混ぜていたことに気づいたらしい」

「妹はそんなことをしていたのか？」ウィルが驚いてきいた。

「ああ」と答えたあと、ケイドは彼女のために付け加えた。「父や弟たちに酒をやめさせようとしていたんだ。だがブロディは、彼女が自分を殺そうとしているのだと思って殴った」

ウィルは一瞬黙りこんだあと、つぶやいた。「なんてやつだ。だが、アヴリルが自分を殺そうとしていると、ブロディが思うのも無理はないな」

ケイドはしぶしぶうなずいた。「彼女に触れたあいつを殺さずにおくのは、それだけが理由だ」

ウィルは顔をしかめた。「何をするつもりだ？」

「やつを起こして意識を失うまでたたきのめし、意識が戻ったところで話をする。酒をやめて、ここにいる者たちに暴力をふるわないようにするか、ここを出て二度と戻らないか、決めさせる」

「追放か」ウィルが重々しく言った。ブロディの部屋に着き、ケイドがドアを押し開けた。すぐに部屋にはいろうとしたが、戸口をまたいだとたん、ベッドに弟の姿がないことに気づいて足を止め、悪態をついた。ブロディは部屋にいない。部屋は昨夜とまったく同じ状態だった。眠るために戻りもしなかったようだ。

「彼はどこにいるんだ？」ウィルがきいた。

「おおかた、ここと村のあいだの路上で酔いつぶれているんだろう」ケイドは嫌悪感もあらわに言った。アヴリルが起きるまえに用事を片づけてしまおうと思っていたのに、どうもそうはいかないようだ。

「彼の毛皮はどこにいったんだ？」ケイドが部屋を出ようと向きを変えたとき、ウィルがきいた。

その質問に足を止め、片方の眉を上げてベッドのほうを振り返ると、毛皮がなくなっているのがわかった。

「ほとぼりが冷めるまできみを避けようと、ほかの部屋に移ったんじゃないか？」ウィルが思いついて言った。

「いや、それはないだろう」ケイドはすぐに言った。「メリーの部屋以外は全部ふさがっているし、あいつはけっして……」ブロディが妹の部屋にいる可能性は充分にあると思いついて不意にことばを切り、ドアのほうに向き直って急いで部屋を出ると、妹のかつての部屋を目指して廊下を進んだ。だが、なかをひと目見てだれもいないとわかった。

「おれの部屋とドムナルの部屋のあいだは？　あそこは空き部屋だろう？　あそこに移ったのかもしれないぞ」

ケイドは首を振ってドアを閉めた。「それはない。アヴリルとおれは昨夜あそこで休んだんだ。おれたちのベッドにモラグが盆の食べ物をこぼしたという話だったから」

「そんな不器用なことをするなんて、あの侍女らしくないな」ウィルが言った。

ケイドは目をすがめて状況について考えた。ベッドに盆の食べ物をこぼすというのはそうそうあることではないし、モラグは不器用なところなどまったくない、とても有能な侍女だ。

おそらく何かに気をとられたか……。ケイドは目を移し、自分たちの部屋のドアのほうを見るうちに、どういう状況でブロディと対面することになったか、アヴリルが言わなかったことに思い至った。どこで彼が近づいてきたのかということを。だが、モラグが彼をぶちのめして気を失わせたことは話していた。そしてモラグが夫婦のベッドに盆の食べ物をこぼしたことも。

ウィルに尋ねられ、友人も同じことを考えているのだとわかった。「彼はどこでアヴィーと対決したんだ？　きみたちの部屋に行ったんじゃないのか？」

「そうだとしたらただではおかん」ケイドはうなり、昨夜自分たちが空けることになった部屋のドアに向かった。ドアを押し開け、自分のベッドでだれかが眠っているのを見て悪態をついた。急いで部屋にはいろうとしたところで、濡れた床で足をすべらせた。ウィルが腕をつかんでくれなかったら、尻餅をつくところだった。

ありがとうとつぶやいて体勢を立て直し、床の惨状を見おろした。

「モラグはベッドに食べ物をこぼしたと言っていなかったか？」ウィルがひそひそ声できいた。

ケイドは眉をひそめて昨夜のことを思い起こして言った。「アヴリルはベッドとは言っていなかった。おれが勝手にそう思っただけだ。ほかにベッドが使えなくなる理由はないだろう？」

ウィルはベッドに寝ている男を見やった。「他人が使っている場合をのぞけばな」

すべてのことを考え合わせると、ケイドの胃は煮えくり返った。ブロディは女ふたりが運ぶには重すぎたので、倒れた場所にそのままにされたのだ。モラグが食べ物を床にこぼした理由は天才でなくてもわかる。ブロディをアヴリルのほうに行かせまいとして、ラディが彼の頭を盾でぶちのめしたことを思い出しながら、ケイドは考えた。おそらくモラグは、食べ物を床にこぼしたあと、盆でラディと同じことをしたのだろう。そしてアヴリルはそのことを彼に話さなかった。彼の怒りが治まるまで、やつが城から出ていったと思わせようとしたのだ。

首を振りながら部屋のなかを歩き、ベッドのそばで足を止めて、弟をにらみつけた。ブロディはこちらに背を向けて横向きに寝ており、顔は毛皮に隠れて髪の毛だけが見えている状態だった。それだけのことを見てとると、ケイドは「起きろ」とどなった。

「ぐっすり眠っているようだな」ウィルが彼の横でつぶやいた。

「いつまでもそうはさせないさ」ケイドは険しい声で言い、かがみこんで荒っぽく弟を揺すった。「ブロディ、このクソ野郎。起きておれのベッドからケツをどけろ」

それでも効果がないので、顔を平手打ちしてやろうと仰向けにさせたが、毛皮がはだけて顔がよく見えるようになると、ケイドは動きを止めた。

先ほどの怒りが衝撃に代わり、ケイドは急に体を起こした。

「死んでいる」ウィルがささやき声で言った。ぎょっとしていることが声にも表れていた。しばらくふたりとも黙ったまま、ただブロディを見つめていたが、やがてウィルが不安そうに尋ねた。「アヴリルがウイスキーに混ぜたもののせいで彼が死んだとは思っていないよな?」

「ああ」ケイドはすぐに言った。「昨夜は薬入りのウイスキーを飲ませていない。薬を作るのに必要な薬草を切らしていたんだ。昨日それをさがしているときにドムナルが見つかったというわけだ。昨夜ブロディが飲んだのは薬を入れていないウイスキーだ。宿屋で飲んだのだからな」

ウィルはため息をついて尋ねた。「それなら、何があったんだ?」

ケイドはためらったあと、かがみこんで両手で弟の頭をさぐった。後頭部にこぶがあった。モラグが殴ったという推測は当たっていたようだ。侍女が強く殴りすぎてうっかり殺してしまったのだろうかと思いながら、ブロディを横向きにして、部屋にはいってきたときの姿勢に戻した。後頭部をよく見て、どれくらいひどいけがなのかたしかめるつもりだったのだが、不潔な白いシャツの背中に血がついているのを見て、動きを止めた。血の汚れは、ブロディの体を動かしたせいでずれた毛皮のすぐ上からのぞいている。

胃にむかつきを覚え、毛皮を腰まではぐと、ケイドは不意にまた体を起こした。

「刺されている」ウィルが声を殺して言った。

アヴリルが目覚めて最初に感じたのは、ずきずきする頭と、目のまわりのひどい痛みだった。片目でしか見ることができないのに気づいて顔をしかめ、もう片方の目を開けようとしてみたが、腫れがひどくて開けられないとわかるとため息をついた。

「アヴリル？」

ケイドの口調に眉をひそめた。何度も名前を呼ばれていたようだ。寝返りを打って仰向けになり、いいほうの目で彼を見た。上からこちらを見おろす彼は、恐ろしげな表情を浮かべている。顔つきばかりか、雰囲気まで冷たく暗い。

「昨夜何があった？」彼女が起きたと見るや、夫は尋ねた。

「さ、昨夜？」アヴリルの頭に記憶がよみがえり、ことばがつかえた。

ケイドはため息をつき、ベッドの端に腰をおろした。冷たさがいくぶん消えている。「あわてる必要はない。きみに腹を立てているわけではないが、重要なことなんだ。ブロディと何があった？」

アヴリルはためらったあと、答えるのではなくこう尋ねた。「彼は追放されたの？　それともお酒をやめることに同意した？」

「どちらでもない。あいつは死んだ」ケイドは率直に言った。

「なんですって？」彼女はいきなり起きあがった。温かいベッドのなかにいる自分に、ケイドが冷たい水を浴びせかけたかのように。

「あいつは死んでいた」ケイドは静かに繰り返した。「さあ、何があったのか話してくれ」

「どうやって死んだの？」

「それはあとで説明する。まずは昨夜何が起こったのか話すんだ」彼は断固たる顔つきできびしく言った。

アヴリルはその口調に眉をひそめた。ケイドは怒っていないと言ったが、怒っているような口ぶりだ。ブロディはもう死んでいるのだから話してもそれほど問題ではないだろうと思い、ふたたびベッドに横たわって言った。「ドムナルのところに食べ物の盆を運んだあと、わたしたちの部屋にはいったら、ブロディがいたの。わたしは疲れていたから、部屋で食事をするようモラグに勧められて、彼女が食事を運んでくることになっていた。それで、部屋に戻ったらブロディと鉢合わせしてしまったの。彼はわたしが叫べないように口をふさぎ、自分に毒を盛っているのはおまえだろうと言った。吐き気が治まらないのはなんだかおかしいと思っていたけど、ゆうべ宿屋に行ってウイスキーを飲んだら、ちゃんと胃に収まったから、それではっきりわかったみたい。わたしを人殺しの雌犬と呼んで、ベッドの上に投げ飛ばし、馬乗りになって顔を殴ったの」そこで少し間をおき、ブロディが自分を凌辱して殺そうとしたことを夫に話すべきだろうかと考えたが、言う必要はないと判断した。ブロディはもう死んでいるのだし、ケイドを傷つけるだけだ。

彼女はため息をついてつづけた。「そうしたらモラグがお盆で彼の頭を殴ったの。彼は意識を失ってわたしの上に伸びてしまった」

「それから何があった？」彼女が口をつぐむと、ケイドは静かに尋ねた。

アヴリルは肩をすくめた。「モラグに手伝ってもらって彼の下から這い出ると、彼をそのままにして部屋から出たわ」

「あいつには毛皮がかけられていた」ケイドがしかつめらしく言った。

「ええ。ここであなたと休むことにしようと決め、モラグに手伝ってもらって清潔なシーツでベッドを整えようとしたんだけど、ここには毛皮がなかった。それでブロディの部屋から彼の毛皮を持ってくることにしたの、寝返りを打たせて彼の下からわたしたちの毛皮を抜き取り、彼の毛皮をかけてやってから部屋を出たのよ」アヴリルは眉をひそめてから言った。

「あのとき彼は死んでいなかったわ。ぐったりしていたけど、まだ温かかった。彼が死んだのはあの薬液のせいだと思っているわけじゃないわよね？」

「弟は刺されていた」ケイドは静かに言い、アヴリルはベッドのなかでまた急に体を起こした。

「刺された？」

「ああ。背中を」ウィルが声をあげて、そこにいることを妹に知らせた。兄は彼女の死角であるベッドの左側に立っていたので、アヴリルは彼を見るためにだいぶ首を回さなければならなかった。

アヴリルはケイドに向き直ってけげんそうに尋ねた。「でも、だれが彼を刺したりするの？」

「考えられる人間はたくさんいる」ケイドはうんざりしたように言った。「あいつはここでは好かれていなかったからな」

「それはねらわれたのが彼だったとしたらの話だ」ウィルが言った。アヴリルとケイドが驚いてウィルを見ると、彼は肩をすくめて指摘した。「彼はきみのベッドにいたんだぞ、ケイド。きみとまちがえられたのかもしれない。これまでもきみは何度かねらわれているわけだし」

「でも、あれはみんな城から離れた場所でのことよ」アヴリルが静かに抗議した。ケイドがまたねらわれたとは信じたくなかった。

「幕壁から石を落とされたのは、城から遠く離れた場所ではない」ウィルが指摘した。

「でもあれは外よ。城のなかじゃないわ。下手人が危険を押してお城のなかにしのびこむはずは……」ケイドの手が自分の手に重ねられ、やさしくにぎられると、アヴリルは黙りこんだ。

「何者かがわが家に侵入したと信じたくないのはわかるが、ウィルの言うとおり、おれはねらわれている可能性がある。よく考えてみなければならないな」

アヴリルはため息をつきながらうなずき、たしかに夫はねらわれているのかもしれないと思ってうなだれた。やがて怒りが押し寄せてきて、見えるほうの目をきらめかせてふたたび顔を上げた。「今までの襲撃の陰にいるのがだれなのか、まだわからないの？　あなたにひどく腹を立てている人のはずよ。心当たりはないの？」

「ない」ケイドは冷静に言った。「よく考えてみたが、だれも思いつかない」

「きみが怒らせた人物ではないのかもしれない」と意見して、ウィルが尋ねた。「きみが死んで得をするのはだれだ？」

ケイドは首を振った。「だれもいない。強いて言えばガウェインかな。領主の座を父が取り返そうとしないかぎり、つぎの継承者はあいつだ」

「ガウェインではないよ」ウィルはそう言って首を振った。アヴリルも同意見だった。これまでわかったことからすると、彼はいい人のようだ。もしたまたま命を落としたのがガウェインだったとしたら、ブロディのしわざだと思っただろうが、ガウェインがその手のことをするとは思えなかった。

「そうだな」ケイドは同意して立ちあがった。「もう少し考えてみなければなるまい」

「どこに行くの？」アヴリルは心配になってきいた。夫を殺そうとしている人物が城のなかにいるなら、ケイドはどこにいても安全ではない。「もしあなたの言うことが正しいなら、護衛をつけるべきじゃないかしら？」

「そうだな。きみが眠っているあいだは、ふたりの兵士をドアのまえに立たせておこう」ケイドは安心させるように言った。「日中はそのふたりにきみを護衛させ、夜は別のふたりにドアのまえに立ってもらう」

「わたしのことを言っているんじゃないわ」彼女はいらだって言った。「命をねらわれているのはあなたなのよ。あなたの護衛という意味で言ったの」

「おれが彼のそばから離れないようにするよ、アヴィー」ウィルが静かに言った。「そうしていれば、だれかほかのやつがそばにいるときでも彼を守れる」

それを聞いてケイドは顔をしかめたが、こう言うにとどめた。「おれたちは階下《した》に行く。

きみはもう少し眠るんだ。昨夜はなかなか寝つけなかったようだから」

ウィルとともにドアに向かいかけたケイドに、アヴリルは呼びかけた。「あなた?」

ケイドはドアのまえで立ち止まって振り向いた。彼女がためらうと、彼はウィルに廊下で待っていてくれと静かに言った。ウィルを外に出してドアを閉め、ベッドのそばに戻ってくる。「なんだ?」

「弟さんのこと、お気の毒に思うわ」アヴリルはつぶやくように言った。本心だった。ブロディの死にそれほど心を痛めているわけではないが、ケイドは弟を失ったのだ。

彼はうなずいた。「ありがとう」

「すごく悲しい?」なんと言ってなぐさめればいいかわからず、不安そうに尋ねる。

「いや」ケイドは彼女の思いを察してため息をつき、彼にしてはめずらしく、自分の気持ちを説明しようとした。「おれの弟とはいえ、あいつのことはほとんど知らないんだ……好きでもなかった。死んだのは残念なことだが、あいつがいなくなって心から悲しいというわけじゃない。実を言えば、イアンの死の知らせのほうが悲しかった」

アヴリルはうなずいた。驚きはしなかった。ケイドの父親以外で、ブロディの死を悲しむ人がいるのだろうか? おそらくガウェインと妹のメリーはとても悲しむだろう。だがあの男は、自分自身の冷酷なふるまいのせいで死ぬことになったのだ。

「少し休むんだ」ケイドはそう言って彼女に背を向けた。今度は呼び戻すことなく彼を行かせたが、ドアが閉まった瞬間、アヴリルは毛皮を跳ねのけて、身支度をするためにベッドを出た。

もう眠ることなどできそうになかった。ブロディは死んだ。すべては自分のせいだ。自分たちのベッドにブロディがいると昨夜ケイドに話していたら、ブロディは自分のベッドに移され、まだ生きていたかもしれないのだ。

もちろんその場合、昨夜ケイドとアヴリルは自分たちの部屋で休んでいただろうから、刺されたのは夫だったかもしれない。ブロディが死んだのは自分のせいかもしれないが、あまり罪悪感はなかった。身勝手ではあるが、殺されたのが夫でなくてブロディでよかったと思った。そして実際、ブロディは生まれて初めて人の役に立ったのだ。それで最後になってしまったのが残念でならなかった。

17

「アヴリル」階段をのぼる途中で、おりてくるアヴリルに出会ったケイドは足を止めた。「もう少し眠っているものと思っていたが」

「いいの」彼女は顔をしかめて首を振った。「目は覚めたし、やることがあるから」

ケイドは階段をのぼったところにある部屋のほうに目をやってためらった。彼はウィルとガウェインとともに朝食をすませたところだった。ウィルとガウェインは、ブロディはケイドとまちがえられて殺されたのだと確信していた。ケイドもその可能性を否定できなくなり、もうこんなことが起こらないよう、夜は階上の廊下に武装した兵士をふたり置いて警備をさせようと決めていた。

ウィルはケイド個人にも護衛をふたりつけるべきだと提案した。ケイドは気に入らなかったが、口論したくなかったので同意していた。だが、ウィルの兵士に護衛をさせるという提案は退けた。自分は今やスチュアートの領主なのだから、そういう任務は自分の兵士に与えるべきだ。だが、その相談をするためにエイダンをさがしにいこうとすると、ウィルとガウェインに止められた。城の建材が降ってくるかもしれないのだから、城のなかにいるべきだと彼らは言い張り、自分たちがエイダンを連れてくるから、そのあいだにドムナルに何が起こっているかを知らせにいってはどうかと提案した。

それでケイドが階上に向かっていたところ、階段の上にアヴリルが現れておりてきたのだった。彼は妻を見つめて言った。「朝食をとるあいだ、そばにいてほしいかい?」

アヴリルは太陽を贈ろうと言われたかのように微笑んだが、首を振った。「ありがとう、でもけっこうよ。あなたはどこかに行く途中なのでしょう。わたしはモラグとおしゃべりしながら厨房で食べるものをあつらえて、ドムナルのところに持っていこうと思って」

「食事が運ばれてくるとドムナルに伝えよう」ケイドが言った。

「彼に会いにいくところだったのね。ついでに何か持ってきてほしいものはある?」

「いや」思いやり深い申し出に、彼は身を乗り出して妻の唇にキスをした。

アヴリルは彼の二段上にいたので、ふたりの顔は同じ高さにあった。いつもとちがって身をかがめずに彼女の唇を奪えるので、ケイドはうれしかった。そのため背中の傷がうずくこともなく、彼はいつしかキスを深め、両手を本能的に乳房に伸ばしていた。

愛撫を受けてアヴリルが小さなうめき声をあげると、ケイドは目下の計画を忘れてすぐに彼女を自分たちの部屋に連れていきたくなった。だが、背中に回されたアヴリルの手が偶然傷をかすめたとたん、思わず身がこわばり、その考えはすぐにしぼんだ。あと一日か二日もすれば傷もよくなって思いを遂げることもできるかもしれないが、今はそのときではない。

ケイドは小さなため息をもらして唇を離し、アヴリルが落ちつくのを待って、目を開けた彼女の鼻に、そっと指をすべらせた。頰を真っ赤に染め、傷ついた様子もなく熱い目で見つめてくる彼女はなんとも愛らしかった。

「用事があるんだ」ケイドはそう言って謝った。彼女が偶然触れたせいで痛みを感じたことは知らせたくなかった。

アヴリルはため息をつき、階下の大広間と厨房のドアに視線を向けてうなずいた。「わたしもよ」そして彼に向き直り、眉を上げて尋ねた。「何か持ってきてほしいと言われたんだったかしら？」

ケイドはくすりと笑い、キスで彼女の心をかき乱したことに満足したが、もう一度「いや」という答えを繰り返すだけにして、階段をのぼりはじめた。妻が階段をおりながら幸せそうにハミングしているのが聞こえ、思わず微笑みながらドムナルの部屋の手前のほうのドアに向かった。ノックをせずにドアを開けて部屋にはいり、ベッドに向かったところで、ドムナルの姿がないことに気づいた。立ち止まってあたりを見まわすと、窓のそばにいる人影に目が止まった。ドムナルは自分の領地を見わたす王のように中庭を見おろしていたが、動きを止めてケイドのほうを見ると、身をこわばらせ、驚きのようなものを顔によぎらせながらささやいた。「ケイド」

ケイドは相手の態度に首をかしげ、問いかけるように片方の眉を上げた。ドムナルはそれを受けて小さく首を振り、無理やりぎこちない笑みを浮かべた。

「すまない」ドムナルは口元をゆがめてつぶやいた。「奥方かと思ったんだ。起きて歩きまわったせいで彼女から叱責を受けるんじゃないかとね」

「ああ、妻ならそうするだろうな」ケイドは静かに言った。こいつはうそをついている。だが、それは口にせずにこう付け加えた。「横になったほうがいい。アヴリルがあれほど苦労して縫った傷口が開いてしまうぞ」

「もう一分でも寝ていたくないんだ」ドムナルはいくぶん勢いこんで言い、また窓の外に目を向けた。「おまえがはいってくる直前に、ガウェインとウィルが中庭を横切って厩に向かうのを見た。何やら意を決したような足取りだった」

「おれの代わりにエイダンをさがしにいったんだ」

「ほう？」ドムナルは陰気な声で尋ねた。「なぜだ？　何があった？」

ケイドは彼をじっくり観察し、態度のぎこちなさに気づいた。「どうして何かあったと思うんだ？」

ドムナルは答えなかった。中庭の何かに注意を惹かれたらしく、完全に動きを止めている。

「どうした？」ケイドは不思議に思ってきいた。

「馬に乗った男がひとり、跳ね橋をわたって中庭にはいってきた」ドムナルはつぶやき、開いた窓からさらに身を乗り出して、よく見ようと目をすがめた。「あの姿は……」

ドムナルは黙りこみ、恐ろしい考えを振り払おうとするように首を振った。そしてケイドに注意を戻した。「それで、何があったんだ？」

ケイドは、どうしてそう思うのかともう一度ききたかったが、結局ただこう言うにとどめた。「おれのベッドで寝ていたブロディが刺された」

ドムナルの口元が不機嫌そうにこわばった。「彼はそこで何をしていた？」

「弟がおれのベッドで刺されたと言っているんだぞ。それなのにおまえはなぜ刺されたとも、だれに刺されたともきかずに、弟がそこで何をしていたのかときくのか？」ケイドはゆっくりと尋ねた。ふたりは黙って見つめ合い、腹をさぐり合った。やがてケイドは、弟がアヴリルを襲ったことは言わずに、単にこう言った。「たまたまそこに寝かされていたんだ」

「ふむ」ドムナルは向きを変えて、窓からもベッドからも、もちろんケイドからも離れた場所へと歩きはじめた。部屋の反対側の奥にあるドアに近づきつつあるのに気づいて、ケイドは身をこわばらせたが、彼が暖炉のそばで足を止めると少し力を抜いた。ドムナルは炉棚に片腕をかけ、冷えた燃えさしをしばし見つめたあと、尋ねた。「おれがやったとわかっているんだろう？　おまえがはいってきたときに観念したよ」

ケイドは落胆のあまり、肩を落とした。「そうではないかと思っていたが、今このときまで確信はなかった」

鼻を鳴らして振り向いたドムナルは短剣を手にしていたが、ケイドはほとんど注意を払わなかった。自分のけがはだいぶよくなっているし、ドムナルのけがは古いものだが、傷口が開いて縫ったばかりだ。ねらいを定めてこぶしをお見舞いすれば、動きを封じることができるだろう。遠くのドアから逃げるのは不可能だ。

「なぜだ？」ケイドは混乱して尋ねた。イアンほど親しくなかったとはいえ、ドムナルともいとこ同士だ。彼はエイキン・スチュアートの弟の息子だった。彼の父も大酒飲みの役立たずで、ドムナルが生まれて間もなく、若くして亡くなっていた。ドムナルもまたサイモンのもとに送られて訓練を受けている。ケイドと仲がいいのはいつもイアンだったが、ドムナルのことも家族であり友だちであると思っていた。いっしょに多くのことを乗り越え、生きのびてきたのだ。その彼がどうしてこんなことをするのか、ケイドは理解できなかった。

「なぜかって？」ドムナルはそう繰り返してにやりとした。「おまえにそれだけの貸しがあるからだろうな」

「詳しく話してくれ」ケイドは静かに言った。

ドムナルはうなずき、肩をすくめた。「事故のあと長いことおまえの意識が戻らず、助かるかどうかわからなかったとき、アンガスが言ったんだ。おまえがやるつもりだったことを、おれたちが代わりに進めていかなければならないと。おれたちはスチュアートに行って、おまえの父親を領主の座から引きおろし、おまえに代わってスチュアートの管理や切り盛りをしなければならないと。それがおまえの望みだとアンガスは言い、おまえと弟たちのつぎに継承権があるのはこのおれだから、それはおれの仕事になると指摘した」

ドムナルは顔をしかめた。「そのときはその考えを一蹴したが、種は植えつけられ、気づけば頭から離れなくなっていた。おれが領地と領民を治める領主になるのだと。領主の地位にふさわしくない三人の酔いどれのばかどもから、虐げられた召使いや兵士たちを救い出す戦士になるのだと」ドムナルは首を振った。「そのときはまだ例の衣装箱のことは知らなかったが、スチュアートの領主になりたかった。

一週間たってもおまえが目覚めないので、おれはそれが実現するかもしれないと思いはじめた。二週目も半ばになると、もう回復しないだろうと思いこみ、エイキンを退位させてスチュアートを手に入れ、領地を治めるのは自分なのだと確信した」彼の口がゆがんだ。「おれはその考えが気に入った。強くそれを望むようになり、長い昏睡のあとおまえが突然目覚めたときは、ほかのみんなのようによろこぶどころか、これ以上ないほど残念に思った。回復したことに怒りさえ覚えたよ。そのとき決めたのさ。おまえを天の父のもとに送る手伝いをしてやろうとな。おれが自分にふさわしいすべてのものを手にできるように」

「きみにふさわしいものはすべておれのものだったというわけか」ケイドは冷ややかに言った。相手が肩をすくめるだけなのを見て、信じられない思いで尋ねた。「そうすることに、まったく気はとがめなかったのか？」

「おまえはじゃまだった」ドムナルはあっさりと言った。

ケイドはその単純なことばに殴られでもしたようにあごを上げ、やがて口元をこわばらせてきいた。「イアンとアンガスは？」

「意識が戻ったおまえから衣装箱の話を聞いて、おれはそれがほしくなった」ドムナルは顔をしかめながら認めた。「それがあれば何もかもがずっと楽になる。おれがおまえのあとを継いでスチュアートを治めることになるとアンガスは言っていたが、そのときはおまえがスチュアートの切り盛りに役立てようと衣装箱のなかにためこんでいた硬貨のことを、まだだれも知らなかった。おまえを殺してしまえば、アンガスとイアンが金を山分けしようと言い出さないともかぎらない。それでおれは……」

「彼らは金などほしがらなかったはずだ。たとえほしがったとしても、三人で分けて充分なだけあった」ケイドは冷たく言った。「殺すことはなかっただろう」

「そうだな。だがすべての金をおれが持っていたほうが、領主を捨てておれの味方につけと領民たちを説得するのがどれだけ簡単か、考えてみろよ。それに、三年の奴隷生活のあとだけに、快適でもっといい暮らしがしたかった」

「おまえには良心がないのか」ケイドは驚いて言った。この男とずっといっしょにいたのに、どうしてそのことに気づかなかったのか不思議だった。

「ああ、子守り女にもよく言われていたよ。それがおれの欠点だってね」ドムナルは愉快そうに付け加えた。「だがおれは良心がなんの役に立つのか、どうにも理解できないね。ほしいものがあるなら、なぜ手に入れちゃいけない？　おまえでなくおれが領主になっちゃいけない？　おまえは領主になることをそれほど望んでいなかった。そうでなかったら、父親を説得して領主の座についていたはずだ。メリーに手紙でそうしてくれとたのまれたときに」彼は肩をすくめた。

「それでイアンとアンガスを殺してここに来たのか？」ケイドは静かに尋ねた。

「いや。おれはモルターニュに向かった。おまえがまだあそこにいると思い、ここで目覚めたときにした悲しい話を携えて現れるつもりだった。そしてスチュアートに向かう途中でおまえを殺そうとね。だがあと一泊野宿すればモルターニュに着くというところで、川の向こうから話し声が聞こえた。アヴリルと侍女が水浴びをしているのを見て驚いたよ。そのうちにおまえが加わって、ほかの者たちは消えた……ああ、神からの贈り物のようだった。おそらく神もおれにスチュアートを与えたがっているんだ」

「おまえは矢を放った」ケイドが言った。

「ああ。だがおまえが動いたんで、まちがってアヴリルを殺すところだった」ドムナルは顔をしかめ、すぐにつづけた。「それからおれは、また機会が訪れることを願って、旅するおまえたちを追ったが、最初の矢のせいでおまえは用心深くなった。ほかの者たちから離れず、いつも兵士に囲まれていた。アヴリルさえ二度とひとりにしなかった」

ケイドはただ彼を見つめるしかなかった。そしてきいた。「幕壁から落ちた石もおまえが？」

「ああ。おれも秘密の通路のことを知っていたんだ。何年もまえにおまえの親父が酔って話してくれたのさ。あれは実に便利だ」

「では二度目と三度目の矢も？」答えはわかっていたが、ケイドはたずねた。

ドムナルはうなずいた。「あのときは確実にしとめたと思った。衣装箱を持って乗りこんでいき、おれのものだと宣言するつもりだったが、まずはこっそり様子をうかがって、おまえが死んだことをたしかめようと思った。おまえが死んだとはっきりわかるまえに、だれかに近づくわけにはいかなかった。それで、衣装箱は隠しておいて、金がおれのものになってから持ち出すことにした」彼は不機嫌そうに口をゆがめた。「まったくおまえは幸運な男だよ。通路からこっそり城にはいって、おまえとアヴリルが、薬草をさがしにいっしょに森に行くだのなんだのと言い合っているのを聞いたときは、自分の耳が信じられなかった。死んでいないばかりか、何事もなかったかのように、起きて動きまわっていたんだからな」

ドムナルはうんざりした様子で首を振った。「そこでおれは通路からひそかにおもてに出て、一行が中庭から出ていくのを待ち、イグサを集めるために馬を止めた場所まで追った。戻って通路から城にしのびこみ、おまえを殺そうかとも思ったが、石を落としたときはもう少しで姿を見られるところだったから、城のなかでやるほうが安全だと考えた。それで治りかけの傷を開いてアヴリルのまえによろめき出た。彼女はおれが望んでいたとおりのことをして、ここに運んできてくれた」

「そこでおまえはおれを殺す計画に取りかかったが、誤ってブロディを殺してしまった」ケイドは暗い声で言った。

「ああ」ドムナルはそっけなく言った。「さっきも言ったが、おまえは運のいいやつだよ」目の脇の筋肉を引きつらせ、歯を食いしばってから彼は認めた。「アヴリルがいない時点で何かおかしいと気づくべきだったが、別々に寝ていると思ったんだ。そういう夫婦もあるからな。おまえがあのろくでなしにベッドを譲って、自分は別のベッドで寝ているなんてだれが思う？」

ケイドは数分間無言だったが、やがて尋ねた。「その傷はどこで受けた？」

「おれがやった」

さっと振り向くと、近いほうのドアが開いていた。ケイドはそこに幽霊を見ることになった。いとこのイアンがよみがえり、片手で腹部をかばいながら青い顔で立っていた。幽霊が復讐を求めてやってきたのだと信じかけただろう。もしウィルとガウェインとエイダンがその背後に立っていなければ。ケイドはゆっくりと顔をほころばせた。イアンは生きていたのだ。

「ばかな！　おまえはおれが殺したはずだ！」ドムナルはわめくように言った。

「いいや！　おまえはそのつもりだったようだがな」イアンは憎々しげに言い返し、ケイドに向かって言った。「いま着いたところだ。もっと早く来たかったんだが、体調が思わしくなくてね」彼は腹部を示して顔をしかめた。「腹に剣を食らった」

「ドムの贈り物か？」ケイドが冷ややかにきいた。

「ああ。おまえの衣装箱を持ってモルターニュに戻る途中、馬を止めて野宿した。目が覚めると腹に剣が刺さっていたよ。こいつの裏切りにひどく腹が立ったおれは、自分の剣をつかんでお返しをしたあと気を失った。気がつくと、アンガスは死んでいて、ドムナルと衣装箱は消えていた。あれを持ってフランスかどこかに逃げたんだろうと思った。ここに来るほどのタマがあるとは想像もしなかったよ。おれは一日さまよったあげく、また気を失った。つぎに目覚めたとき、おれはある城にいて、天使のような女性の世話を受けてくれていた。おれが場所を教え、彼女の配下の者たちがアンガスを見つけて埋葬した。おれは回復するまで休ませてもらい、歩けるようになると、すぐに馬に乗ってここに駆けつけたんだ。何があったかをおまえに報告するために」

イアンはドムナルをにらみながらつづけた。「こいつがここに来てまでやっかいを起こすとわかっていたら、すぐに伝令を送っていただろう。こいつの裏切りを直接報告しようとしたせいで遅くなってしまった。すまない、ケイド。ウィルとガウェインから聞いたよ。そうしていればおまえにこれほど痛い思いをさせることもなく、ブロディの命も救えていただろう。まさかこいつがここに顔を出すとは思いもしなかったんだ」

ケイドはイアンの顔に後悔と罪悪感を認めたが、手を振って彼の謝罪を退けた。彼に責任があるとはまったく思っていなかったし、生きていてくれたことがただうれしかった。そしてドムナルを見た。「あきらめろ、ドム。もうおまえはここの領主にはなれない。ここから逃げられもしない。残された道は武器を捨てて降参することだけだ」

ドムナルは男たちに交互に目を向けながらためらった。そのとき、ケイドの世界において最悪のことが起こった。彼の妻がドムナルの背後の遠いほうのドアから突然はいってきたのだ。この状況にまったく気づいていないアヴリルは、明るく陽気な笑みを浮かべて、足早に歩きながらまくしたてた。「ケイド、いまベスからイアンが戻ってきたって聞いて、わたし、思ったんだけど――ドムナル！」彼女はぎょっとして話をやめ、彼のそばで立ち止まった。

「なんてこと！　ベッドから出て何をしているの？」

「アヴリル！」ケイドは叫び、ベッドに戻そうとドムナルの腕に手を伸ばす妻を、急いで止めようと進み出た。だが、遅すぎた。アヴリルは動きを止めて、何事かと夫のほうを見やったが、ドムナルはかまわず彼女に近づいた。そして片手を彼女のウェストにかけ、うしろ向きに自分の胸に引き寄せると、もう片方の手に持った短剣の先を彼女ののどに向けた。

ケイドは凍りついた。顔から血の気が引き、恐怖で何も考えられない。すでに二人の人間を殺し、何度も自分を殺そうとした男に捕えられた妻を見つめた。

「ケイド？」彼女は夫の緊張した顔をけげんそうに見てから、自分をつかまえている男に目を戻した。「ドムナル？　何を……」

アヴリルの声が消え入り、ケイドの胸は痛んだ。彼女の目は事情を察したことを告げていた。賢い妻は夫の目を見て言った。「あなたを殺そうとしていたのはドムナルなのね？」

彼女の顔には恐怖もためらいもなかった。危機に陥ったときに繰り返し見せた落ちつきだけがあった。このとき、ケイドは気づいた。これまでの人生でアヴリル以上にだれかを愛したことなど一度もなかったことを。彼女の明るさと情熱と勇気、そして非常時の冷静さはかけがえのないものだ。彼が森のなかで矢を受けたときも、アヴリルはパニックに陥って助けを呼ぶために馬でスチュアートに向かったりせず、彼を馬に乗せて連れ帰ることで命を救った。そして今も落ちついている。彼女のことばは理解したことを告げているだけで質問ではなかったが、それでもケイドはそうだと認めてうなずいた。

つぎにドムナルのほうを見ると、彼は勝ち誇ったように微笑んでいた。

「これでおれの選択肢は増えたようだな」ドムナルはそう言うと、アヴリルを引きずりながら壁のほうにあとずさった。

18

アヴリルは夫を裏切ったドムナルに怒りを覚えたが、そのことは考えまいとした。憎むべき男にうしろに引きずられながら、足をふんばるので精一杯だったからだ。

「ドム」

ケイドの声がふたりの注意を引いた。ドムナルが止まると、アヴリルは小さなため息をもらし、期待するように夫のほうを見た。すると彼は言った。「あの衣装箱があれば、おまえはどこでも領主のような暮らしができる。アヴリルを無傷で解放してくれるなら、それをおまえに進呈しよう」

「へえ、そうかい」ドムナルは鼻を鳴らした。「おまえの妻を自由にすれば、おれを衣装箱といっしょにここから出ていかせてくれるって？　おれをばかだと思っているのか？」

「おれを信じろ」ケイドはきっぱりと言った。「アヴリルさえ放してくれれば、おまえはこのままここから出ていける」

ドムナルが首をかしげるのを視界の隅にとらえ、アヴリルは自分もわずかに頭の向きを変えた。彼は驚いた表情でケイドをじっと見ている。

「本気で言っているようだな」ドムナルは不思議そうに言った。「たかだか数週間まえに出会った女のために、ほんとうにすべてを手放すつもりなのか」

「ああ」ケイドはあっさりと言った。

アヴリルは愛情に目を輝かせて夫のほうを見た。彼が実際に何を手放すことになるのかは知らないが、最近やたらと気にしていたとても大切なものであることはわかっていた。それでもケイドはわたしのためにそれをあきらめるというのだ。こんなすばらしいことを言われたのは初めてだ。ほんとうにわたしの夫はイングランドでいちばん、あるいはスコットランドでいちばん、やさしくて、思いやりがあって、愛情深い男性だ。するとケイドはさらに言った。「だが、彼女を解放しなければ、あるいは髪の毛一本でも傷つけたら、素手でおまえのはらわたをえぐり出して、おまえに食わせてから首を切り落としてやる」

そうね、彼を表すのに〝やさしい〟ということばはふさわしくないかもしれないわ、とアヴリルはかすかに思った。

ドムナルが背後で冷めた笑い声をあげ、その息が彼女の髪をわずかに乱した。「そう、それでこそおれの知っているケイドだ。おまえが結婚ですっかり腑《ふ》抜《ぬ》けになったわけじゃないとわかってよかったよ」

ケイドは冷たく見返した。「それで、おまえの答えは？　彼女を放してここから出ていくと言え。そうすれば兵士たちに命じて武器を向けさせないようにする」

「それはずいぶんと親切な申し出だな」ドムナルは冷淡に言った。「おまえがいつも自分のことばに責任を持つことはわかっている。だが、今回ばかりは危険を冒すわけにはいかないんでね。確実に逃げられるように、彼女はいっしょに連れていく。奥方を殺されたくなかったら、ここから動くな。そうしても安全だと思ったら、彼女は自由にしてやる」

ドムナルはゆっくりと横に移動しはじめ、アヴリルの首にさらに強く短剣を押し当ててついてくることを強要したので、のどを切り裂かれないためにはいっしょに動くしかなかった。彼女は移動しながらケイドを目でさがし、生きて彼を見るのはこれが最後かもしれないと、その姿を記憶にとどめた。

ケイドは脇におろした両手をにぎりしめ、やり場のない絶望と怒りに体をこわばらせていた。目元へと視線を上げると、彼もまた彼女を記憶にとどめようとしているように、じっと見返していた。アヴリルは安心させるべく笑みを浮かべようとしたが、まるでうまくいかなかった。恐怖を感じているせいで、それをおもてに出すなと心が命じても、顔の筋肉が従ってくれないのだ。

ドムナルが立ち止まった。背後で何かしているらしく、アヴリルの背中に触れている彼の胸の筋肉が動く。やがて、すえた空気の流れを感じた。それはモルターニュの秘密の通路を通って、ケイドの部屋にしのんでいった夜を思い出させた。ドムナルは背後で通路のようなものの入口を開けたのだ。一瞬、どうして夫はスチュアートにも秘密の通路があると話してくれなかったのだろうと思ったが、いずれ話すつもりだったのだろうと思い直した。それに、今はそんなことを気にしている場合ではない。すると、ドムナルが突然悪態をついた。

可能なかぎり横に目を向け、何に悪態をついているのだろうとうかがうと、彼が炉棚からろうそくを取るのが見えた……あまり役には立たなそうな、火のついていないろうそくだ。彼はためらっているらしく、ドアのところにいるケイドと仲間たちのほうをうかがっている。

「おい！　小僧！」ドムナルがかみつくように言った。アヴリルはラディが廊下に立って、状況を把握しようとドアからのぞいているのに気づいた。ドムナルに呼ばれ、少年はこちらに注意を向けた。初めてアヴリルと会ったときのようにみるみる目が大きくなり、問いかけるように自分の胸を指さす。

「廊下から火のついたたいまつを持ってこい」ドムナルは荒々しく命じ、役に立たないろうそくを脇に放り投げた。

燭台とろうそくが床に落ちて転がっていくと、アヴリルはぎょっとして飛びあがりそうになったが、歯を食いしばって耐えた。

ラディは廊下のほうを向いてどうしたものかと見ていたが、彼がその場から動かないので、たいまつの位置が高すぎて届かないのだとアヴリルは気づいた。エイダンもそれに気づいたらしく、ラディにたいまつを取ってやるために、そっと廊下に出て一瞬姿を消した。エイダンはすぐに戻ってきて、火のついたたいまつを少年にわたした。ラディは不安そうに大きく目を見開いたまま、急いでそれを持ってきた。アヴリルは彼を励まそうと、必死で微笑みかけた。それでラディが安心したかどうかはわからなかったが、少年はわずかに胸をふくらませ、顔に恐怖を浮かべまいとしながらふたりに近づいてきた。

「彼女にわたせ」ドムナルが命じ、ラディは足を止めた。

アヴリルは手を伸ばしたが、少年はためらい、あごを上げて勇敢にもこう言った。「ぼくが代わりに持つよ。だからレディ・アヴリルを放してあげて」

少年をやさしく見つめ、心からの笑みを浮かべて彼女はささやいた。「ありがとう、ラディ。でもわたしが持つほうがいいのよ」少年がためらうと、彼女はやさしく付け加えた。「何もかもうまくいくから」

「彼女にわたせと言ってるだろうが」ドムナルがいらいらとどなった。

ラディは気が進まない様子でたいまつを差し出した。アヴリルが燃える木の棒をかろうじてつかんだところで、すぐにドムナルは背後の通路に向かって彼女を引きずりはじめた。ついていくのが自分の役目とばかりにラディが進み出るのが見えたが、ドムナルがすぐに手を伸ばして脇にある取っ手をたたくと、通路の入口が音をたてて閉じ、アヴリルは愛する人びとから引き離されて、ドムナルとともに壁のなかに閉じこめられた。

ドムナルはもう時間を無駄にしなかった。彼女を引き寄せたまま向きを変え、彼女にまえを歩かせながら、壁の奥につづく暗くてせまい通路を足早に進んだ。

そして不意に足を止めた。アヴリルはまったく予期していなかったので止まるのが遅れ、のどに短剣が食いこむのを感じてひるんだが、それを気にしている暇はなかった。ドムナルがのどに向けて短剣を持っていた手を突然引っこめて、彼女をまえに押し出したからだ。これも予期していなかったため、アヴリルはまえにつんのめった。とっさに身を守ろうと、たいまつを放して不潔な石敷きの床に両手と両膝をつく。

「それを持て」とドムナルが命じる。最初アヴリルはたいまつのことだと思ったが、まえに立っている彼は、拾いあげたたいまつで彼女の頭上を示しながら繰り返した。「それを持つんだ」

振り向いて示されたほうを見ると、自分が浅くてせまいアルコーブのまえに倒れていることに気づいた。アルコーブには大きな衣装箱がぴったりと収まっている。アヴリルは膝立ちのまま近づき、箱のなかには何がはいっているのだろうと思いながら不思議そうにそれを見た。

「急げ、このうすのろ！」ドムナルは激昂し、怒りにまかせて彼女の脇腹を蹴った。「やつらがすぐに追ってくる」

強打されたせいで腰の下のほうから突きあげる痛みに歯を食いしばりながら、アヴリルはなんとか立ちあがってかがみこみ、箱の両側についた持ち手をつかんだ。持ちあげようとしたものの、箱はびくともしない。顔をしかめ、両脚を使ってふんばりながらもう一度やってみたが、箱はあまりにも重すぎて、いくらがんばってもまったく持ちあがらなかった。

「早く持て」ドムナルがどなる。

「できないわ」アヴリルは静かに言った。「重すぎて」

「やったほうが身のためだぞ。それ以外におまえに使い道はないからな。おれが持てば、おまえから身を守れなくなる」

そのことばにおどしを聞き取ったアヴリルは唇をかみ、もう一度がんばってみたが無駄だった。箱を持ちあげることはできない。

ドムナルは彼女のほうに近づきはじめていた。たいまつに照らされた目は冷たく、邪悪な表情を浮かべている。とそのとき、ふたりの背後で通路の扉が開いた。彼は悪態をつきながら勢いよく振り返ったあと、彼女のそばの壁に近づいて何かをたたいた。そして、通路のなかにはいってきたケイドに向かってたいまつを投げた。通路の奥は急に真っ暗になったが、アヴリルには夫がたいまつをよけて部屋のなかに戻るのが見えた。するとドムナルは暗闇のなかでアヴリルの腕をつかみ、引っぱって立たせた。よろけながら引っぱられていくと、別の入口が開いているのが見え、彼女は別の部屋に引きずりこまれた。入口は音をたてて閉じた。

自分がどこにいるのか理解するまえに、アヴリルはまたドムナルの胸にぴったりと引き寄せられていた。のどに短剣を当てられ、もう片方の手で口をふさがれている。

「声をあげたらすぐに殺してやるからな」ドムナルはかすれたささやき声で警告し、彼女を抱えたままゆっくりと壁に近づいて、壁の向こうの通路で起こっていることに耳を澄まそうとした。

あたりに目を走らせたアヴリルは、すぐに自分たちがいるのはブロディの部屋だと気づいた。ドムナルが最初から計画していたのか運が味方したのかはわからないが、彼が隠れるのに選んだのは、いちばん見つかりにくい部屋だった。ブロディが亡くなったので、だれかが掃除するように命じるまではだれもこの部屋にはいってこないだろうし、ドムナルがあえてこの部屋に隠れているなど、ケイドたちは思いつきもしないにちがいない。大事な大事な衣装箱が通路のなかのアルコーブにあることを、彼らは知らないのだから。ドムナルに言われなかったら、アヴリルも絶対それに気づかなかっただろう。ケイドたちはドムナルが通路を通って城の外に出たと考えて、通路の先に目を向けるはずだ。

口をふさぐ手に力がはいり、短剣が肌に痛いほど押しつけられる。アヴリルはふと、ごく小さな話し声が聞こえていることに気づいた。秘密の扉と床のあいだか、壁とのつなぎ目のあいだにわずかな隙間があるせいだろう。だが、そんなことはどうでもよかった。話し声はほとんど壁のすぐ向こうで聞こえたかと思うと、遠ざかっていこうとしていたからだ。

アヴリルは目を閉じて考えようとした。ドムナルは明らかに彼らが行ってしまうまで待つつもりだ。そして……そのあとは？　この状況について考え、自分が衣装箱を持ちあげられなかったばっかりに、危険な立場に追いこまれてしまったことに気づいて心が沈んだ。ドムナルが言ったように、箱を運びながら彼女に短剣を突きつけるわけにはいかない。追っ手とのあいだの盾だったアヴリルは、突如として重荷と危険になってしまったのだ。

ケイドたちがさがしまわっているあいだ、ドムナルは見つかる恐れもなく、しばらくのあいだ安全にこの部屋にいることができる。事態が落ちついたら、そっと部屋を出て衣装箱を回収し、それを持って消えればいいのだ。その場合、もうアヴリルは必要でなくなる。実際、彼女を生かしておけば叫び声をあげる危険性があるし、そうでなくても物音を立てて、彼を危険にさらすかもしれない。

ドムナルに殺されるのだとさとって、アヴリルは暗い気持ちになった。彼にとってはそれがいちばん賢い道だ。おそらく彼はケイドたちが通路を通りすぎるまで待つだろうが、そのあとはもう待たないだろう。助かりたければ、できるだけ早くなんとかしなければならない。今すぐにでも。

アヴリルは息を詰め、何か武器に使えるものはないかと、両手であたりをさぐりはじめた。そうしながらも、何をしているかドムナルに気づかれないよう、背中と上腕はできるかぎり動かさないようにした。まえの壁に立てかけてあるものに手が触れ、アヴリルは目を閉じてゆっくりと息を吐いた。そっと手をかけ、それがなんなのか、役に立つかどうかを推測する。それがブロディの盾だと気づくまでにはしばらくかかった。一度も戦《いくさ》で使われたことがないと思われる、上等な金属の盾――この城に来て最初の晩にブロディがアヴリルに襲いかかったとき、ラディがその持ち主に対して使ったあの盾だ。

引きつづき上腕と背中の筋肉をあまり使わないように気をつけながら、アヴリルはゆっくりと盾の縁に手をかけ、なんとか持ちあげた。少しずつ移動させて、両手でつかめるようにする。そこで動きを止め、どうすればいちばんいいか考えたが、選択肢はそれほどなかった。やるべきことはただひとつ、盾をまっすぐ頭上に持ちあげて、うしろにいるドムナルの上に力いっぱい振りおろし、彼が倒れてくれることを願うだけだ。失敗すれば、苦労も空しく思われ、のどを切り裂かれてしまうだろう。

アヴリルは歯を食いしばり、息を吸ってから、それを実行した。のどの短剣を無視し、持てる力を振り絞って盾を振りあげ、頭越しにドムナル目がけて振りおろした。

幸い、ドムナルは壁の向こうに耳を澄ますのに気をとられていたため、手遅れになるまでアヴリルがやろうとしていることに気づかなかった。金属の盾が頭に当たるごつんという音と、意表をつかれたドムナルの叫びが聞こえた。不意に解放された彼女は急いで彼から離れ、ふたたび盾を振りあげると同時にくるりと振り向いて彼と向かい合った。

ドムナルはまた盾が迫っているのを見て怒りの叫びをあげ、片腕を上げて身を守ろうとしたが、その動きはぎこちなくてあまりにも遅く、アヴリルは必死ですばやかった。彼女は自分でも怒りの叫びをあげながら、全体重と持てる力のすべてをこめてもう一度盾を振りおろし、ドムナルの頭の前面をしたたかに打ちすえた。

すぐに三度目の攻撃に備えて盾を持ちあげたが、ドムナルはすでにまえに倒れようとしていたので、アヴリルはうしろに跳びすさった。床に倒れてからも彼が動くかもしれないので、盾はかまえたままだ。

警戒しながらドムナルを見ていると、近くの壁がいきなり開き、男たちが部屋にはいってきた。先頭はケイドで、彼は状況を見てとると足を止めた。妻のまえに横たわっている男に目を走らせたあと、アヴリルを見る。ドムナルの処置はほかの者たちにまかせ、あっさり彼をまたぐと、まっすぐ妻のほうに向かった。

アヴリルは両手から盾を放した。床に落ちたそれが音をたてるなか、やってきた夫の腕にすぐさま抱きあげられる。ケイドは彼女を部屋から運び出そうときびすを返し、彼女は彼の肩にしっかりつかまった。

「ケイド」

彼はすぐに足を止め、彼女を抱いたままウィルのほうを振り返った。「なんだ？」

「おれたちは彼をどうしたらいい？」ウィルはイアンたちとともにドムナルを取り囲みながら尋ねた。

「地下牢に放りこめ」ケイドは冷たく言った。

そしてまた向きを変えかけたが、ウィルにこう言われて動きを止めた。「まあ、そうしてもいいだろうが、なぜきみが死体を鎖につないでおきたがるのかわからん」

アヴリルはケイドとともに、倒れている男をじっくりと見た。ウィルとガウェインが仰向けにしたドムナルの胸に、彼の短剣が突き刺さっているのを見て、彼女は目を見開いた。どうやら彼は短剣の上に倒れたらしい。

「それならどうとでもきみたちの好きなようにしろ。おれはかまわん」ケイドは冷淡に言い、また背を向けた。今回は呼び戻されることなく、彼女を部屋から運び出すことができた。

「わたしは大丈夫よ。運んでもらう必要はないわ」自分たちの部屋に向かって運ばれながら、アヴリルはつぶやいた。

「血が出ているんだぞ」ケイドはきびしい声で言った。

「なんですって？」彼女は驚いてきいた。

「首から」

恐る恐るのどに触れてみると、そこに切り傷があるのがわかり、痛みにひるんだ。長い切り傷だったが、最初にドムナルを頭越しにたたいたときに受けたのか、そのまえに彼に引きずられているときに受けたのか、アヴリルにはわからなかった。だが、それほど深くはないようだ。少なくともそう思いたかった。

「たいしたことないわ」アヴリルは安心させようとして言った。「ほとんど痛みはないし」

ケイドはそれを無視して、階段を通りすぎながら「ベス」とどなった。

「わたしは大丈夫よ、ほんとうに」彼女は心配してくれる夫に思わず顔をほころばせながら言い張った。

それでもやはりまるで効果はなく、彼は夫婦の寝室に向かっていた。部屋に着くと、ケイドは彼女をベッドに運んだところで動きを止めた。ベッドにおろすのではなく、彼女を抱いたままベッドの縁に座った。そしてできるだけおだやかにキスをしたが、それでもアヴリルは息ができなくなった。

「こんな思いをするのはもう二度とごめんだ」ケイドはようやく頭を上げると、うなるように言った。「きみを失うことになるのかと思った」

アヴリルは彼を見つめ、その目の真剣さに心を打たれた。そしてドアのほうに目を向けた。ベスがせかせかとはいってきたからだ。

「わたしをお呼びですか、だんなさ……」アヴリルを見て声が消えた。のどからしたたる血を見て侍女は蒼白《そうはく》になり、向きを変えると、水と麻布を求めて叫びながら、廊下を駆けていった。やがてベスはすぐ部屋に戻ってきて、アヴリルが薬種袋をしまっている衣装箱に向かった。必要と思われるものを袋から取り出すと、ベッドに近づいてアヴリルとケイドのまえに立った。

「何があったんです？」と尋ねながら、ベスはアヴリルのあごの下に二本の指を当てて、傷をよく見ようと上を向かせた。

「ドムナルに切られた」ケイドがうなるように言った。すでに死んでいるにもかかわらず、殺してやりたいという口調だった。

「そんな男、だんなさまがやっつけてくださいよ」ベスはかがみこみながら情容赦なく言った。

「それができないんだよ」ケイドは悲しそうに言ったあと、こう付け加えた。「アヴリルがやつを殺したのでね」

「わたしは殺してないわ」アヴリルはびっくりし、ベスの手から顔を離して夫をにらみつけた。「盾で殴っただけよ。彼は自分の短剣の上に倒れて死んだのよ」

「そうだったのか」そう言うと、彼の唇にゆっくりと笑みが広がった。「ラディときみとモラグは盾が役に立つことを証明してくれたな。城のすべての壁に盾をかけておくべきかもしれない。今後何者かが侵入してきても、きみたちに盾で追い払ってもらえる」

「モラグが使ったのはお盆よ」アヴリルが思い出させた。夫からいくぶん暗さが消えているようなのでほっとする。

「盾のほうが重い」ケイドは指摘した。「それに、あの晩おれたちの部屋に盾があったら、モラグは食べ物をこぼさずにすんだ」

「そうね」アヴリルは同意した。「盾のほうがいいわ」

ふたりは微笑みを交わし合い、ドアのほうを見た。衣擦れの音がモラグの到着を告げていた。侍女はベスに命じられたように、水のはいった洗面器と麻布を持ってきたのだった。ベスはほっとしてそれを受け取ると、てきぱきとアヴリルの傷の手当てに取りかかった。

「縫う必要がありますね」傷口から血を拭き取るやいなや、ベスは言った。

「いやよ」アヴリルは驚いて息をのみ、警戒して下を向いた。

「ひどい出血じゃないか、アヴィー」ウィルがそう言って自分がいることを告げ、アヴリルが声のしたほうを見ると、すでにかなり大勢の人びとが集まっていた。ウィル、ラディ、エイダン、ガウェイン、そしてイアンが険しい顔つきで見守りながら立っており、彼女が目を向けるとそれぞれうなずいた。

そのそばではモラグがまだうろうろしており、リリーとアニーもやってきていた。

アヴリルは唇をかんでケイドを見た。

「深い傷だ。それに場所もよくない。頭を動かすたびに開いてしまうだろう。縫っておいたほうがいい」ケイドは残念そうに言ったあと、侍女たちのほうを見て命じた。「彼女にウイスキーを少し持ってきてやってくれ」

「でも……」アヴリルはパニックに近いものを感じつつあった。だが、言おうとしていたこと――傷を縫われるのはいやだということ――を明かすのはためらわれた。病人やけが人の治療法を母に習って以来、数えきれないほどの傷を縫合してきたが、それが自分に必要になったのは一度きりだ。それは幼いころ手のひらを切ったときのことだった。ほんの小さくふた針縫っただけだったが、悪魔にやられたように痛かったと記憶している。今回の傷はそれよりずっと大きいので、痛みもさらにひどいだろうと思うと怖くてたまらなかった。だが、それは口に出さず、苦し紛れに言った。「でもあなた、軟膏を塗って、傷が自然にふさがるまで包帯を巻いておけば大丈夫よ。しばらく頭は動かさないようにするわ。傷はそれほど深くないと思うから、すぐに治るわよ」

「きみには見えないだろうが、傷は浅くないぞ」

「でも――」自分の手のなかに小さな手がすべりこみ、アヴリルはことばをのみこんだ。見ると、ラディが小さな手で安心させるように彼女の指をにぎっていた。

「ぼくが手をにぎっていてあげるよ、奥方さま」少年はしかつめらしく言った。「そんなに怖いことじゃないよ。もし痛かったら好きなだけ強くぼくの手をにぎっていいからね。ぼくの擦り傷や切り傷の手当てをするあいだ、母さんはいつも手をにぎっていてくれたんだ。ぎゅっと目を閉じて、だれかの指を力いっぱいにぎるといいんだよ」

アヴリルは感動し、小さくほっと息をつくと、感謝をこめて彼の手をやさしくにぎった。

「ありがとう、ラディ。あなたがけがをしたときは、わたしがお母さんの代わりにあなたの手をにぎってあげるわね」

彼はそれを聞いて微笑んだあと、ドアのほうを見た。モラグがウイスキーの水差しを持って部屋に戻ってきたのだ。

アヴリルはそれを見て顔をしかめた。お酒はあまり好きではない。義理の父とガウェインに飲酒をやめさせようとがんばってきたのに、今度は自分がお酒を飲まなければならないなんて皮肉に思えた。だが自分もかつて針やナイフを使うとき、たびたび男たちにお酒を飲ませてきた。ベスの持つ針が皮膚に差しこまれたら、火酒の効果に感謝することになるのはわかっていた。

そう考えて思わず背筋を伸ばし、アヴリルは水差しに手を伸ばした。

19

寝室のドアがかちりと音をたて、アヴリルはゆるゆるとまどろみから覚めた。

ドムナルの死から三日がたっていた。ドムナルとブロディは埋葬された。ブロディは牧師の立ち会いのもと家族の霊廟《れいびょう》に葬られ、ドムナルは葬儀もなしに城から運び出された。それ以来、スチュアートでは何もかもが落ちついた。ケイドの父はもう自分は死ぬのだと嘆くこともなくなり、体を清潔にして身なりを整え、食事どきには階下のテーブルに姿を現すようになった。彼もガウェインも禁酒をつづけていたので、アヴリルはほっとしていたが、いつまた昔の習慣が戻ってしまうかわからない。彼女とケイドはできるかぎりそれを阻止するつもりだった。ドムナルから受けた傷が順調に回復しつつあるイアンは、自分の手当てをしてくれたかわいいイングランド娘のもとに行きたがっていた。ウィルは兵士たちを連れてイングランドに戻るのだ、自分も結婚相手を見つけて落ちつくのだと騒いでいる。そしてほとんどの使用人たちがスチュアートに戻ってきて、城はかつての輝きを取り戻しつつあった。

少なくとも、アヴリルはそう聞かされていた。傷の治療に専念するため、ケイドとふたりで使っている寝室に閉じこめられているせいで、自分で確認することができずにいたのだ。

アヴリルはうんざりしてぐるりと目をまわした。ケイドはアヴリル以上にきびしい看護師で、首の傷をベスに縫ってもらったあとも、ベッドにいなければならないと言い張った。この三日間というもの、そばにいるのはラディとベスだけで、昼間はたまに兄かほかの男性がいてくれるものの、涙が出るほど退屈だった。夜にはケイドがベッドのそばに座り、かつて彼女がしてあげたように本を読んでくれた。波のように打ち寄せる深みのある声に、アヴリルは癒された。寝ていなければならないのはもううんざりで、ケイドと話ができる夜だけが楽しみだった。そんなある晩、部屋にやってきたケイドから、明日はベッドから出てもいいとようやく言われたのだ。

服を脱ぎはじめる夫を見ていると、あの情熱が思い出された。最初はその姿に目を奪われていたので、自分が何を話そうとしていたのかすっかり忘れていたが、やがて彼の落ちた肩と暗い顔つきに気づき、眉をひそめた。ケイドはひどく落ちこんでいた。最初は、ドムナルが死んだ夜からずっとそうだ。最初は、何が原因なのか、理解することができなかった。ドムナルが死んだしてはドムナルが死んでほっとしていた。少なくとも、夫の身に危険が迫ることはなくなったのだから。だが、ドムナルは夫のいとこであり、かつては仲間であり戦友でもあったのだ。悪人として死んでいったとはいえ、夫はおそらく彼の死を悼んでいるのだろう。

アヴリルはケイドが服を脱ぎおえてベッドにすべりこむまで待ってから、その問題を口にした。そして、やさしく言った。「残念ね。ドムナルはあなたの友だちだったこともあったんでしょう。最後にはあんな人になってしまったとはいえ、彼のために悲しんでいるのね」

ケイドはけげんそうに妻を見た。「本気で言っているのか？　あいつはアンガスを殺し、イアンときみを殺そうとしたんだぞ」彼は首を振った。「いや、あいつが死んで残念だとは思わない。おれ自身が手をかけずにすんだんだからな。だが、あのばか野郎は、衣装箱のありかを吐くまえにくたばってしまった。おれに一杯くわせてやったと、地獄でばか笑いしているにちがいない」ケイドは歯を食いしばり、苦々しく付け加えた。「最悪なのは、そのとばっちりを食うのがスチュアートの領民だということだ。あの衣装箱があれば今年の冬は越せると思っていたんだが」

ケイドとドムナルにとってかなり大切なものだったらしい衣装箱のことを不意に思い出し、アヴリルは目を見開いた。ここ何日か、話題に出なかったので忘れていたが、今こうして話題になったからには、いいニュースを伝えることができる。アヴリルは衣装箱のありかを教えようと口を開けたが、好奇心に勝てずにこうきいていた。「ドムナルがふたりの人間を殺したうえ、あなたまで殺そうとしたほど大切な、あの衣装箱のなかには何がはいっているの？」

「硬貨だ」ケイドはあっさりと言った。

アヴリルは眉をひそめた。「そうとうたくさんの硬貨がはいっているんでしょうね。すごく重かったから。ドムナルに命令されても持ちあげられなかったわ」

「なんだって？」ケイドが鋭い目で彼女を見た。

アヴリルは軽く微笑んで告げた。「衣装箱は秘密の通路の、ブロディの部屋の出入口に近いアルコーブにあるわ。あなたはおそらく通りすぎてしまって……」

アヴリルは口をつぐんだ。夫はもう聞いていなかった。すでにベッドから出てドアに向かっている。そして、あなたは裸なのよとアヴリルが言う間もなく、ドアから出ていってしまった。アヴリルは首を振り、毛皮の下からシーツを引っぱり出して、着ていた薄いシュミーズの上に巻きつけると、ベッドを出て夫を追った。ドアまで行ってから、夫の体をおおうためのプレードを持っていこうと思いついた。

小声でぶつぶつ言いながら、暗い床に投げ捨てられたプレードをさがし、やっと見つけてそれをつかむ。そしてもう一度ドアに向かったが、シーツもプレードも落とさずにドアを開けるのがまたひと苦労だった。時間はかかったがなんとかドアを開け、廊下に出ると、ちょうどケイドが戻ってくるところだった。

大股で歩いてくる彼は、先ほど寝室にはいってきたときの、肩を落とした男性とはまるで別人だった。相変わらず赤子のように丸裸で、下腹部を隠しているのは衣装箱だけだったが、肩は上がり、自信に満ちた足取りで、口元に笑みを浮かべながら箱を運んでいる。あの重い箱を軽々と持ちあげているのを見て、なんて力持ちなのだろうとアヴリルは感心した。

ケイドが近づいてきたので、脇にどいて彼を先に部屋に入れた。そのとき、階段の上でぽかんと口を開けて彼を見送っているモラグとベスに気づいた。

アヴリルは首を振って夫のあとから部屋にはいり、ドアを閉めた。

ケイドはすでにベッドの上にいた。衣装箱のまえにあぐらをかいて座り、掛け金《がね》をいじくってはずそうとしている。かちりと音がして、ふたが開けられ、中身が現れた。箱のなかの硬貨を見て、ベッドに向かっていたアヴリルは思わず立ち止まった。箱は縁まで硬貨でいっぱいで、ベッドの上にもいくらかこぼれ落ちていた。

「あなたはお金持ちなのね」彼女は驚いてつぶやいた。

「ああ」彼はにやりとした。「おれたちの金だ」

「でも、どうやって？」アヴリルは困惑して尋ねた。

ケイドは肩をすくめた。「騎士に叙せられるとすぐに、傭兵《ようへい》として働きはじめたんだ。金さえ払えばだれでも雇える兵士としてね」彼はにやりとした。「必死な者ほど大金を出した」

アヴリルがびっくりして見やると、彼はまた肩をすくめた。

「満足にできることはそれしかなかったんだ。母はおれがスチュアートと父に近づくことを望まなかったし……おじのサイモンにはおれの助けは必要なかった。それで兵士を何人か集め、金をもらって戦ったんだ」ケイドは衣装箱に視線を戻した。「男はたいてい女や酒に金を使うが、おれは酒飲みではないし、女に金を使う必要もなかったから、自分の稼ぎはほとんど貯金した。まとめ役として手数料ももらっていたしな」硬貨に目を走らせて言う。「この金はスチュアート再建のために使うつもりでいた。それにはいくら必要なのかわからなかったが」

アヴリルはベッドに深々と腰をおろし、当惑しながら尋ねた。「お金持ちなのに、どうしてあなたはわたしと結婚したの？」

「なんだって?」ケイドは驚いて彼女を見た。不思議そうな顔つきに気づいて眉をひそめる。「なぜおれがきみと結婚したと思っていたんだ、アヴリル?」

「持参金のためだと」彼女は正直に言った。

彼は鼻を鳴らした。「あれっぽっちの持参金のために?」

彼女は真っ赤になった。「かなり気前のいい額だったわ」

「そうだな」ケイドはなだめるように言うと、身を寄せて頬にキスをした。そして体を起こして硬貨を片手いっぱいにつかみとり、また箱のなかにざらざらと戻す。「だがこれにはかなわないだろう」

アヴリルも衣装箱を見て、彼の言うとおり、自分の持参金などこの足元にもおよばないと認めるしかなかった。

「おれが持参金のためにきみと結婚したと思っていたのか?」とケイドに尋ねられ、衣装箱から気がそれた。

アヴリルは赤くなりながらもうなずいた。「ええ。それと、わたしがウィルの妹だから」

それを聞いてケイドは笑った。「そう考えると、おれはきみのお父上と結婚したようなものだな」

彼女は思わず微笑んだが、すぐに眉をひそめて尋ねた。「でも、それならどうしてわたしと結婚したの?」

「アヴィー」彼はまじめに言った。「なぜ結婚してはいけない? おれは最初からきみが好きだった。いっしょにいると楽しいし、その髪も美しいと思ったし、あざも愛らしいと思った……そしてすぐにきみを愛するようになった。たぶん結婚するまえから。離れていると、きみとすごす時間が恋しくてたまらなかった」

アヴリルはとまどいながら彼を見つめたあと、指摘した。「でも、わたしにはみっともない吃音があるわ」

「恥ずかしがることじゃない」ケイドは怒ったような声ですぐに言った。「緊張するとことばがつかえるというだけだ」彼はいらいらと舌打ちしてからきいた。「ラディをみっともないとは思わないだろう？」

「ええ、もちろん思わないわ。わたしもそうじゃないのはわかってるけど、吃音が出るとほかの人たちにばかみたいだと思われるし――」

「なぜほかの人たちにどう思われるかを気にする？」肩をすくめてケイドは尋ねた。「おれはきみの夫で、きみが賢いことを知っている」

アヴリルは眉を上げ、不安そうにきいた。「あなたはわたしが賢くても気にしないの？」

「なぜ気にしなくちゃならないんだ？」彼はおもしろがっているようにきいた。

アヴリルは悲しそうに肩をすくめた。「たいていの男性は賢い妻を好まないわ」

「おれはたいていの男ではない」ケイドはさらりと言った。「だから気にしないよ。実際、いいことだとさえ思っている。おれはきみの賢さが好きなんだよ、アヴィー。愛している」

アヴリルは唇をかみ、ようやく言った。「わたしもあなたを愛しているわ。やっぱりわたしも結婚するまえからそうだったみたい。その気持ちを抑えることなんてできなかった。あなたの気高さや勇敢さについて、ウィルからたくさん話を聞かされていたから、あなたが目を覚ますまえから半分恋に落ちていたの」

ケイドの顔に闇夜を照らすほど明るい笑みが広がったが、アヴリルはほとんど目にすることができなかった。ケイドがいきなり身を寄せてきてキスをし、誓いのしるしであるかのように情熱的に唇を重ねてきたからだ。それで終わりかと思いきや、いつものように情熱に火がついて、熱く明るく燃えあがった。ほどなくしてケイドは唇を離したが、それはベッドから衣装箱をどかすためだった。せわしげにアヴリルを立たせ、体をおおっていたシーツをはがし、シュミーズを脱がせると、ベッドに入れた。そして自分もベッドにはいり、彼女を胸に引き寄せてまたキスをした。

ケイドはキスをしながら体を押しつけ、なおも彼女を抱き寄せて脚のあいだに自分の片脚をすべりこませた。両手が背中を上下し、お尻をつかむ。やがて彼は突然唇を離してつぶやいた。「首の傷が」

「大丈夫よ」彼女はすぐにそう言って安心させ、ふたりのあいだに手を伸ばして、いきり立ったものを励ますようににぎった。「よくなってるから。あと数日で抜糸できるとベスは言ってるわ」

アヴリルはそう言いながらも顔をしかめていた。傷を縫うのはすぐには忘れることができないほどつらい体験だったからだ。多くの人が心配そうに見守っていたので、痛みに泣いたりわめいたりしないようにするだけで精一杯だった。

体を這うケイドの両手が、不快な記憶から救い出してくれた。乳房をつかまれて吐息をもらし、もみしだかれたあと乳首をつままれると、興奮が高まってうめき声がもれた。仰向けにされ、目を閉じてすっかりその気になっていると、ケイドが言った。「気をつけないといけないな。きみは動かないでくれ」

それを聞いてアヴリルはぱっと目を開け、考えもなしに頭を上げて、下のほうに移動していくケイドを見おろそうとしたが、首の縫い目が引きつれて動きを止めた。じっとしているのはいやだと訴えながら、しかたなく仰向けになったが、彼が硬くなった乳首を口に含んでなめたり吸ったりしはじめると、はっとしてシーツをつかんだ。ケイドの唇と舌が乳房から下におりていき、おへそから腰骨、内股をさぐる。じっとしているのはまさに拷問だった。彼が脚を開かせてそのあいだに口をつけると、アヴリルはあまりの興奮と快感にこらえることができなくなり、身を震わせた。体を動かしたくて、頭を枕の上で左右によじりたくてたまらなかった。

「あなた、お願い」アヴリルはこれ以上がまんできなくなってあえいだ。「それはもういいから、早くわたしと愛を交わして。このままだと頭を振りまわして傷が開いてしまいそう」

ケイドはすぐに動きを止め、顔を上げて妻を見た。冗談を言っているのではないとわかったらしく、上に移動した。気をつけながら彼女の脚のあいだに腰を埋め、両腕で自分の体重を支えて、アヴリルの顔を見おろした。

「膝を立ててくれ」とうなる。

アヴリルはすぐに従い、彼を包みこむように膝を立てた。彼がかがみこんでキスをしてくれる。一度、二度と唇が触れるたびにそれに合わせて腰を動かすので、硬くなったものが温かくしたたかに花芯にこすれ、うめき声がもれた。彼の両肩に腕をまわしてつかまりながら腰を上げ、ベッドに足の裏を押しつけて、より深く愛撫を迎え入れた。彼の舌が口のなかにはいってくると同時に、硬いものが体の奥に侵入し、アヴリルはめくるめく快感に息をのんだ。

手をケイドの頭に伸ばし、髪に指を差しこんで頭皮に爪を立てる。彼がはいってくるたびに体をそらせてもっととせがみ、心と体で受け入れようとした。やがて絶頂がやってきて、アヴリルは体をけいれんさせ、歯を食いしばってのぼりつめた。

ケイドはキスをやめ、叫びをもらしながら頭をのけぞらせて最後にひと突きしたあと、温かな種で彼女を満たした。そして頭をまえにたらして苦しげに目を閉じ、腰で彼女とつながったまま小さなため息をつくと、ゆっくりと体を離して、彼女の隣に横たわった。

首に気をつけながらアヴリルを胸の上に抱き寄せる。姿勢が落ちつくと、もう一度ため息をついた。深々としたよろこびのため息だ。

顔を上げたアヴリルは、彼がにっこり微笑んでいるのを見て驚いた。「どうしてそんなににこにこしているの？」

微笑は満面の笑みになり、ケイドは妻を見おろすと、肩をすくめて言った。「ようやくまた妻とまぐわうことができた」それを聞いたアヴリルが眉を上げたので、彼は指摘した。

「婚礼の日からずいぶんたってしまったな」

「そうね」アヴリルは静かに認めた。実にいろいろなことがあったせいで、婚礼の日以来、ふたりがちゃんと愛を交わすことができたのは、これが初めてだった。でもこれが最後になることはない。

「ようやくうちに帰ってきた気分だ」ケイドは眠そうではあったが満足げにつぶやいた。

「お帰りなさい、あなた」アヴリルは静かに言った。「わたしたちふたりとも、帰ってきたのね」

「ああ、そうだよ」彼は妻にやさしくキスをした。

訳者あとがき

コミカルな味わいで人気のロマンス作家、リンゼイ・サンズのヒストリカル・ロマンスをお届けします。

本書は『ハイランドで眠る夜は』『その城へ続く道で』（ともに二見文庫）につづくハイランドシリーズ三部作の三作目です。といっても完結篇というわけではなく、三作ともそれぞれ独立した物語として楽しんでいただけます。いずれも舞台は十三世紀後半。英国が第九回十字軍としてイスラムに兵を送っていたころのお話です。

『ハイランドで眠る夜は』では、イングランドの娘イヴリンド・ダムズベリーが、意地悪な継母エッダの策略で〝ドノカイの悪魔〟と恐れられるハイランド領主カリン・ダンカンに嫁ぎ、ドノカイの城にひそむ謎に挑みます。『その城へ続く道で』は、イヴリンドの兄アレックス・ダムズベリーが十字軍遠征から戻り、ハイランド領主の娘であるいいなずけのメリー・スチュアートと結婚して、度重なる災難を乗り越えていく物語。いずれも夫婦のどちらかがスコットランドのハイランド地方の人間、つまりハイランダーというわけです。

そして本書のハイランダーはメリーの長兄のケイド・スチュアート。ケイドも十字軍遠征に参加していましたが、マムルーク朝のスルタン、バイバルスにとらえられ、捕虜として地獄のような三年間をすごします。その後、仲間とともに命がけで脱出したものの、帰国途中で船が難破し、頭部を打って昏睡状態に。意識を取り戻すとそこは、ともに逃げてきたイングランド人の友人ウィル・モルターニュの城で、ケイドはウィルの妹アヴリルの手厚い看護を受けていました。炎のような赤毛と頬のあざを気にして、人前でしゃべると吃音が出てしまうけれど、かわいらしくて聡明なアヴリルに心惹かれるケイド。でも過酷なハイランドに連れていくにはちょっとおしとやかすぎる……と思っていた矢先、ある事件が起こって、アヴリルの意外な強さが明らかになります。もちろんアヴリルもケイドのことが気になっていました。でも何度も縁談を断られているアヴリルは、自分は彼にふさわしくないと思いこんでいて……なかなかトントン拍子にはいきません。

紆余曲折を経て結婚したケイドとアヴリルは、さっそくケイドの故郷であるハイランドのスチュアート城に向かいます。第二作をお読みになった方ならおわかりですね。そう、メリーの悩みの種だったあの酔いどれ男ども、父のエイキン・スチュアートと、ふたりの兄（ケイドにとっては弟）ブロディとガウェインの住む城です。メリーがダムズベリーに嫁いで七カ月がたっており、お目付役がいなくなってさらにパワーアップしたスチュアート父子の酒乱ぶりに、使用人たちは恐れをなして逃げだし、城はひどいありさま。ケイドは新妻に申し訳ないやら情けないやら……しかしアヴリルはめげません。なんと彼女は義父と義弟たちに飲酒をやめさせることを決意し、酒乱男たちを相手に、臆することなく強硬手段で対抗するのです。さすが長男の嫁！　幼いころから病人やけが人の治療をおこなってきただけに、その腕はたしかです。アヴリルの容赦ないやり方に、なんだかお父さんたちが気の毒になってしまいますが。

ところが、アヴリルにはもうひとつ心配事がありました。どうやらケイドは何者かに命をねらわれているらしいのです。スチュアートに向かう途中、森のなかで矢が飛んできたり、城に着いてからも城壁から石が落ちてきたりと、気の休まる暇がありません。三年も領地を留守にしていた自分に敵はいないはずだとケイドは言い張りますが、愛する人を失うかもしれない恐怖におののき、今更ながらケイドへの愛の深さに気づくアヴリル。ケイドを亡き者にしようとする人物はだれなのか、そしてその目的は？

冒頭にも書きましたが、リンゼイ・サンズはコミカルなタッチを得意とする作家で、その魅力は本書でも遺憾なく発揮されています。とくに情熱的なラブシーンに笑ってしまうようなオチがつくのが特徴で、いい雰囲気になってくると、なぜか笑いの神さまが降りてくる、と言ったら言いすぎでしょうか。婚礼の日の朝、侍女たちがアヴリルに〝夫婦の営み〟について教授する場面や、うぶなアヴリルのとんちんかんな行為にケイドがたじたじとなる場面なども、思わずくすっとしてしまいます。アヴリルのかわいらしさやケイドの真剣さがよけいに笑いを誘うのです。十三世紀という時代の素朴さや気取りのなさも一役買っているのかもしれません。

前作につづき、本書にもハイランドのご近所さん（と言ってもかなり遠いですが）としてカリンとイヴリンドのダンカン夫妻が登場し、相変わらず仲睦まじいところを見せてくれます。ちょっとわかりにくいかもしれませんが、アレックス（イヴリンドの兄）とメリー（ケイドの妹）は夫婦なので、ケイドから見るとイヴリンドは妹の義理の妹にあたります。ちなみにメリーはおめでたのようです。一作目と二作目もあわせて読むと、さらに楽しんでいただけると思いますので、本書ともどもお手に取っていただければ幸いです。

二〇一三年四月

ザ・ミステリ・コレクション

ハイランドの騎士《きし》に導《みちび》かれて

著者　リンゼイ・サンズ

訳者　上條《かみじょう》ひろみ

発行所　株式会社 二見書房
東京都千代田区三崎町2-18-11
電話　03(3515)2311［営業］
　　　03(3515)2313［編集］
振替　00170-4-2639

印刷　株式会社 堀内印刷所
製本　株式会社 村上製本所

落丁・乱丁本はお取り替えいたします。
定価は、カバーに表示してあります。

ISBN978-4-576-13067-5
http://www.futami.co.jp/

ハイランドで眠る夜は

リンゼイ・サンズ
上條ひろみ［訳］
〔ハイランドシリーズ〕

両親を亡くした令嬢イヴリンドは、意地悪な継母によって〝ドノカイの悪魔〟と恐れられる領主のもとに嫁がされることに…。全米大ヒットのハイランドシリーズ第一弾！

その城へ続く道で

リンゼイ・サンズ
喜須海理子［訳］
〔ハイランドシリーズ〕

スコットランド領主の娘メリーは、不甲斐ない父と兄に代わり城を切り盛りしていたが、ある日、許婚が遠征から帰還したと知らされ、急遽彼のもとへ向かうことに…

いつもふたりきりで

リンゼイ・サンズ
上條ひろみ［訳］

美人なのにド近眼のメガネっ嬢《こ》と戦争で顔に深い傷痕を残した伯爵。トラウマを抱えたふたりの熱い恋の行方は？ とびきりキュートな抱腹絶倒ラブロマンス

待ちきれなくて

リンゼイ・サンズ
上條ひろみ［訳］

唯一の肉親の兄を亡くした令嬢マギーは、残された屋敷を維持するべく秘密の仕事——刺激的な記事が売りの覆面作家——をはじめるが、取材中何者かに攫われて!?

微笑みはいつもそばに

リンゼイ・サンズ
武藤崇恵［訳］

不幸な結婚生活を送っていたクリスティアナ。そんな折、夫の伯爵が書斎で謎の死を遂げる。とある事情で伯爵の死を隠すが、その晩の舞踏会に死んだはずの伯爵が現われ!?

銀の瞳に恋をして

リンゼイ・サンズ
田辺千幸［訳］
〔アルジェノ&ローグハンターシリーズ〕

誰も素顔を知らない人気作家ルークと編集者ケイト。出会いは最悪&意のままにならない相手なのになぜだか惹かれあってしまうふたり。ユーモア溢れるシリーズ第一弾！

永遠の夜をあなたに
リンゼイ・サンズ
藤井喜美枝〔訳〕〔アルジェノ&ローグハンターシリーズ〕

検視官レイチェルは遺体安置所に押し入ってきた暴漢から〝遺体〟の男をかばって致命傷を負ってしまう。意識を取り戻した彼女は衝撃の事実を知り…!?シリーズ第二弾

秘密のキスをかさねて
リンゼイ・サンズ
田辺千幸〔訳〕〔アルジェノ&ローグハンターシリーズ〕

いとこの結婚式のため、ニューヨークへやって来たテリー。ひょんなことからいとこの結婚相手の実家に滞在することになるが、不思議な魅力を持つ青年バスチャンと恋におち…

鐘の音《ね》は恋のはじまり
ジル・バーネット
寺尾まち子〔訳〕

スコットランドの魔女ジョイは英国で一人暮らしをすることに。さあ〝移動の術〟で英国へ——、呪文を間違えたジョイが着いた先はベルモア公爵の胸のなかで…!?

星空に夢を浮かべて
ジル・バーネット
寺尾まち子〔訳〕

舞踏会でひとりぼっちのリティに声をかけてくれたのは十一歳の頃からの想い人、ダウン伯爵で…『鐘の音は恋のはじまり』続編。コミカルでハートウォーミングな傑作ヒストリカル

はじめてのダンスは公爵と
アメリア・グレイ
高科優子〔訳〕

早くに両親を亡くしたヘンリエッタ。今までの後見人もみな不慮の死を遂げ、彼女は自分が呪われた身だと信じていた。そんな彼女が新たな後見人の公爵を訪ねることに…

運命は花嫁をさらう
テレサ・マデイラス
布施由紀子〔訳〕

愛する家族のため老伯爵に嫁ぐ決心をしたエマ。だがその婚礼のさなか、美貌の黒髪の男が乱入し、エマを連れ去ってしまい……雄大なハイランド地方を巡る愛の物語

その夢からさめても
トレイシー・アン・ウォレン
久野郁子［訳］
〔バイロン・シリーズ〕

大叔母のもとに向かう途中、メグは吹雪に見舞われ近くの屋敷を訪ねる。そこで彼女は戦争で心身ともに傷ついたケイド卿と出会い思わぬ約束をすることに……!?

ふたりきりの花園で
トレイシー・アン・ウォレン
久野郁子［訳］
〔バイロン・シリーズ〕

知的で聡明ながらも婚期を逃がした内気な娘グレース。そんな彼女のまえに、社交界でも人気の貴族が現われ、熱心に求婚される。だが彼にはある秘密があって…

あなたに恋すればこそ
トレイシー・アン・ウォレン
久野郁子［訳］
〔バイロン・シリーズ〕

許婚の公爵に正式にプロポーズされたクレア。だが、彼にとって〝義務〟としての結婚でしかないと知り、公爵夫人にふさわしからぬ振る舞いで婚約破棄を企てるが…

この夜が明けるまでは
トレイシー・アン・ウォレン
久野郁子［訳］
〔バイロン・シリーズ〕

婚約者の死から立ち直れずにいた公爵令嬢マロリー。兄のように慕う伯爵アダムからの励ましに心癒されるが、ある夜、ひょんなことからふたりの関係は一変して……!?

罪つくりな囁《ささや》きを
コートニー・ミラン
横山ルミ子［訳］

貿易商として成功をおさめたアッシュは、かつての恨みをはらそうと、傲慢な老公爵のもとに向かう。しかし、そこで公爵の娘マーガレットに惹かれてしまい……。

唇はスキャンダル
キャンディス・キャンプ
大野晶子［訳］

教会区牧師の妹シーアは、ある晩、置き去りにされた赤ちゃんを発見する。おしめのブローチに心当たりがあった彼女は放蕩貴族モアクーム卿のもとへ急ぐが……!?